KB113615

김형석 에세이

나는 아직도 누군가를 사랑하고 싶다

김형석 에세이

나는 아직도 누군가를 사랑하고 싶다

철학과현실사

사랑이 있었기에 행복했다

"나는 생각한다. 그러므로 내가 있다."
철학자의 말이다. 그러나
"나는 사랑한다. 그러므로 나와 우리가 존재한다."
이 말은 우리 모두의 삶의 현실이다.

나는 14세 때, 가난의 밑바닥에서 건강마저 잃고 있었다. 절망을
체험했다. 부모와 의사의 사랑에는 한계가 있음을 깨달았다. 더 높
은 누군가의 사랑을 갈망했다. 그래서 기도를 드렸다.
그것이 내 인생의 출발이 되었다.

10년이 지난 24세 때는 내 인생 전체를 일본에 빼앗기는 폭풍에
휩싸였다. 학도병을 겪어야 했다. 내 친구 모두가 희망과 꿈을 버려
야 했다.

그때도 나는 그 누군가의 섭리를 기다렸다.

나는 그 파도를 넘겼다. 그분의 섭리였다. 홀로 괴로워하고 있을 때 한 여성이 내 옆으로 다가왔다. 나는 아내가 된 그녀와 같이 50년 동안 사랑을 이어왔다.

만 25세를 넘기면서 광복을 맞이했다. 나는 지금까지의 사랑에 보답할 때가 왔다고 생각했다.

우리 역사의 앞날을 위하여 밭을 갈기 위해 교육계에 몸을 바치기로 결심했다.

그 긴 기간에 제자들을 좀 더 사랑했어야 했다. 은퇴 후에야 그 잘못을 깨달았다. 내 제자들이 나를 사랑한 것이 나의 정성보다 더 컸다는 사실을 나중에야 알게 되었을 정도였다.

해방 후 2년간은 내 열정에 비해 공산정치가 너무 잔인했다. 나는 자유가 지성인에게는 생명보다 귀하다고 다짐하면서 탈북을 감행했다. 목숨을 건 모험이었다.

그 과정에서도 그 어떤 사랑의 손길을 따르기로 했다. 그 뒤부터 나는 정치적 관심의 울타리를 벗어나지 못했다. 겨레의 관심사였기 때문이다.

1950년 12월 31일. 피란 살림을 하던 부산의 한 작은 교회 기도방에서 혼자 기도를 드렸다. 이 해가 다 가기 전에 어머니와 동생들을 만나게 해주셨으면 고맙겠다는 기도가 이루어지지 못했음을 스스로 부끄럽게 생각하면서 교회당 뜰 안으로 나서는데, 대문 밖에서 누군가가 찾아온 인기척이 났다. 교회 사모가 대문을 열었다.

내 아래 동생이 어머니, 동생들, 사촌들, 가까운 친지들을 이끌고 들어서는 것이었다. 동생은 무거운 짐을 풀어놓은 듯이 말이 없었다. 어머니는 내 손을 붙들고 내 얼굴을 한참 쳐다보시고는 마루에 앉으셨다.

모두가 평양 송산리를 떠나 전쟁터를 넘어온 것이었다.

그해 마지막 날 7시간을 앞두고 2천 리 길을 달려와 상봉한 것이다.

그로부터 35년 동안 나는 많은 가족들과 고생을 같이했다. 그러나 사랑이 있었기에 행복했다.

1960년 8월 13일. 나는 청주 서문교회 집회를 끝내고 서울로 오는 버스를 탔다. 무암산 쪽에서 동남향으로 무지개가 찬란하게 뻗치고 있었다.

나는 차 안에서 눈을 감았다. "뜻이 계셔서 나에게도 미국과 서구 사회를 찾아보는 기회를 주시면 좋겠다"는 기도를 드렸다.

다음 해 여름. 대학은 나에게 1년간 안식년 휴가와 미국의 두 대학에 머무는 특전을 주었다. 귀국하는 여정에는 유럽과 인도, 동남아시아까지 포함되어 있었다.

분에 넘치는 혜택이었다. 그 때문에 나는 모든 면에서 한 차원 더 높은 식견을 갖출 수가 있었다.

1985년. 31년 동안 봉직했던 연세대를 정년으로 떠났다.

그때 나는, "이제는 대학을 졸업했으니까 사회에서 일을 할 때가 되었다"고 말했다. 듣는 이들이 웃었다.

그 후부터 사회교육에 몸담기 시작했다. 세월이 너무 빨랐던가.

다시 30년이 지났다. 90보다는 100에 가까운 나이가 되었다.

30년 동안 나를 이끌어주신 그분의 사랑의 섭리에 감사드린다. "네가 나를 택한 것이 아니라 내가 너를 택했다"는 뜻을 잊을 수가 없다.

더 많은 사람이 인간답게 살 수 있도록 도울 수만 있다면 아직도 나는 누군가를 사랑하고 싶다.

그런 사랑이 있는 역사의 강물은 내가 태어나기 이전에도, 내가 일을 멈춘 후에도, 도도히 흘러 거친 광야를 옥토로 바꾸어갈 것을 믿는다.

2015년 초가을에
김 형 석

◆ ◆ ◆

이 책이 짧은 시일 안에 나오도록 타자와 교정을 맡아주신 이종옥 이사님(생명의 전화)과 편집과 모든 과정을 도와주신 사장님과 편집부에 감사드립니다.

차 례

II. 행복은 고독을 낳고

III. 뜻대로 안 되는 세상이기는 했어도

IV. 연애로부터 인간애까지

I

100세까지도 행복할 수 있을까

96세 삼일절 아침에

또 한 번의 삼일절이 되었다.

잊고 있던 지난 생각들이 떠오른다.

1.

내가 중학교 3학년 때였다.

평양에서 멀지 않은 곳에 있는 우리 마을에 심상치 않은 일이 벌어졌다.

300명 정도까지 모이는 조용한 교회의 목사님과 장로들이 신사참배를 거부한다고 해서 경찰서에 붙들려 간 것이다. 두세 장로들은 고문을 당하고 할 수 없이 신사를 참배한 뒤에 풀려났다. 가까운 몇 사람만 아는 숨겨진 사건이었다. 그런데 목사님은 석방되지 못하고 몇 주가 지났다.

그러다가 목사님까지 교회 사택으로 돌아왔다.

주일이 되었다. 그런 사실을 전해 들은 교인들은 이전과 같이 예배를 드릴 것이라고 기대하고 있었다. 주일 아침 초종이 울리고 재종까지 끝났는데 목사님은 나타나지 않았다. 목사님 사택은 바로 예배당 뒤편에 있었다.

장로들이 사택으로 목사님을 찾아 들어갔다. 교인들은 기다렸다. 그런데 그 장로들도 나타나지 않았다. 다른 어른들이 사택 문을 열고 들어갔더니 목사님과 장로들이 함께 울면서 기도하는 소리가 들렸다.

마침내 목사님과 장로들이 늦게 나타나 예배를 드렸다. 목사님은 자신이 신사참배를 하면 안 된다고 설교를 했는데 고문에 못 이겨 참배를 했으니까 목사의 자격이 없다면서 교회를 떠나기로 결심했다고 선언했다.

장로들도 교회 어른들도 모두 울었다. 몇 달 뒤 목사님은 교회를 떠났다.

후에 내 부친을 통해 들은 사연이었다.

신사참배를 거부한 목사님은 견딜 수 없는 심한 고문을 당했다. 그는 순교를 각오하고 고문을 치르곤 했다.

어떤 날 새벽, 비몽사몽간에 큰아들애의 울음소리가 목사님에게 들려왔다. "아버지" 하는 말소리가 또렷했다. 목사님이 머리를 들고 보니까 아들애가 창문가에 매달려 울고 있었다. 목사님은 자기가 아마 지난밤에 있었던 고문 때문에 죽었고, 영혼이 환상으로 아들을 보는 것 같다는 생각이 들었다. 몸을 꼬집어보았더니 감각이 있었다. 꿈은 아니고 환상도 아니라면 어떻게 된 것인가.

그때 고문을 담당했던 형사가 문을 열고 들어왔다. 조용히 입을 열었다. "목사님, 목사님이 부모 없이 자랐다고 들었는데 이제 집으로 돌아가지 못하면 두 아들과 딸이 아버지 없이 한평생을 살아야 하지 않겠습니까. 저와 같이 아무도 없는 시간에 신사에 가서 참배하고 가정으로 돌아가십시다." 형사는 이렇게 권했다. 목사님은 그 뜻을 따르기로 했던 것이다.

그래서 주일 예배시간이 되자 장로들과 같이 사택에서 부둥켜안고 울다가 교인들의 권유로 예배를 이끌었던 것이다.

그 후에 우리 목사님은 평양 산정현 교회 목사가 되었다. 해방 이후의 일이다. 산정현 교회는, 일제 때 독립운동에 앞장섰고 후에 반공산정치를 이끌어왔던 조만식 장로 등이 시무했던, 일제 때 총독부가 가장 경계해온 대표적인 교회였다.

그러다가 해방이 되고 공산정권이 북한을 지배하게 되었다. 이제 반공 목사는 설 자리가 없어졌다. 탈북하든지 북에서 희생당하는 길 중에 하나가 남았을 뿐이다. 조만식 장로 등은 아끼는 연하의 김철훈 목사에게 탈북할 것을 권고했다. 그러나 김 목사는 일제 때 변절한 과거가 있기 때문에 남기로 결심했다. 목숨을 걸고 교회를 지키기로 했던 것이다.

지금은 목사님도 순교하셨고 산정현 교회는 물론 기독교회는 찾아볼 수 없는 공산사회가 되었다. 정신적 황무지로 변하고 말았다.

2.

김일성 정권의 탄생 과정은 누구도 정확하게 모르고 있다. 북한에서는 그 사실이 숨겨져 있고 대한민국의 연구가들에게는 밖으로 나타난 사실, 진실보다는 남겨진 사료와 현상을 살피는 길만 주어져 있기 때문이다. 나도 그중의 한 사람이다.

공교롭게도 내 고향이 만경대였다. 김일성의 할아버지, 삼촌을 알고 지냈고 사촌들은 내가 가르치기도 했다. 김일성이 북한 국민들이 기다렸던 지도자로 등단하기 두세 달쯤 전, 그가 고향 만경대로 귀국했을 때는 김성주였다. 사람들이 김성주가 돌아왔으니 환영 조찬에 가자고 해서 나도 동참했다. 마을 사람들이 15, 16명 정도였을까. 조찬을 나누는 중에 나는 그가 공산당원임을 알았고 그 자신보다는 어떤 배후가 있다는 사실을 짐작했다.

김일성은 만경대에서 태어나지도 않았고 자라지도 않았다. 그의 어머니는 첫 아기를 낳기 위해 친정인 칠골로 가서 해산했다. 내 외할머니가 되는 분도 같은 때에 친정집이 있는 칠골에 가서 외삼촌인 박영수 아저씨를 낳았기 때문에 서로 잘 알고 지냈다. 김성주의 어머니가 유방이 곪아 앓은 일이 있어 외조모가 석 달 동안 김성주에게 젖을 먹여 대신 돌보아주기도 했다.

칠골에서 자란 김성주는 그곳에 있는 교회학교 창덕소학교에서 6년 동안 공부했다. 칠골은 강씨 집성촌으로, 대부분이 기독교 신자였고, 김성주의 아버지 김형직도 숭실학교와 교회에서 교육을 받고 자랐다.

김성주가 소학교를 졸업하고 칠골을 떠난 뒤에 나도 소학교 5, 6학년을 창덕학교에서 보냈다. 규모가 작은 학교였다. 5, 6학년이 한 반에서 공부했는데 합해서 30명 정도였다. 교회의 심 목사님이 교장직을 겸하고 있었다.

그런 인연도 있어 김일성이 등단한 후에도 얼마 동안은 북한의 실정을 가까이서 지켜볼 수 있었다. 김일성의 외삼촌이었던 강량욱 목사는 해방된 여름에 우리 교회에 와서 부흥회를 인도한 일이 있어 알게 되었고 후에 교회 계통과 정계에서 공산당의 측면적 심부름을 한 홍기주 목사도 친분이 있었다.

김일성은 귀국했을 때 동료나 동지다운 인물이 거의 없었다. 처음 만경대에 왔을 때도 소련 군부에서 준 스포츠카 비슷한 차를 타고 왔는데 함께 온 누구누구도 보잘것없는 사람들 같았다.

그런 김일성이 처음에는 주변 사람들과 교육을 받은 친지들을 이끌고 있다가, 후에 차례차례 남한과 만주 등지에서 온 공산당 세력을 배제하고 스티코프의 후원으로 점차 정권을 굳혀간 것이다. 북한 정권은 공산당 정권이기보다는 크렘린의 지령으로 움직이는 스티코프 군사령관이 만들어준 정권이었다.

한편, 그래도 해방된 조국의 독립된 정권이 있어야 했기 때문에 조만식을 중심 삼는 조선민주당이 창립되었고, 애국지사들과 기독교 계통의 유지들은 공산당에 대항하는 정치활동을 전개했던 것이다. 그러나 그 활동은 풍전등화나 다름없었다. 공산주의 이념을 모르는 섣부른 애국운동으로 그치고 말았다.

결국 조선민주당은 해체되는 운명을 맞이했고 조만식은 평양 중심에 있는 고려 호텔에 연금되는 운명을 모면할 길이 없어졌다. 공산정권과 대치되거나 찬동하고 따르지 않는 정치활동은 물론 사상까지도 존재해서는 안 되는 것이 공산사회의 철학과 신념이었던 것이다.

조만식 장로 사모님이 전해준 이야기들이다.

사모님은 허락을 받아 정기적으로 연금되어 있는 선생을 방문하곤 했는데, 한번은 선생이 앞으로는 더 찾아올 필요도 없고 또 올 수 없게 될지도 모르겠으니까, 다음번에는 마지막 면회로 생각하고 다녀가라는 말이었다. 놀라움을 금치 못한 사모님이 무슨 일이냐고 물었더니 그럴 수밖에 없지 않겠느냐는 표정이었다.

마지막 면회를 가는 사모님의 마음은 한없이 무거웠다. 그래도 무거운 발걸음을 옮겨 갔다. 선생은, 우리는 이미 기회를 잃었지만 애들까지 이 땅에 머물게 할 수는 없으니까 두 아들을 데리고 빨리 38선을 넘어 서울로 가라고 지시했다. 가게 되더라도 다른 사람들에게 도움을 받거나 폐를 끼치는 일은 삼가라는 부탁까지 했다.

그러고는 옆에 준비해두었던 큼직한 흰 봉투 하나를 주면서 이것을 갖고 가라는 것이었다. 무엇이냐고 물었더니 가보면 안다고 얘기했을 뿐이다.

떨어지지 않는 발걸음을 옮겨 겨우 집에 와 봉투를 열어보았다. 당신 머리카락을 잘라 넣었던 것이다. 앞이 캄캄해졌다. 다시는 보지 못하겠고 자기가 죽었다는 소식에 접하게 되면 이 머리카락으로 장례를 치르라는 유지였던 것이다.

서울에 온 사모님은 남모르는 고난을 참고 견디어야 했다.

한번은 이승만 대통령의 연락을 받고 경무대(지금이 청와대)를 찾아갔다. 영부인인 프란체스카 여사를 만났는데, 그들의 습성으로는 이해할 수 없었겠지만, 어떻게 사랑하는 남편을 두고 떠나 올 수가 있었느냐고 하자, 그 말을 듣고 쓰러질 듯이 마음이 아팠다는 것이다. 겨우 참고 있는 아픈 상처에 소금을 뿌리는 것 같은 얘기로 들렸다는 소회였다. 역시 외국 태생이니까 말 못하는 우리 심정을 이해하지 못하는 것 같았다며 서글픈 가슴을 안고 돌아왔다고 술회하였다.

얼마의 세월이 지난 뒤에는 인촌 김성수 씨의 초청을 받고 방문하는 기회가 생겼다. 인촌 내외분이 북한의 실정을 듣기도 하고 위로의 뜻을 전하면서, 38선을 넘어온 동포들의 가장 어려운 문제는 거처할 주택이 없는 경우라고 들었는데, 혹시 그런 어려움이 있으면 작은 집이라도 구해드리고 싶다고 제안했다. 사모님은 그렇게 해달라고 부탁하고 싶은 마음이 간절했으나 선생의 당부의 말씀이 생각나, 감사한 마음은 받겠지만 그렇게 고생스럽지는 않다고 정중히 거절했다.

긴 세월이 지나는 동안에 알아보고 전해지는 소식을 종합해보았을 때 고당은 6·25 때 공산군이 후퇴하면서 끌려가다가 죽임을 당한 것으로 밝혀졌다.

서울에서는 그가 남긴 머리카락을 유품으로 장례 절차를 밟았다. 지금은 선생을 사모하던 사모님도 저세상으로 떠나간 지 오래되었다.

3.

여러 해 전의 일이다.

잠시 볼 일이 있어 종로에 있는 한 세무사를 방문했다. 최 세무사가 오래전부터 일하고 있는 곳이다.

나를 맞아 자리에 앉는 것을 본 최 세무사가 물었다.

"혹시 여기로 오시다가 마라톤을 개척해주신 손기정 옹을 뵈었습니까?"

"못 보았는데요."

"조금 전에 여기 들렀다가 가셨습니다. 그동안에 많이 늙으셨다는 생각이 들었습니다."

"무슨 용무가 있었던 모양이지요?"

"예, 오늘은 손 선생님을 뵈옵고 무엇인가 깨달은 것 같은 생각을 했습니다."

최 세무사는 이렇게 말하면서 손기정 선생과의 대화 내용을 이야기해주었다.

손기정 선생은 이렇게 말씀하셨다.

"요사이 내가 어디서 작은 상과 상금을 좀 받았는데, 먼저 세금을 내고 써야겠다 싶어서 찾아왔어요. 최 선생이 좀 도와주세요."

"선생님은 연세도 높으시고 고정된 수입도 없으시기 때문에 특별히 내시지 않아도 될 것 같은데요."

이렇게 최 세무사가 말리자, 선생은 말씀하셨다.

"그럴 수야 없지. 수입이 있으면 세금을 내는 것은 당연한 것이니까…"

최 세무사가 규정을 설명하면서 "이 정도의 세금을 내시면 됩니다"라고 말했다. 손 선생은 액수를 보더니 "고것밖에 안 되나? 좀 더 많이 내는 방법으로 찾아봐 줘. 내 나이가 돼서 나라를 위해 할 일이 무엇이 있겠나. 공짜 돈이 생겼을 때 세금이라도 좀 많이 내야지!"라는 것이었다.

최 세무사는 "그러시다면 다른 방법을 적용해보겠습니다"라고 말한 뒤 가장 많이 내는 액수를 알려드렸다. 그러자 손 선생은 "그래 됐어. 그만큼이야 내야지. 내가 한평생 대한민국의 혜택을 얼마나 많이 받고 살았는데…"라면서 만족해 하셨다.

그리고 일을 끝내고 돌아가는 손 선생을 승강기 앞까지 배웅해드리고 돌아섰다는 것이다.

그러면서 최 세무사는 나에게, 나라를 빼앗기고 산 경험이 있는 어르신들은 우리 세대와 생각이 다르다는 걸 느끼게 되었다는 고백이었다.

얼마 뒤, 나는 신문에서 손기정 옹이 세상을 떠났다는 소식을 접했다. 나 자신에게 무엇인가 얘기해주고 싶은 마음이었다.

(2015. 3)

인생은 실향민(나그네)인 것을

　지난가을, 10월 10일에 친구 안 선생의 영결 예배가 강원도 양구에서 있었다. 한 해 전에 안 선생과 나를 기념하는 '철학의 집'이 생긴 공원 안에 그의 묘소가 장만되어 있었다.

　안 선생은 미수(米壽)가 된 생일에 "통일이 되면 고향인 평안남도 용강에 잠들어 계실 부모님 산소에 가 마음껏 울고 싶은 것이 내 소원의 하나"라고 말했다.

　왜 밖에서는 그런 말을 못하고 가족들 앞에서만 그렇게 말했을까? 안 선생보다 더 가슴 아프게 고향을 그리는 사람이 많기 때문이었을 것이다. 안 선생까지 그렇게 약한 감상적인 모습을 보인다면 고향을 빼앗기고 떠난 수많은 실향민들의 슬픔을 더해주는 행위가 될 수도 있었을 것이다.

　내가 아는 많은 지성인들과 지도자들은 모두가 같은 향수심에 잠겨 있다. 그러나 그 같은 얘기는 하지 않는다. 통일이 될 때까지는 굳건히 살아야 할 의무가 있기 때문이다.

내 모친도 그런 생각을 갖고 있었다. 손자들이 "할머니, 고향 생각이 나시지요? 할아버지도 보고 싶고…"라고 말하면, "때가 올 때까지는 그런 생각을 하면 무얼 하겠니. 열심히 살기 좋은 세상을 만들어야지. 내가 사는 동안에야 통일이 되겠니?"라고 말하곤 했다. 그런 이야기는 더 하지 말자는 내심이 깔린 뜻이기도 했다.

17년 전 어머니께서 눈을 감으셨다. 준비해두었던 경기도 파주의 서북향 산 중턱 묘지에 모셨다. 날씨가 맑으면 멀리 개성의 송악산이 바라다 보이는 곳이었다.

장례식을 치른 지 두 주일쯤 지났을까. 세상 떠나신 다음 처음으로 꿈에 나타나셨다. 서울을 거쳐 북쪽으로 가는 길 위에서 어머니를 만났다. 생시와 다름이 없는 표정으로 나를 보시면서 "내가 잠들어 있는 곳이 참 좋다"고 또렷이 말씀하셨다. 그 말씀 속에는 '고맙다'는 뜻이 들어가 있었다.

고향이 보이는 곳이어서 좋고 고맙다는 의미였을 것이다. 어머니는 한 번도 고향을 떠나본 적이 없었다. 그런데 그런 고향을 떠나 50년 가까운 세월을 자녀들과 함께 서울에서 지냈다. 그래도 고향이 더 그리웠던 것 같다.

여행을 하는 사람들은 저녁때가 되면 집 생각이 더 간절해진다. 둥지로 돌아가 잠들고 싶은 귀소심(歸巢心)의 발로라고 한다.

오랜 여행을 하거나 외지에 가서 살게 되면 계절이 바뀔 때마다 집 생각이 더해지곤 한다. 인간은 태어날 때부터 삶의 집인 고향을 품고 사는지도 모르겠다.

그래서 우리는 고향을 그리다가 고향을 찾아가는 일생을 사는 것 같기도 하다.

선배 교수였던 정석해 선생은 아들들이 살고 있는 미국으로 이민을 떠나면서 수유리에 있는 4·19 묘지를 마지막으로 찾아갔다. 90을 넘기고 있는 나이였다. 눈물을 모르는 굳건한 성격이었는데도 손수건으로 눈물을 훔치고 있었다. 4·19 학생들의 희생을 참을 수 없어 교수 데모를 주동했던 분이다. 수많은 젊은 학생들의 죽음이 우리 책임이라고 항상 말하고 있었다. 그 학생들을 생각하면 같은 자리에 함께 잠들고 싶은 마음이 간절했을 것이다.

나도 실향민 중의 한 사람이다.

광복을 맞이한 2년 뒤, 목숨을 걸고 38선을 넘었다. 70년 가까운 세월이 흘렀다. 세월과 더불어 늙어갈수록 고향 생각은 더 간절해지는 것 같다. 인생의 석양을 맞게 되면서 쌓였던 귀소심이 더 강해진 때문일까?

언제나 고향 소식을 듣고 싶고, 기회가 생기면 다녀오고 싶은 생각이 간절해지곤 했다.

오래전 미국 LA에 갔다가 집안 동생을 만났다. 의사이면서 미국 시민권을 갖고 있었다. 당시 김일성이 살아 있을 때, 몇몇 친지들과 같이 평양을 다녀왔다는 얘기를 들었기 때문에 찾아 만났던 것이다.

동생의 얘기였다.

그의 동생이 국영기업체의 공장장으로 있었다. 그래서 형석 형님의 고향에 가서 흩어져 있는 가족들의 행방을 알아보라고 부탁을 했다. 내 고향을 다녀온 그 아우는, 형석 형님에 관해서는 알리고도 하지 말고 얘기도 꺼내지 말라고 주의를 주면서, 호적부를 보았더니 서울의 대학교수로 있으면서 반공운동에 앞장서고 있으며 대북방송까지 하는 악질적인 반역분자로 빨간 줄이 그어져 있었다는 보고였다.

그것이 북에서 본다면 사실이기 때문에 나는 오랫동안 고향을 찾아볼 의욕을 상실해버렸다.

그러는 동안에 수십 년의 세월이 지났다.

내 고향 송산리는 만경대 뒷마을이어서 고향 사람들은 모두 북한 여러 지역으로 강제 이주 명령을 받았고 지금은 청소년궁 옆 놀이터로 꾸며지고 있다는 소식을 들었다. 내가 이사직을 맡아왔던 월드비전의 오 회장을 통해 고향 송산리에서 대대적인 공사를 하는 사진을 전달받기도 했다. 주민은 하나도 없고 마을을 둘러싸고 있는 산과 소나무들이 보였을 뿐이다. 교회가 있던 뒷산에는 오래된 소나무들이 그대로 있었다. 저 소나무 밑을 20년 동안 지나다녔던 생각이 떠올랐다.

가족들 소식은 전연 알 수 없었다. 나뿐만이 아니다. 같은 고향에서 탈북한 사람들 모두가 같은 처지였다. 만나면 이제는 고향은 사라져버렸다는 아쉬움을 나누곤 했다.

4, 5년 전의 일이다.

월드비전에서 연락이 왔다. 이번에 전세기를 내어 월드비전과 관계되는 여러 사람이 평양과 백두산을 다녀오게 되었는데, 내가 명예이사로 있으니까 나를 꼭 모시고 가겠다는 소식이었다. 나는 몇 가지 걱정스러운 신분을 얘기했다. 그러나 월드비전 쪽에서는, 반공방송 등은 옛날 일이고 우리 기관은 국제적인 기관일뿐더러 북한에서도 가장 신뢰하고 있는 원조기관이라고 하면서, 지금은 책임자가 호주 사람이지만 그동안에도 여러 사람이 다녀왔으니까 걱정할 필요가 없다는 설명이었다. 나도 이사로 있었기 때문에 그동안 많은 원조를 했고, 월드비전의 본부는 미국에 있으므로 안심해도 될 것 같다는 생각이 들었다.

생각을 정리하다가 동참하기로 했다. 고향을 찾아보는 유일한 좋은 기회였다. 내 고향은 만경대였고 내가 졸업한 창덕소학교는 김일성의 모교이기도 했다. 며칠 후에는 북한에서의 스케줄도 왔다. 내가 칠골에 있는 교회에서 예배시간에 기도를 하도록 되어 있다는 연락도 받았다. 그 교회는 내가 졸업식을 치렀던 예배당이기도 했다. 예배당 밑에 바로 모교인 창덕소학교 교사가 세 채 자리 잡고 있었다.

나는 다녀올 준비를 갖추었다. 백두산에 올라갈 운동화도 준비했다. 사진은 원래 찍을 수 없으나, 오재식 회장은 안내하는 감시원에게 잘 얘기하면 촬영도 허락될 것 같다고 말했다. 북한에 여러 번 다녀온 오 회장은 고등학교 때 내 가까운 제자이기도 했다. 사실 내가 고향에 다녀오는 일이 오 회장의 말없는 하나의 방북 목적이기도 했다.

그러나 세상일은 뜻대로 되는 것이 아니다. 출발을 앞둔 3일 전부터 독감 징후가 뚜렷했는데 출발일 즈음에는 도저히 일어날 수가 없게 되었다. 할 수 없이 방북을 포기할 수밖에 없었다. 아마 나에게는 허락되는 특전이 못 되는 것이라고 단념해버렸다. 물론 나를 제외한 일행은 무사히 방북 일정을 끝내고 돌아왔다. 전해 들은 소식을 종합해보면 내가 꿈꾸고 있던 고향은 완전히 사라지고 말았다. 차라리 평양에서 멀리 떨어진 농촌이나 산간 지역이었다면 반세기 전의 모습을 찾아볼 수 있었을지도 모르겠다.

28

다시 2, 3년의 세월이 흘렀다.

뜻밖의 연락이 왔다. 만주 연길의 과학기술대학 총장으로 있는 김진경 선생으로부터 간접적으로 전해져 온 것이다. 봄에 자기가 책임자로 설립된 평양의 과학기술대학의 개교식이 있을 예정인데, 자기가 초대하는 귀빈 중 한 사람으로 나를 모시고 갈 작정이니까 준비를 갖추고 대기해달라는 것이었다. 모든 절차와 수속은 물론 평양에 체류하는 일정도 자기와 함께하다가 돌아오자는 것이었다. 김 총장은 그동안 평양 측의 요청으로 과학기술대학을 추진하고 있었으며 그 일을 위해 자주 평양을 다녀오곤 한 것으로 알고 있었다. 내가 두 차례 연길의 과기대에 가서 강연을 해준 일도 있었고, 김 총장은 나를 귀빈으로 모시고 동행하는 것을 이전부터 원하고 있었다.

나도 그런 기회라면 안전하게 다녀올 수 있을 것 같기도 했으나, 왜 그런지 내키지 않는 바도 없지 않았다. 시간만 할애하면 되기 때문에 구체적인 일정과 내가 할 일을 전해올 것으로 기대하고 있었다.

그러나 또 불발탄이 되어버렸다.

북한 정권 안에 밝힐 수 없는 사태가 벌어져 개교식이 무기 연기되었다는 연락이었다. 한국과의 관계에도 복잡한 사태가 벌어졌던 것이다.

나는 고향을 찾는 일은 단념해버렸다. 물론 간다고 해도 누이동생이나 그 가족의 소식은 알 바 없고 만날 사람도 없는 것은 뻔한 일이다. 그렇게 고향 땅을 밟아보고 싶었던 꿈은 깨지고 말았다.

몇 해 전 교포들을 위한 강연회 등으로 미국을 방문하게 되었다.

그때 워싱턴 DC 부근에 살고 있는 가까운 집안 동생이 찾아왔다. 그 동생은 여러 번 북한을 다녀온 경험이 있었다. 고향 얘기를 하다가 내가 두 차례 방북에 실패한 얘기를 했더니, 동생은 놀라는 표정을 지으면서 말했다.

"거기를 어디라고 가십니까? 나같이 이름 없는 장사꾼이니까 몇 차례 다녀왔지, 형님이 가셨다가 과거의 사실이 알려지고 신분이 들통나게 되면, 월드비전이나 과기대는 아무 도움도 되지 못합니다. 잠시 조사할 것이 있다면서 붙잡히면 그뿐입니다. 최소한 적지 않은 돈거래라도 면치 못할 것입니다. 저한테 상의라도 해보시지 그랬습니까. 북한 실정을 잘 아시면서 그런 모험을 하실 뻔했습니다."

나도 그런 점을 걱정은 했으나 하도 옛날의 일이고 두 차례 다 확실한 보장이 있을 것 같았다고 설명해주었다.

그러나 동생의 태도는 단호했다. 통일이 된 뒤라면 모르나 절대로 그전에는 고향에 갈 꿈은 포기하라는 것이었다. 그리고 자기가 북한에 다녀온 얘기를 들려주기도 했다. 그중 두 가지 내용은 나도 수긍할 수 있었다. 하나는 달러를 많이 뿌리면서 다녔다는 이야기였다.

그리고 어머니가 자기에게 이렇게 이야기했다고 했다.

"네 아래 동생은 빨갱이가 다 되었다. 무슨 얘기를 하더라도 들어두기만 해라. 그리고 인민공화국이 이렇게 좋은 나라가 된 줄은 몰랐다고 거짓말을 해라. 네 막냇동생은 아직도 기회만 있으면 여기를 벗어나고 싶은 결심을 갖고 있다."

그러면서 동생은 이렇게 말했다.

"이제는 북한에 못 간 지가 오래되었습니다. 어머니는 세상을 떠났겠지만 막냇동생에게 누를 끼칠까 두려워 안 가기로 했습니다."

양구는 휴전선 바로 밑에 있다. 우리나라 국토 정중앙에 해당하는 곳이다. 두고 온 고향에는 가지 못했으나 가까운 고향 길에 안식처를 마련한 셈이 되었다.

안 선생의 영결 예배를 진행하던 주례목사는 "아마 김형석 선생도 친구 분 옆에 오시게 되겠지요"라고 말했다. 으레 그래야 할 것이라는 듯이….

인간이란 모두가 마음이 자란 고향을 그리다가 영원히 안식할 또 하나의 고향을 찾아가는 여정일 것이라는 생각이 들었다.

(2013. 12)

집 이야기

6 · 25 직후에는 우리 모두가 가난하게 살았다. 나도 그 가운데 한 가정의 가장이었다.

그때까지 집이 없이 떠돌아다니다가 신촌 봉원사 아래 마을에 작은 집을 마련했다. 마루방까지 합쳐서 방이 셋이 되는 작은 집으로, 일제 때 후생부 사택의 하나였다. 어린 것들은 걸어서 한 시간이나 걸리는 먼 길을 왕복해 학교에 다녀야 했다.

그 즈음에는 내가 책임 맡고 있는 부양가족이 아홉이나 되었다. 어머니와 아내, 여섯 자녀들, 아직 고등학교에 다니는 동생까지 있었다.

명색이 교수이기는 했으나 내 서재도 없었다. 할 수 없이 들 한 구석에 동생들이 흙집을 한 방 꾸렸다. 토굴 같은 단칸방이다. 때때로 학생들이나 흠허물 없는 손님이 찾아오면 그 방이 서재 겸 응접실이 되었다. 유리 창문 대신 문풍지가 있는 창문이 하나 있고, 출입문은 시골에서나 보는 초가집 곳간 비슷한 모습을 하고 있었다.

그곳을 다녀간 학생들이나 친지들은 나의 안타까운 처지는 아랑 곳없이 철학교수의 서재라는 별명을 붙이기도 했다. 어떤 때는 그렇게 어두운 독방에서 연구에만 몰두하면 건강은 어떻게 유지하느냐고 걱정하는 사람도 있었다.

어쨌든 10년 가까운 세월을 그렇게 지냈다.

그 후 작은 동생이 결혼을 하고 집을 떠났기 때문에 약간 공간의 여유가 생겼다.

1963년이었을까. 큰딸 ○혜가 대학을 끝내고 미국으로 유학을 떠났다. 3, 4년 뒤에는 큰아들 ○진이 독일로 유학의 길에 올랐다.

모친은 버스 멀미가 심했기 때문에 큰길까지 나가 장손을 배웅하면서, "내가 살아서는 다시 보지 못하더라도 건강하게 공부해가지고 돌아오너라. 네 아버지를 일본에 보낼 때는 1년에 한 번씩 보았기 때문에 덜 섭섭했는데…"라면서 눈물을 닦으셨다.

나는 어머니에게 죄송스러운 마음을 누를 수가 없었다. 손녀가 떠났을 때는 그렇지 않았는데 이번에는 어머니는 며칠 동안 제대로 식사도 하지 못하셨다. 아내는 어머니의 마음을 짐작했기 때문에 아무렇지도 않은 듯이 참고 지내야 했다.

한두 해가 지났을 때였다. 어머니는 나에게 둘씩이나 유학을 보냈으니, 다른 애들은 집에서 같이 데리고 살았으면 좋겠다고 말씀하셨다.

남은 것들은 할머니나 부모의 마음과는 다른 모양이었다. 언니, 오빠가 떠나고 나니까 방이 넓어져서 공부하기가 좋아졌다면서 즐기는 모양새였다.

2년 뒤에는 둘째 딸인 ○예가 결혼을 했다. 유학을 떠나지는 않았으나 집을 떠나기는 마찬가지였다. 그 애까지 떠나면 절반이 나가는 것이다. 좁던 집이 조금씩 여유가 생기기 시작했다.

어떤 날 밤이었다.

아내가 자다가 일어나 전등을 켜더니 멍하니 앉아 있었다. 내가 무슨 꿈이라도 꾸었느냐고 물었다. 아내는 눈물을 참으면서 "아무래도 ○예가 오늘 약혼을 하게 될 것 같아요. 꿈에 내가 뒷마을로 갔다가 ○예 생각이 나 빨리 집으로 돌아오는데 들려오던 ○예의 피아노 소리가 멈추어버리는 거예요. 집으로 달려와 보았더니 ○예도 없고, 피아노도 보이지 않았어요"라는 것이었다.

그날 ○예의 신랑이 될 순 군과 그의 모친이 찾아왔다. 나와 아내는 결혼을 승낙하는 절차를 밟았다.

그 사실을 알게 된 모친은 "유학을 안 보내면 집에 있을 줄 알았더니 또 떠나는구나. 다 내보내고 우리 셋만 남으면 집이 빈 것 같아 쓸쓸하겠다"면서 허전해 하셨다.

넷째인 아들 ○우의 차례가 되었다.

이번에는 모친이 "딸이라면 몰라도 아들인데 제가 원하면 유학을 보내도록 하자"고 먼저 말씀하셨다.

석사과정을 끝낸 ○우가 또 미국으로 공부하러 떠나갔다. 그때부터는 나도 미국과 유럽을 방문하는 기회가 생기곤 했기 때문에 모친에 대해서도 덜 죄송스러웠다. 내가 해외에 나갔다 돌아와서 해주는 아이들의 얘기를 듣는 것이 모친에게 큰 위로와 즐거움이 되었다.

○우는 집을 떠나면서 "모처럼 내 공부방이 생겨 좋아했는데 오래 있어보지도 못한다"면서 자기 방을 동생에게 양보하고 떠났다.

딸만 둘이 남았다.

그러나 얼마 후에 다섯째 딸도 결혼을 하게 되었다. 신랑이 미국에서 일하는 의사였기 때문에 결혼식을 끝내면서 그대로 출국하는 절차를 밟아야 했다. 아내와 어머니는 결혼해서 한국에서 살기를 원했다. 그러나 세상일은 뜻대로 안 되는 것일까. 결혼식을 끝내고 ○애는 신랑과 같이 신혼여행 겸 도미하는 먼 길에 올라야 했다.

교회 밖에서 ○애를 떠나보낸 아내는 나에게 어디로 가느냐고 물었다. 학교로 가야겠다고 말했더니, "어디서 저녁까지 드시고 오세요. 나는 실컷 어디론가 걷다가 늦게 들어갈 것 같아요"라고 말했다. 후에도 나는 어디를 걸었느냐고 묻지 않았다. 혼자서 많이 울고 싶었던 모양이다.

다음 날 아침이었다.

모친은 막내에게 "다 떠나고 ○순이 너 혼자 남았구나. 너는 내가 죽을 때까지 같이 살자"라면서 억지로 웃으셨다.

나는 ○순에게 "너도 기회가 생기면 대학원 때는 미국에 가고 싶으냐?"라고 물었다.

○순이는 "할머니가 허락하시면…"이라면서 말끝을 흐렸다.

모친은 말이 없다가 "갈래면 가라. 다 가는데 혼자 남고 싶겠냐? 그때가 되면 오빠들이 돌아올 테고, 그렇게 되면 또 한 번 집이 옛날 같아지겠지…"라면서 허락하고야 말았다.

○순이는 다른 애들보다 일찍 미국으로 떠났다. 장학금이 주어졌기 때문이다. 막내까지 떠나고 난 뒤에는 그렇게 좁았던 집도 넓어졌다. 식탁에는 셋밖에 남지 않았다. 10여 년 동안에 좁았던 집 공간이 텅 빈 것같이 허전했다.

나는 학교로 가고, 아내마저 교회 일이나 볼 일이 있어 밖으로 나가면 어머니 혼자서 빈 집을 지키곤 하는 여러 해가 지났다.

그래도 모친은 복 받은 분이었다. 오래 건강하게 계셨기 때문에 몇 차례씩 애들이 다녀가는 것도 보셨고, 넓은 마음으로 여러 명이 해외 유학을 떠나게 된 것을 자랑스럽게 생각하기도 했다.

아침에 까치가 뜰 안 은행나무에 앉아서 울고 간 날에는 "오늘은 누구한테서 편지가 올려는고…"라면서 기다리기도 했다.

또 10여 년이 지나는 동안에 몇 가지 변화가 생겼다.

아내가 뇌출혈로 쓰러졌다. 그래도 목숨은 유지할 수 있어 그나마 다행이었다.

큰아들이 귀국하고 결혼을 해서 손녀를 얻었다. 그러나 얼마 뒤 분가를 했다. 둘째도 미국에서 돌아왔다. 결혼을 하고 1년 남짓 같이 있다가 독립해 나갔다.

두 아들과 가족을 떠나보내는 것이 바람직스럽지는 않았으나 그 편이 전체 가족들에게 좋을 듯싶었다. 앞으로는 온 가족이 사회를 위해 봉사할 길이 더 중요했기 때문이다.

큰딸과 다섯째, 여섯째 딸은 그대로 미국에 머물러 살게 되었다. 사위 셋이 모두 의사였고 안정된 일터를 마련했기 때문이다.

마침내 두 아들과 한 딸은 서울에 살고, 나, 노모, 병중의 아내만이 집에 남게 되었다.

그렇게 세월이 흐르는 동안에 사회는 물론 우리 집 주변에도 큰 변화가 생겼다. 금화터널이 완공되면서 우리 집 양쪽은 새로 생긴 넓은 도로와 이전부터 있던 좁은 길까지도 붐비기 시작했다. 대문을 열고 나설 때부터 자동차가 달리는 모습을 보아야 했다. 나 같은 직업을 가진 노년기로서는 견디기 어려울 정도로 번잡해졌다. 대문 앞길은 양쪽 모두가 식당이나 가게로 탈바꿈하고 말았다.

생각한 나머지 집을 옮기기로 했다. 멀리 가는 것은 좋지 않아 보였다. 아내는 계속 세브란스 병원에 다녀야 했고 모친도 곧 100세가 되어가고 있다. 나도 세브란스에서 받을 특혜가 있었기 때문에 연세대 가까이로 집을 옮겼다.

새 집에 들어왔다. 아래층 큰 방은 아내의 병실이 되고, 모친은 작고 아담한 방에 머물면서 거실까지를 차지하게 되었다. 나는 이층을 쓰기로 했다. 속으로 잘되었다고 생각했다. 우리 셋 모두가 세브란스 병원에서 운명할 것이다. 긴 세월이 지나기 전에, 셋을 보내는 애들의 수고도 덜어줄 수 있을 것이다.

이사 온 다음 해에 모친은 우리 모두를 뒤로하고 먼저 가셨다.

잠드시기 두 달쯤 전이다. 당신이 맑은 정신을 가졌을 때 유언을 남기고 싶으셨던 모양이다. 큰아들이면서 가장인 나에게 천천히 그러나 편안한 마음으로 몇 가지를 당부하셨다. 당부보다는 걱정을 하셨다.

"내가 먼저 가는 것은 고마운 일이다. 네 처보다 먼저 가야지. 그런데 나까지 가게 되면 집이 비어서 어떡하지…"라는 염려였다.

내 아내도 곧 떠날 것이고, 나 혼자 남게 되면 옆에 있을 사람도 없을 것이라는 걱정이었다.

나는 "그때는 제가 알아서 할게요. 아무 걱정도 하지 마세요"라고 위로해드렸다.

생각해보면 어머니가 우리들의 집이었다. 가정은 사람의 둥지였으니까.

7년이 지나 아내도 내 곁을 떠났다. 23년을 병과 싸웠다. 우리 곁에 조금이라도 더 머물고 싶었던 모양이다. 아내는 여섯 애들의 마음의 집이었으니까.

나 혼자 남았다.

모친과 아내까지 떠나간 집은 비어 있는 공간이다.

아내를 보낸 뒤, 얼마 동안 여행을 했다. 미국에 있는 세 딸들의 집도 방문했다. 두 달 가까이 걸렸다.

인천공항에 내렸는데 갑자기 집에 가고 싶은 마음이 아니었다. 가고 싶은 곳이 없어졌다.

내 인생의 책임은 다 끝냈다. 모친과 아내는 아쉽지 않게 보내드렸다.

그런데 내가 갈 곳이 없어진 것이다.

내 마음의 집이 비어 있는 것이다.

막내의 마음

오래간만에 일곱 가족이 다 모이게 되었다.

큰딸과 다섯째, 여섯째 딸이 미국에 살기 때문에 집안의 큰 행사가 아니면 다 모이는 일이 쉽지 않았다.

금년은 내가 만 90이 되는 해라고 해서 미국에 있는 딸들도 시간을 쪼개어 동석하기로 한 것이다.

큰딸은 곧 70이 된다. 막내인 ○순이도 60을 바라보고 있다. 생각해보면 구순의 나이가 짧은 것만은 아니다.

여섯 애들 중 막내는 누구도 모르는 동안에 한 특권을 누리고 있다. 다른 아들딸들은 모두가 아버지인 나에게 존댓말을 쓴다. 그러나 막내는 어렸을 때부터 써오던 애칭을 그대로 사용한다. 전화를 걸 때도 그렇다. 내 목소리를 확인한 후 "아버지, 나 ○순이야. 그동안 잘 있었어? 거기도 날씨가 좀 추워졌지? 아버지, 감기 걸리지 말고, 제일 조심할 것은 넘어지면 큰일 나. 노인들은 한 번 넘어져

다치면 일어나기가 어려워진다고…" 식으로 걱정을 한다.

다른 형제들도 막내가 그렇게 존댓말을 쓰지 않는 것을 당연히 여기는 것 같다. 막내가 누리는 특권으로 여기는 모양이다.

자기는 늦게 태어나 부모의 사랑을 많이 받지 못했다는 불만이 있을 것 같기도 하다. 또 모든 절차가 여섯 번째로 가는 동안에는 애정이 희석된다고 느꼈을지도 모른다. 가족들이 다 모이는 기회가 생기면 막내는 언제나 내 옆자리에 앉는다. 여섯 중에서는 첫째와 꼴찌가 어떤 특권이 있는 것으로 자처할지도 모른다. 첫째는 다 차지했다는 자족감, 막내는 아직 찾아 누려야 할 권리가 남아 있다는 불만의식 비슷한 것이 있는 것 같다.

막내는 고등학교 졸업과 동시에 연세대학교에 입학했다. 2년이 지났을 때 미국에 있는 대학에서 장학금을 받아 비교적 일찍 유학을 떠났다. 다른 애들은 대학을 마치고, 또는 대학원에서 석사과정까지 끝내고 유학을 갔다. 막내로 늦게 태어나 일찍 부모의 슬하를 떠난 것이 아쉬웠으리라는 심정이 이해가 간다. 그리고 미국에서 학사, 석사, 박사까지 끝내는 동안에 한국에 다녀갈 기회가 적었다. 다행히 미국에서 결혼을 했고, 지금은 사회학 교수가 되었다.

그러니까 부모의 사랑, 아내가 병으로 눕게 되면서는 어머니의 사랑도 거의 받지 못했다. 나도 항상 그 점이 아쉽게 느껴지기는 했으나, 지금은 자기네 아들딸 모두가 대학을 끝냈다. 부모에 대한 그리움보다는 아내와 어머니로서의 책임이 더 무거워진 상태다.

그 때문인지 막내는 아버지와 더 가까워지려고 맘을 쓴다. 미수 (米壽) 때 나는 미국과 캐나다를 방문하는 기회가 생겼고 10여 일 간은 세 딸과 함께 여행을 하면서 지냈다. 호텔에 들 때 큰딸은 다섯째와 한 방을 쓰지만 막내는 나와 같은 방에 머문다. 그것이 특권이기도 했다.

이렇게 일곱 명이 다 모였을 때, 아이들과 함께 할머니와 어머니가 잠들어 있는 산소를 찾기로 했다.

산소는 서울 북쪽 파주 부근에 있다. 조금이라도 북녘 고향이 가까운 곳을 찾아 멀리 개성 송악산이 보이는 산 중턱에 자리하고 있다.

산소에는 내 모친의 묘가 있고 그 왼편에는 내 빈 무덤이 있다. 그리고 그 왼편에는 아내의 묘가 자리 잡고 있다. 모친과 아내의 무덤 앞에는 비석이 놓여 있으나, 내 빈 봉묘 앞에는 비석이 없다. 내가 세상을 떠나게 되면 두 번 손질을 하지 않고 안장할 수 있도록 동생과 아들이 내 묘까지 미리 준비해둔 것이다.

우리는 간단히 예배를 드리고 점심을 나누어 먹은 뒤, 주변을 돌보면서 잡초를 뽑기도 했다. 30평 정도 되는 묘역은 나무들이 무성한 정원같이 아늑하고 조용했다.

나는 모친의 묘비도 다시 읽어보고 아내의 무덤 위 잔디에 섞여 있는 잡초를 뽑고 있었다. 그러면서 속으로 이렇게 이야기하고 있었다. '오늘은 미국에 있는 딸들도 와서 기쁘지요? 막내 ○순이는 몇 해 만에 와서 그런지 당신 생각을 더 많이 하는 것 같아요. 그 애 결혼식 때 미국에 있던 때가 생각나요? 엄마! 아버지! 하면서 매달려 눈물을 닦던 것을 기억해요? ○순이가 지금은 아들딸을 잘 키워 성공했고, 자기는 교수가 되었어요. ○순이가 있는 대학에 갔는데 학생들은 모두가 크고 어른 같은데 ○순이만 키가 작아서 교수가 아니고 학생 같았어요. 사는 집도 우리보다는 훨씬 좋았고요. 당신도 살아 있으면 한번 가보면 좋았을 텐데.'

그때 ○순이가 내 옆에 왔다. 그리고 하는 말이었다.

"아버지, 이다음에 나도 한국으로 와서 여기 아버지와 어머니 사이에 함께 있으면 안 돼?"

"너의 신랑과 애들이 허락할까?" 나는 억지로 웃었다.

"그래도 오고 싶어…" 막내는 말끝을 흐렸다.

우리는 서로 약속이나 한 듯이 침묵으로 돌아갔다.

나는 속으로 생각했다.

'오면 좋기야 하지. 엄마도 좋아할 테고…'

그러나 그 말을 입 밖에 내놓을 수는 없었다. 그리고 생각했다.

'내가 너무 일찍 한국을 떠나게 한 것이 잘못이었나? 공부를 끝냈을 때 한국으로 데려다가 결혼을 시키고 옆에 두고 살았으면 저런 얘기는 하지 않았을지 모르겠다.'

왜 그런지 가슴이 뭉클했다.

그러면서 속으로는 뒤늦게 다짐했다.

'다른 애들도 다 사랑하지만, 너도 사랑해. 더 오래 더 많이 사랑해주지 못해 미안하다. 너를 사랑하기 위해서라도 오래 건강하게 기다리고 있을게. 여기로 오지 않아도 돼. 어디 있든지 나는 너를 사랑했고 또 사랑할 테니까. 살아보면 사랑 그 자체가 영원하다는 것을 알게 될 거야.'

누님의 선택이 옳았다

초여름에는 스승의 날이 끼어 있다. 작년 이맘때였다. 70대를 맞고 있는 옛날 제자들과 함께 점심시간을 갖게 되었다.

식탁에 둘러앉은 제자들의 화제 중 걱정거리로 떠오른 것은 주로 두 가지였다. 연만한 딸들이 부모의 간절한 요청에도 불구하고 결혼을 하지 않는다는 애기와 혼자된 친구가 재혼을 하고 싶은데 자녀들이 반대한다는 것이었다. 특히 재산을 많이 갖고 있는 친구는 함께하고 싶은 여성이 나타나도 자녀들이 재산 때문에 좋아하지 않고, 재산이 없는 친구는 여자들의 관심 밖이 되어 큰일이라는 고민들이었다.

한 제자는 딸을 대학원까지 보내지 않아야 했다고 하면서, 딸이 적당한 직업을 갖게 되니까 무엇 때문에 남자들의 구속을 받느냐는 식의 독신주의에 빠진다는 것이었다. 그렇다고 공부를 안 시킬 수도 없고, 옛날에는 여자들에게는 결혼이 필수조건이었는데 지금은 선택조건이 되었고 유능한 여성일수록 무관심한 조건이 되는 세상이라는 푸념이었다.

앞에 앉아 있던 제자가, 저 테이블에 앉아 있는 친구는 상배한 지 5년이 지났는데 아직 재혼을 못하고 있다고 얘기했다. 아들딸들이 아버지의 재산을 빼앗길 것 같아 새어머니를 계속 못 들어오게 해서 혼자 외롭게 지내고 있다는 걱정이었다. 돈이 많은 것도 걱정이라면서 동정론을 펴고 있었다.

그런 얘기들을 되씹어보면서 나는 속으로 70년 전의 모친과 적기 누님의 판단이 옳았다는 생각을 했다. 적기 누님이라는 호칭이 이상하기는 해도 우리 집안에서는 내 팔촌 누님을 항상 그렇게 불렀기 때문에 진짜 이름은 나도 기억하지 못하고 있을 성노다.

그 누님은 나보다 7, 8년쯤 연상이었다. 옛날 평양에서 일찍 부잣집의 맏며느리로 출가를 했는데, 3, 4년이 지나도록 아기를 갖지 못했다. 할 수 없이 큰아버지가 사돈집에 찾아가, 손이 귀한 가문인데 잉태조차 하지 못하니까 집으로 데리고 가겠으니 다른 며느리를 얻어 가문을 이어가기 바란다면서 자진해서 결혼을 파기했다. 누님은 집으로 쫓겨 왔고 40년 동안 혼자 지냈다.

나보다 일찍 서울로 온 누님은 어떤 과정을 밟았는지는 모르나 세 명의 남녀 동생들을 이끌고 지내다가 6·25 때는 서울시 부녀국에서 일하게 되었다. 부산까지 피난 와 있을 때는 미국에서 배로 들어오는 구호물자를 받아 피난민들에게 분배해주는 일을 맡게 되었다. 그때 그 일터가 부산 부두 중에서 '적기'라는 곳이어서 우리는 '적기 누님'이라고 부르게 되었던 것이다.

그때 나는 모친과 넷이나 되는 어린 동생들을 이끌고 대연동에 있는 작은 예배당을 숙소로 피난생활을 이어가고 있었다. 나를 알고 따라온 고향 사람들도 있고 또 예배를 드리러 왔다가 갈 곳이 없는 피난민들도 있어 교회에 머무는 식구는 그야말로 대식구가 되었다. 따로 머물 곳을 얻어 떠나가는 사람도 생기고 새로 들어오는 식구도 있었는데, 이북 5도 가족이 다 모인 공동체 같기도 했다.

그 기간이 길었기 때문에 우리 가족들은 부두에서 일하기도 했고, 옆에 자리 잡고 있는 공업고등학교를 병영으로 쓰고 있는 미군 부대에서 근무하는 피난민들이 점차로 자리를 잡게 되었다. 가까운 광안리에는 육군 피복창이 있어 그쪽으로 출퇴근하기도 했다.

그 기간 동안 우리 가족들과 어린애들 특히 가난한 사람들은 적기 누님의 도움을 적지 않게 받았다. 영양부족으로 고생하는 어린애들은 분유와 유아식품으로 도움을 받기도 했다. 지금도 그때 교회 가족이었던 사람들을 만나면 회고담을 나누기도 한다. 어떤 이는 의사도 되고 목사가 되기도 했다. 교육계의 지도자도 끼어 있었다. 이화여대의 김옥길 총장도 당분간 머문 것으로 기억하고 있다.

많은 사람들이 서울로 환도를 했다. 적기 누님은 서울시의 일을 끝냈던 것으로 기억한다. 영락교회의 권사로 있으면서 사회사업과 봉사생활을 찾아 열심히 지내는 동안에 60 고개를 넘기는 나이가 되었다.

그 누님이 한번은 집으로 찾아와 작은어머니라고 부르는 모친과 긴 이야기를 나누고 간 일이 있었다. 모친을 통해 전해 들은 사유는 약간 뜻밖의 얘기였다.

서울에 한 가정이 있는데 남편은 치과의사이고 부인은 고등학교 선생이었다. 그 선생이 누님을 여러 차례 찾아와, 친정아버지가 상배하고 혼자된 지 여러 해가 되는데 홀로 외로이 계시는 것이 마음 아파 두 오빠와 상의해 새어머니를 모시자고 합의를 보았다고 했다. 그리고 여러 방면으로 알아보고 찾아다니다가 내 누님을 알게 되었고 가족회의에서 결정을 했으니까 거절하지 말고 새어머니가 되어달라는 간청이었던 것이다.

누님은 상상도 못했던 청탁을 받고 생각할 것도 없이 거절했다. 그 당시 여성으로서는 당연한 처사였다. 그런데 계속 찾아와 간곡히 청하기 때문에 알아보았더니 두 아들은 미국에서 의사와 고급 기술자로 일하고 있을 뿐 아니라 온 가족이 모범적인 크리스천 가정이었다. 혼자된 아버지도 장로인데 꼭 결혼해야겠다는 생각은 아닌 듯싶어도 자녀들의 권고를 따르기로 했다는 설명이었다.

누님이 모친을 찾아와 그 얘기를 상의한 섯은 여생을 뜻하지 않았던 어머니와 할머니로 보내는 것이 망신스럽기도 하고, 동생들의 가족들에게 누가 되지 않을지 모르겠다며 조언을 구했던 것이다.

모친의 생각은 관점이 달랐다.

"평생 아들딸도 없이 사는 것이 애처로웠는데 더 나이 들면 어디 누구한테 갈 곳이 없지 않느냐. 어차피 남동생 집으로 가는 길밖에 없었는데…. 그 할아버지가 건강하다면 팔자를 바꿔라. 하기야 건강이 좀 나쁘더라도 어차피 도와주러 가는 길인데…"

모친은 긍정적일 뿐 아니라 한평생을 혼자 보내는 조카에 대한 애정이 앞섰던 것 같기도 했다.

미국에서 큰아들까지 와서 친어머니처럼 모시도록 노력할 터이니까 꼭 결혼해달라고 간청했다. 누님은 아들딸들이 저렇게 아버지를 위해주는가 싶어 결혼을 허락했다. 그러나 한 가지 조건이 있었다. 많은 사람들이 자기를 직간접적으로 알고 있는데, 결혼을 하고 서울에서 사는 것은 부끄러우니 미국에 가서 결혼을 하고 살다가 서울 가족들이 보고 싶으면 다녀가면 좋겠다는 조건이었다.

나는 지금도 적기 누님이 어디서 결혼식을 치렀는지 모른다. 모친에게 부탁한 말도 형석이 동생에게는 절대로 비밀에 부쳐달라는 약속이었다고 한다.

얼마 후에 나는 누님이 결혼을 하고 미국에 살고 있다는 소식을 전해 들었다. 큰아들이 장만해준 집에서 자형과 함께 행복하게 지내고 있다고 했다.

미국으로 떠날 때쯤이었을 것 같다. 자형이 나에게 친필 족자 한 점을 보내주었다. 오랜 세월이 지난 뒤였다. 자형은 93세에 세상을 떠났고 누님은 2년 후에 자형 옆으로 갔다는 소식이었다.

지금도 생각해보곤 한다.

누님은 두 아들과 딸, 두 며느리와 사위뿐 아니라 여러 손자들의 존경과 사랑을 듬뿍 받았을 것이다. 친어머니 못지않게 따뜻한 사랑을 베풀었음을 믿기 때문이다.

누님은 그 누구보다도 큰 모성애를 가졌을지 모른다. 사랑할 수 있는 사람은 언제 어디서나 행복을 누리는 것이 인생이니까.

'보미' 이야기

나는 스무 살이 될 때까지 농촌에서 살았다. 농사를 짓는 집에는 언제나 가축들이 함께 살도록 되어 있다. 한두 마리의 강아지, 20여 마리씩 병아리를 몰고 다니는 암탉, 한때는 10여 마리의 비둘기도 키웠다. 초가지붕에는 참새들이 보금자리를 틀고 알을 낳는가 하면 강남 갔던 제비가 처마 밑에 둥지를 틀고 새끼를 키워 나가기도 한다. 옆집 고양이가 숨어들어 비둘기 새끼와 병아리를 괴롭히는 때도 있다.

우리 집에도 언제나 한두 마리의 개가 있어 집을 지켜주기도 하고, 나갔다 돌아오는 가족들을 반겨주곤 했다.

그러나 서울에 와서는 가축들과 함께 사는 일이 쉽지 못했다. 그러다가 신촌으로 이사를 오면서는 다시 가축들이 늘어나기 시작했다. 비교적 넓은 뜰이 있기도 했고, 농사일로 평생을 보내신 모친의 말 없는 요청도 채워드리기 위해, 개, 고양이, 염소 등을 키우기 시작했다. 그러나 신촌 일대가 번잡해지면서는 한두 마리의 강아지만 남게 되었다.

성산대교가 생기고 금화터널이 뚫린 다음에는 할 수 없이 조용한 곳으로 집을 옮길 수밖에 없는 처지가 되었다. 여섯이나 되는 애들은 결혼을 해 집을 떠났다. 모친과 우리 부부만이 남았다. 나도 대학에서 정년을 맞은 후에 지금 사는 연희동으로 이사를 왔다.

이사 온 지 얼마 안 되었을 때였다. 고향이 전남 광주인 부부가 집에 들렀다가, 강아지를 한 마리를 시골에서 얻어왔는데 자기네는 아파트에 살기 때문에 기를 수가 없다면서 좋으시다면 놓고 가겠다는 것이었다. 모친은 좋아하시겠지만 강아지를 돌보아야 할 도우미 아주머니의 생각이 더 중요했다. 얘기를 들은 아주머니가 키우겠다고 반기는 편이어서 다시 새 가족이 늘게 된 셈이다.

귀엽기는 하나 시골에서 온 잡종 개여서 다른 개들에 비하면 볼거리가 되지는 못했다. 그러나 귀염둥이로 잘 자랐고 무척 영리해서 집 주변을 돌아다니면서 제법 집지킴이 구실을 잘해내기 시작했다.

암놈이었는데 아주머니가 어디에 가서 어떤 개와 교미를 시켜왔는지 몇 달 안 되어 다섯 마리 새끼를 낳았다. 새끼들 아빠가 좋은 종류였던 것 같다. 새끼들은 어미 개보다 귀엽고 탐스러울 정도로 예뻤다.

그중의 한 마리는 정말 귀여웠다. 그래서 '곰돌이'라는 이름도 지어놓고 집에서 키우기로 마음먹고 있었다. 그런데 어느 날 오후에 집에 돌아왔더니 그 곰돌이가 보이지 않았다. 아주머니에게 어디 갔느냐고 물었더니, 뒷산 저쪽의 일본인 부부가 달라고 졸라서 주었다는 것이다. 도로 가서 찾아올 수도 없고 내가 단념할 수밖에 없었다. 아주머니는 강아지들은 자기 것인 양 자기 맘대로 처리하기를 바라는 눈치였다. 그만큼 개에 대한 정성과 사랑이 있는 것도 사실이었다.

며칠 있다 보니까 또 다른 한 마리는 몇 집 건너 있는 중국인 교사에게 주어버렸다. 결국은 어미 개 한 마리만 남고 다 집을 떠나고 말았다. 그래도 중국학교 선생네는 집을 비울 때가 되면 우리 집에 맡기고 갔다가 찾아가기 때문에 자주 볼 수 있어 다행이었다.

그러던 어느 날이었다.

주로 아침 일찍 뒷산을 산책하곤 하는데 그날은 오후 시간에 혼자 산길을 돌고 있었다. 그때 젊은 일본인 부부가 곰돌이를 데리고 산책을 나온 것이다. 나도 모르게 "곰돌아!" 하고 불렀더니 곰돌이가 물끄러미 나를 쳐다보다가 새 주인을 따라가고 말았다. 그 일본 부인이 한국말로 "우리 강아지는 곰돌이가 아닙니다"라면서 데리고 산을 내려갔다. 그렇다. 곰돌이는 내 목소리와 모습은 기억에 남았는지 모르겠으나 자기는 '곰돌이'가 아닌 '요네꼬'였을 것이다.

그렇게 두 마리 강아지는 국제적 교류를 한 셈이다. 아마 일본 부부는 곰돌이를 데리고 귀국했을 것이다. 화교 중고등학교 선생이었던 중국인 부부도 어디로 이사를 갔는지, 대만으로 갔는지, 그 다음에는 다시 만나지 못했다.

이렇게 해서 강아지 다섯 마리가 다 집을 떠나고 말았다. 강아지들이 귀엽다고 좋아하시던 모친께서도 세상을 떠났다.

미국에 사는 셋째 딸에게서 전화가 왔을 때 그 얘기를 했더니, 자기가 다음 번 한국에 갈 때 더 종류가 좋은 집 안에서 키우는 강아지를 데리고 가겠다는 약속을 했다.

그래서 곰돌이 대신 온 강아지(나는 그 종류 이름은 모르나)가

지금까지 아래층 현관에 있는 '또순이'가 된 것이다. 프랑스 계통의 작고 흰 털이 보송보송한 강아지인데 이놈은 천성이 주인 옆을 떠나지 않는다. 내가 이층에 머물기 때문에 올라오지는 못하고 종일 위층만 바라보면서 내 동정에만 관심을 쏟는 것 같았다.

곰돌이 아주머니가 부산으로 돌아가고 목포 지방의 새 도우미 아주머니가 왔다. 또순이는 서양개가 되어서 마음에 들지 않았는지 바깥뜰에서 집을 지키는 개가 있으면 좋겠다는 눈치였다. 마침 누가 변종된 진돗개를 한 마리 준다고 해서 받기로 했다. 아주머니는 고향이 같아서 그런지 그 강아지를 더 좋아했다. 암놈이어서 '보미'라는 이름을 지어주기도 했다.

나는 아침 산책을 갈 때마다 보미를 데리고 나서곤 했다. 집 안의 또순이는 가까운 집 주변을 돌면 하루 운동이 충분했다. 그러는 동안에 보미는 자라기 시작했다. 제법 큰 개가 되었다. 이제는 내 힘이 달려 끌고 다니는 것이 부담스러워졌다. 그래서 보미는 외출보다도 뜰 안에서 나와 즐기는 것을 더 좋아하는 눈치였다.

모든 동물이 그러하듯이 저들도 가족들의 서열 감각을 갖는 것 같다. 비록 아주머니가 밥을 주고 돌보아주지만 가장인 나를 더 반긴다. 집주인은 아주머니가 아니고 나라는 표정을 잊지 않는다. 하기야 내가 벌어다 먹여주니까 그럴 법도 한 일이다.

아내까지 보내고 나 혼자 지내면서는 집 안과 밖의 강아지들이 반겨주는 가족같이 되어버렸다.

두 달 동안 외국에 나갔다가 돌아왔을 때 그놈들이 반겨주는 모습은 가족보다도 더 극성스러웠다. 말을 못할 뿐이지 그 표정과 동작은 사람들보다 더 순진하고 희생적이다.

나보다도 더 강아지를 좋아하고 사랑하는 가족들이 있다. 둘째 아들은 아파트에 살면서도 강아지를 키웠을 정도였다. 딸 셋이 다 강아지를 기른다. 큰아들과 가족들은 처음 개가 죽었을 때 며칠을 허전해 하면서 다시는 키우지 않는다고 다짐했으나 또 새 놈을 키우고 있다.

작년에는 미국에 사는 두 딸이 기르던 강아지들이 늙어서 죽었다면서 울먹이는 목소리로 전화를 걸어오기도 했다. 나는 그 마음씨는 공감을 하면서도, "몇 달씩 전화가 없더니 강아지가 죽으니까 전화를 거는구나"라고 푸념 비슷한 말을 했다. 미국에서는 애들이 할아버지 할머니가 죽으면 울지 않지만 강아지가 죽으면 운다고 한다.

한때는 이런 웃기는 이야기가 돌아다니기도 했다.

한국의 늙은 아버지가 미국에 사는 아들 집에 가 머물고 있었다. 어느 날 시장기가 느껴져 냉장고 문을 열었더니 며느리가 냉장고 문 안에 가족 서열을 써 붙였는데, "1번 나, 2번 딸, 3번 남편, 4번 강아지, 5번 시아버지"라고 적혀 있는 것을 보고 하도 기가 막혀, 책상 위에 "3번아! 잘 있어라. 5번은 한국으로 돌아간다"라고 쪽지를 남기고 떠났다는 얘기였다.

내 딸들과 손자들도 강아지가 죽었을 때는 슬퍼했을 것 같다. 전화를 거는 딸들의 목소리를 미루어 짐작이 간다. 미국과 유럽에서는 기르던 개에게 유산을 남기기도 하고 개 무덤에 묘비를 세우기도 한다. 15, 16년을 함께 지낸 정을 잊을 수가 없었을 것이다. 사실 개를 키워보면, 내가 개를 그리워하고 생각하는 것보다는 몇 배나 더 개들은 주인을 좋아한다. 가족들 누구보다도 주인을 그리며 반겨주곤 한다. 그래서 혼자 사는 사람이나 노인네들은 개를 키운다.

옛날부터 고양이는 주인이 이사를 가도 따라가지 않고 집에 남는다고 했다. 그만큼 자기만을 위한다. 그러나 개들은 주인이 떠나면 반드시 따라간다. 때때로 TV에서는 충성스러운 개들의 소행을 보여주기도 한다. 자연과 동물을 사랑하는 사람들은 욕심이 적고 착해진다는 말은 거짓이 아니다.

바로 한 달쯤 전에 사건이 벌어졌다. 점심 후에 밖으로 나서려고 하는데 보미가 같이 놀자고 내 앞뒤를 돌면서 꼬리를 젓고 있었다. 나는 "나갔다가 올게"라며 대문을 닫으려고 하는데, 그러지 않던 보미가 대문 밖으로 튀어나왔다. 당황한 내가 "보미야! 안 돼. 너는 집에 있어야지"라면서 따라나섰는데 이놈은 골목을 돌아 뒷산이 있는 쪽으로 도망쳐버리는 것이었다.

당황한 나는 가까이 사는 큰아들에게 전화를 걸었다. 나는 찾으러 달려갈 수가 없었기 때문이다. 아들은 뒷산과 가까운 골목길을 누비면서 찾아다녔으나 헛수고였다. 우리는 보미가 여기저기 다녀보다가 돌아올 것이라고 생각하고 일단은 기다려보기로 했다. 3, 4일 후에 돌아오는 경우도 있었기 때문이다.

그날 밤은 대문을 잠그지 않고 약간 열어놓았다. 보미가 밀기만 하면 문이 열리도록 했다. 그러나 보미는 돌아오지 않았다. 낮에는 물론 3, 4일 동안 밤에도 몇 차례씩 내다보았으나 소식이 없었다. 아주 떠나갔다고 단념할 수밖에 없었다. 뒷산이 아니라 큰 길을 건너 안산 쪽으로 갔을지도 모른다.

내 얘기를 들은 가족들과 가까운 사람들은 위로의 말을 했다. 그 내용은 두 가지였다. 어디 가서 우리 집 못지않게 잘 지낼 것이라는 이야기와 정들었던 개가 나가버리면 집안의 화를 대신해주는 일이니까 옛날부터 좋은 일로 생각한다는 것이었다.

소식을 전해 들은 미국 애들은 또 다른 강아지를 구해주겠다고 전화했다. 나는 이제는 늙어서 새로운 개가 온다고 해도 잘 돌보아줄 자신이 없기 때문에 또순이나 잘 키워야겠다고 거절했다. 그렇지 않아도 보미를 잘 대해주지 못해 미안한 마음을 가누지 못하고 있기도 했다.

보미가 집을 나간 지 열흘 정도가 지났을 때였다.

밤에 꿈을 꾸었다. 내가 이따금 산책을 했던 동네 산길의 숲 같은 곳에 보미가 나타났다. 마치 기다리고 있었다는 듯이 나를 바라보더니 두 앞발을 들고 뒷다리로 사람들이 일어서듯이 서서 나를 기다리는 것이었다. 내가 "너 여기 있었구나"라면서 다가갔더니 보미는 마치, 자기는 손으로 주인님의 손을 잡을 수가 없으니까 예전같이 두 손목을 잡아달라는 표정이었다. 나는 보미의 두 손목을 잡았다. 보미는 내 키와 차이가 없을 정도로 일어서서 손목을 잡힌 채 내 얼굴과 두 눈을 생시보다 더 뚜렷이 쳐다보고 있었다. 내가 "알겠다, 집으로 가자"라고 했더니 보미는 서서히 그림자와 같이 사라지는 것이었다.

놀라면서 눈을 떴다.

꿈이었다.

꿈을 깨면서 어떻게 된 일일까 생각해보았다.

왜 그런지 아주 나를 떠나가면서 한 번 더 꿈에 나타난 것이라는 생각이 들었다. 옛날에 고향에서도 그 비슷한 일이 있었던 기억이 떠올랐다.

아내의 질투

어느 주말 오후였다.

아내와 친분이 있는 몇 명의 부인들이 우리 집에 모여 어디론가 가기로 되어 있었다.

목사님 사모가 좀 늦어지게 되어 기다리면서 차를 마시고 있을 때였다. 어쩌다가 다음과 같은 대화가 벌어지게 되었다.

"김 선생님은 생각이 앞서신 분인 줄만 알았는데, 어제 방송을 들으니까 무척 조숙하셨던 것 같대요."

"어제 방송 내용이 퍽 재미있었지요?"

"어쩌면 초등학교 4학년 때 그렇게 심각한 연애를 할 수 있었는지 몰라."

"문장 내용이 재미있게 짜여 있어 그렇지 않았을까요?"

"아니에요. 우리 선생님도 같이 들었는데 사람이 사랑에 빠지게 되면 어렸을 때나 젊었을 때는 말할 것도 없고 늙어서도 같은 아픔과 기쁨을 느끼는 법이라면서 공감하던데요."

"사랑하는 여자가 선생님의 귀여움은 받지, 삼각관계가 되었는데 상대방은 힘도 세고 부잣집 깡패이기도 하지, 그 고통이 얼마나 컸겠어요."

"B양이 그 후에 일찍 죽었으니까 그렇지, 다시 만나서 중고등학교라도 졸업했으면 김 선생님도 첫사랑과 결혼했을 게고 좌두(내 아내) 권사님은 지금쯤 다른 분과 결혼했을 뻔했네요. 그렇게 깊은 사랑에 빠졌던 첫사랑이면 헤어질 수 있었겠어요?"

"용악산이었던가요? 김 선생님에게 B양이 진달래꽃을 한 아름 안겨주면서 '나는 너밖에 좋아하지 않아. 네가 걱정하는 그 J는 힘 세고 돈만 많지 나쁜 애라는 걸 잘 알아. 내가 너를 좋아하는 걸 J가 알게 되면 너에게 해코지할까 봐 아닌 체하는 것뿐이야. 난 무슨 일이 있어도 너만 좋아하는 것 알지 않아'라면서 위로하던 장면은 영화를 보는 것 같았어요."

"그래도 그 나이에 그렇게 서로 좋아할 수 있었을까?"

"좋아할 수 있지. 그렇게 좋아하는 것이 사랑이 되는 것 아니겠어요?"

"왜 사모님은 김 선생님 얘기를 하고 있는데 잠잠히 계세요? 화가 나거나 질투심이 생기지도 않으셨어요?"

내 아내는 무슨 영문인지도 모르고 듣고만 있었다. 아내는 그들보다 나이는 많아도 순진하고 철늦은 성품이기도 했다.

P교수 부인이 말했다.

"사모님은 그 방송을 안 듣고 계시는가 보다. 책에서는 읽었는지 몰라도…"

그제야 아내는 뜻밖이라는 표정으로 부인들의 이야기를 완강히

56

부인했다.

"처음 듣는 얘기인데요? 우리 선생님이 초등학교 때 연애를 했다고요? 연애는 아무나 하나요? 할 사람이 따로 있지. 우리 선생님은 세상 철이 늦어서 그런 건 생각도 못해요."

마치 누가 뭐래도 거짓말이라는 듯이 믿지 않았다. 그것도 시골 초등학교 촌뜨기였던 남편이 그랬다니까 인정할 수가 없었던 것이다.

그때 목사님 사모가 들어왔다. 한 부인이 지금까지 있었던 이야기를 알려주면서 "사모님도 방송을 들으시지요?"라고 물었다.

"우리 목사님이 더 좋아하시기 때문에 듣곤 합니다. 목사님도 '김 교수님 사모님이 들어야 하는데…'라며 웃으시던데요?"

이런 대화를 나누다가 시간이 늦었기 때문에 모두 집을 나섰다.

그즈음에 내가 쓴 『한 인간의 이야기』라는 책이 문화방송국의 요청으로 주중에 연속해서 낭독되고 있었다. 그중 'B양의 이야기' 편이 낭독되었는데 아내는 그 사실을 모르고 있었던 것이다. 그 내용을 아내보다 연하의 친구들이 각색을 붙여 가면서 이야기를 꾸며 댔던 것이다. 마치 부부싸움이라도 부추기듯이.

그날 늦게 돌아온 아내는 이층에서 책을 빼내다가 읽기 시작했다. 물론 궁금했던 'B양의 이야기'를 찾아 읽는 것이 목적이었다.

이런 일이 있었던 사실을 나는 전연 모르고 있었다. 아무 사건도 벌어지지 않고 여러 날이 지났다.

애들은 모두 학교로 가고, 나 혼자 이층 내 방에서 원고를 쓰고 있는데 아내가 올라왔다. 평소에는 내가 서재에 있을 때는 찾는 일이 없던 아내였다.

들고 온 커피 잔을 책상에 놓으면서 아내는 선전포고를 하는 것이었다.

"내가 당신 시간을 좀 빼앗아야 되겠어요."

나는 "무슨 일이 있었어요?"라고 물었다.

아내는 "내가 당신 첫사랑은 못 된다는 것은 알았는데, 몇 번째 사랑이지요?"라는 것이었다.

"다 알고 있으면서 무슨 영문인지 모르겠네. 당신 말대로 내가 누구를 먼저 사랑하는 위인은 못 되지 않소. 당신한테 끌려서 사랑하고 결혼하게 된 건데…"

"나도 그런 줄만 알았는데, 그럼 초등학교 때 B양은 누구지요?"

"B양? 누구… 아아, 내 책에 나오는 얘기를 읽었군요. 이상하다. 당신은 내 책을 읽는 일이 없었는데…"

"방송을 통해 공개되었기 때문에 아는 사람은 다 알고 있어요. 나만 모르고 지냈지."

"그때는 그런 일이 있었어."

"그러면 그것이 첫사랑이지 뭐예요? 나 때문에는 한 번도 애태우거나 밤잠을 못 잔 일은 없었잖아요? 그런데 B양인가 한 여자 때문에 식사도 제대로 못하고 가슴 태웠다면서요?"

"뭐, 그런 정도는 아니었어. 철없는 때니까…, 글을 쓰다 보니까 그랬던 기억이 떠오른 거지. 그런 것까지 따지면 첫사랑이 없는 사람이 어디 있나?"

"목사님 사모가 B양이 살아 있었으면 나는 당신과 결혼도 못했을 거라고 놀려주는데, 생각해보니까 그랬을지도 모르잖아요. 그 여자가 죽지 않았으면 나 같은 여자야 생각이나 했겠어요?"

"그런 얘기면 그만합시다. 옛날 일을 끄집어내어 싸워봤자 아무

도움도 안 되는 걸 가지고…”

“어쨌든 그 여자를 사랑했던 것은 틀림없지요? 그러니까 그 여자가 첫사랑이고…”

“그런 것도 사랑인가. 그때는 좋아한 건 사실이지만…”

“그만큼 좋아했으면 사랑이지 그 이상이 어디 있겠어요?”

“내가 그렇게 심각하게 썼나? 사실은 그렇지는 않았을 텐데…”

“발뺌은 그만하시구요. 왜 나와 같이 용악산에 여러 번 갔으면서 그 B양인가 여자 얘기는 안 했어요? 진달래 꽃다발까지는 미안해서 못했을지 몰라도…”

“옛날 일이기 때문에 잊고 있었지. 이야기할 필요가 없었고.”

“삼각관계로 고민한 남자는 차 집사지요?”

“어떻게 알았소?”

“당신이 나보고 그러지 않았어요? 저 차 집사 때문에 초등학교에 다닐 때는 고생을 많이 했다고.”

“그때는 그랬어.”

“그때는 B양을 사랑도 했고요?”

“이젠 그만합시다. 초등학교 때 1년 반하고 당신과 같이 살아온 30년하고 비교할 필요도 없지 않소?”

“보세요. 비교한다는 것이 그 여자가 첫사랑이라는 증거 아니에요? 헤어진 다음에 다시 보지도 못하고 죽었다는 소식을 들었을 때 얼마나 마음이 아팠겠어요? 안 되긴 했어요.”

나는 아내가 그렇게 머리가 좋은 줄은 몰랐다. 더 얘기를 하다가는 밑천도 찾지 못할 것 같았다. 지금까지는 한 번도 그런 일이 없었는데….

“무조건 내가 잘못했으니까, 당신이 용서해주는 걸로 끝냅시다.

남들이 보면 쑥스럽기도 하고…. 그 사모님들이 당신이 어린애 같아 보이니까 놀려먹는 것에 넘어간 것 같은데…, 나까지 못 믿으면 누구를 믿겠어요? 좀 있으면 손자까지 태어날 텐데…”

나는 이렇게 사과하고 용서를 빌었다. 그 문제로 다투다가는 득될 것이 없겠기 때문이었다.

“좋아요. 그러면 두 가지 조건을 약속받고 용서해줄게요.”

“두 가지 조건이 무언데?”

“첫째는 앞으로는 절대로 B양 생각은 하지 말 것. 둘째는 첫사랑도 또 다른 한 번의 사랑도 없을 것으로 할 것. 약속하지요?”

“확실히 약속할게요.”

결국은 내가 지기로 했다. 진다고 해서 손해 볼 것도 없었다. 그렇게 해서 작은 전쟁은 끝났다.

그런데 아내는 그렇지 않은 것 같았다.

한 주말에는 친구들과 관악산을 다녀왔는데, 저녁 때 아내가 빈정대는 것이었다.

“관악산에는 바위도 많고 진달래꽃도 피었지요? B양 생각이 간절했겠어요. 이제는 웃으면서 반겨주는 옛사랑도 없고…”

한번은 온 가족이 모여 북한 고향 얘기를 하고 있었다. 큰 동생이 말했다. “동아일보에서 북한의 문화재 책이 나왔는데 용악산 밑의 용곡 서원과 우리가 자주 들르던 법운암 사진도 들어 있던데요. 조금도 변하지 않고 그대로였습니다.” 나도 별 생각 없이 “용악산에는 바위도 많고 그 일대는 꽃동네였는데…” 하는 말이 입 밖으로 나왔다.

그날 밤이었다. 아내는 “오늘 밤에는 고향 생각에 잠 못 이루겠어요. 용악산과 진달래꽃과 B양 생각에…”라면서 편치 않은 표정이었다.

아내가 발병하기 전해였다.

나는 아내와 같이 캐나다를 여행하고 있었다. 저녁 시간에 모여 앉았던 사람들 중 한 명이 "대한민국에서는 무궁화가 나라꽃으로 되어 있는데 북한은 나라꽃이 무엇인지 모르겠네요. 이 목사님이 최근 평양에 다녀오셨는데 혹시 무슨 얘기를 들으셨어요?"라고 물었다. 이 목사는 "정확히는 모르겠는데 진달래꽃이 아닌가 싶어요. 야생화로는 대표적이니까요. '영변의 약산 진달래꽃'도 있지 않아요? 북한에는 진달래꽃이 없는 산은 없었으니까…"라고 설명했다.

나는 아무 생각도 없이 늦은 시간에 아내와 같이 호텔로 돌아왔다.

잠자리에 들 시간이 되었는데 느닷없이 아내가 말했다.

"오늘 밤을 못 주무시면 내일 강연회에 지장이 생길 테니까 아무 생각 말고 주무세요. B양과 진달래꽃 꿈을 꾸면 안 돼요."

나는 '자기가 다시는 B양과 진달래꽃 생각을 하면 안 된다고 말해놓고는… 아직도 못 잊고 있나?' 생각했다.

그 아내가 내 곁을 떠난 지 벌써 10년이다. 오늘이 기일이어서 애들과 점심을 같이했다.

오늘 밤에는 진달래꽃 싸움이라도 하기 위해 꿈에 아내가 나타나 주었으면 좋겠다.

영화에서 눈물을

90이 넘는 나이가 되니까 두 가지 삶의 생존기가 사라져간다.

만나기도 하고 대화를 나누던 친구들이 하나씩 먼저 세상을 떠난다. 아직 살아 있다는 소식은 듣지만 거동이 불편하거나 병원에서 세월을 보내고 있다.

옛날 생각이 떠올라 앨범을 들춰 보는 때가 있다. 70대만 해도 참 좋은 세월이었는데… 하는 그리움이 되살아난다.

정신적 고독만이 아니다. 생리적 외로움이 찾아든다. 감기에라도 걸리게 되면 하루하루가 그렇게 길게 느껴질 수가 없다.

90이 넘으면 백년해로를 약속했던 부부 중의 한 사람은 옆에 있지 못한다. 남아 있더라도 다른 사람이 돌보아주어야 한다.

어느 사이엔가 나도 그런 독거노인 중의 한 사람이 되어버렸다.

혼자 시간을 보내고 있는 내가 가여워 보였을까. 후배 둘이 찾아와 영화나 보러 가자는 것이다. 옛날과 달리 두세 시간 영화관에 앉아 있는 것도 쉬운 일이 아니다. 열심히 영화를 보다 보면 피곤이 더해지기도 한다. 스토리가 단순하고 대화가 적으면서도 인상 깊은 영화라면 좋겠다면서 따라가곤 한다.

1.

안내를 받아 보러 간 영화의 제목은 『님아, 그 강을 건너지 마오』였다. 뉴스를 통해 화젯거리가 되어 있으며 젊은 사람들도 눈물을 자아낸다고 들었던 영화다.

인생의 황혼기를 보내는 늙은 부부가 익살스러운 장난을 부리는 것을 보면서는 웃어보기도 하나 곧 쓸쓸해진다. 해가 서산에 걸쳐 있는데 억지로 낮에 겪었던 과거를 재연해보는 것 같았다. 정을 나누고 사랑을 주고받는 마음에는 변화가 없는데, 남은 시간은 더 빨리 흘러만 간다.

나도 모르게 눈물이 흘러내렸다. 다른 사람이 아닌 내 얘기였기 때문이다.

아내를 먼저 보내고 얼마나 허전하고 힘들었던가. 23년 동안은 병중의 아내를 돌보아주었다. 그래도 돕고 있다는 것 때문에 보람을 느꼈다. 떠난 지 벌써 10년을 넘기고 있다. 그 10년은 더 견디기 힘들었다.

지난 일들을 잊고 지내다가 화면에서 같은 장면들을 보고 있자니, 슬프지는 않은 것 같은데 계속 눈물이 쏟아졌다.

나이 때문일까?

아내는 나를 먼저 보내고 싶었을 것이다. 혼자 외롭게 지내는 내 모습을 보고 싶지 않았을 것이다. 아내에게는 내가 모르는 모성애가 있었던 것 같다. 사랑하는 사람을 가엽사리 혼자 두고 간다는 것은 참을 수 없는 아픔이었던 것 같다. 병중에 있으면서도 내 걱정만 하고 있었다. 자기는 나보다 더 힘들었으면서도….

가는 사람보다 남는 임이 얼마나 더 어렵고 힘들지를 아내는 일찍부터 깨닫고 있었던 것 같다.

지금까지 그 남기고 간 고독을 이겨보려고 얼마나 힘들었던가.

그래서 (건널 수 없는 강을 건너) 임을 뒤따라가는 임들이 있었을 법도 하다.

그러나 그 강을 건너지 않는 사람은 없다. 그리고 그 강은 사랑하는 사람과 함께 건널 수는 없다.

그래서 죽음보다 아픈 이별의 잔을 마셔야 하는 것이 인생의 길이다. 그 이별은 경험해본 사람만이 안다. 사랑하는 사람을 보내고 홀로 남는 아프고 힘든 운명의 채찍을….

영화의 마지막 장면이 더 슬펐다.

사랑하는 남편을 강 건너 피안의 세상으로 보낸 아내가 강가에 혼자 앉아 있다.

이제부터는 어떻게 할 것인가?

나는 계속 눈물을 참지 못했다. 옆에 있는 후배들이 볼까 봐 눈물을 닦지 않았다. 왜 그런지 창피스럽기도 했다.

전등이 켜지기 전에 고개를 숙이고 한꺼번에 얼굴을 닦아버렸다.

오래지 않아 나도 그 강을 건널 것이다. 남아서 보내는 사람들이 허전하고 슬프기는 해도 미소로 보내주었으면 좋겠다.

나도 내일은 다시 만날 수 있었던 옛날같이 미소를 지어보이며 강을 건널 수는 없을까.

2.

내 선배였던 오 선생은 길 건너 앞집에 살았다.

오래전 관객들의 마음을 저리게 했던 영화 『러브 스토리』를 혼자서 세 번이나 보면서 눈물을 흘렸다는 애기를 한 적이 있었다.

같은 애기를 딸에게 했더니 "아버지도 젊은 나이도 아니면서…"라고 남의 일같이 듣고 흘려버리더라는 것이다.

그래서 "네가 슬픔이 어떤 것인지 알기나 하나. 내 나이쯤 되어 보지 못했으니까"라고 말해주고 싶었다는 것이다.

나도 그 영화를 본 기억이 있다. 오 선생은 연극문학을 전공했으니까, 아마도 남달리 정감이 풍부했을 것으로 생각하고 있었다.

그런 애기를 남긴 노교수는 얼마 후에 위암으로 우리 곁을 떠났다. 아직 대학에 재직 중이던 60대 초반이었다.

왜 그 단순한 스토리의 영화가 오 선생의 마음을 서글프게 만들었을까? 아마 오 선생은 자신도 모르게 건너서는 안 되는 강가에 가까이 온 것을 예감하고 있었던 것이 아닐까?

그 후에 그가 발표했던 수필을 읽었다. 남겨놓고 간 친지, 가족들의 애기와 모습들이 생생하게 영화의 장면처럼 그려져 있었다.

사랑하는 부인과 딸들이 그 강을 건너지 말라고 그렇게 애원했는데도 너무 일찍 그 강을 건넜던 것이다.

러브스토리 마지막 장면이었던가. 사랑하는 젊고 아리따운 아내를 보내고 대학생 때 같이 앉았던 경기장 빈자리에 혼자 앉아 있던 주인공의 모습이 떠올랐다.

결국 인생은 사랑하는 사람들을 다 보내고 혼자 남는 것일까? 그 외로움을 어떻게 견디려고.

3.

지방에 간 일이 있었다.

동행했던 이들이 시간의 여유가 있으니까 영화나 보자고 권유했다.

끌려서 따라갔더니, 널리 알려져 있던 『국제시장』이었다. 나는 그 내용은 어느 정도 짐작했으나 부산에서 피난생활을 하면서 겪었던 국제시장의 인상은 떠올리고 싶지 않았다.

영화의 장면이 바뀔 때마다 잊고 지냈던 옛날의 나 자신의 모습을 그대로 보는 것 같았다. 흥남에서 탈출하는 사람들 속에서는 나와 가족들의 모습이 떠올랐다.

나는 서울에서 남으로 날리는 기차 화물칸 지붕 위에서 긴 밤을 보내기도 했다. 떨어질 것 같아 위험하니까 허리끈으로 화물칸 지붕 저쪽 사람과 같은 줄을 붙들고 잠들기도 했다.

내 부친과 삼촌, 조카들은 38선을 넘지 못해 북에 남아 생사를 모르게 세상을 끝냈다. 중학교 때 나를 가까이 기억해주던 은사 이 선생은 병중에 있으면서 아들딸에게 자기 걱정은 하지 말고 서울로 가라고 명령하듯 강권했다. 그 아들인 내 친구는 아버지는 세상을 떠난 것으로 안다고 말했다. 그때도 병환이 중했으니까.

영화를 보면서 돈을 벌기 위해 머나먼 서독으로 간 젊은 광부들, 간호사들의 얼굴이 떠오르기도 했다.

그때 나는 을지로에 있는 메디컬센터에서 일요일 오전마다 설교로 도운 일이 있었다. 그곳에서 젊은 여성 몇 명이 서독 행을 지망해 떠나는 송별 모임이 벌어지기도 했다.

그때 서독으로 갔던 사람들 대부분은 한국으로 돌아왔으나, 어떤 사람들은 독일에 남았다가 늦게 귀국하기도 했고, 캐나다로 이민 간 사람들도 있었다. 교육수준이 높은 사람들이어서 그 어려움을 (한국에 욕되지 않게) 이겨낼 수 있었다.

지금도 그들은 자기들이 서독에 가서 고생했다는 얘기는 하지 않는다. 그 당시 우리 겨레가 얼마나 힘들게 살고 있었는지를 잘 기억하고 있기 때문이다.

그러나 두 가지 이야기는 한다. 고향과 조국이 무엇인지 알았다는 것과 잘사는 나라 사람들이 한없이 부러웠다는 얘기다. 그 말 속에는 두 가지가 깔려 있다. 조국에 대한 그리움과 애국심이다. 그들은 그 체험을 했기 때문에 누구보다 나라를 사랑하며 지금도 정치계를 누구보다 더 걱정하고 있다.

나와 가까이 지내던 박 장로는 몇 해 전 교통사고로 세상을 떠났다.

박 장로가 베트남전에 참전해 있는 동안은 생사를 넘나드는 위기의 연속이었다. 병영에서 깨어나는 아침과 잠드는 저녁에는 하느님께 우리보다는 교회와 조국을 굳건히 지켜달라는 기도를 드리곤 했다는 얘기였다. 자기 자신은 아주 작아지고 멀리 떠나온 겨레와 조국은 한없이 크고 소중해졌다는 회고담이었다.

나는 영화를 보면서 박 장로와 베트남에 갔던 친척 동생 D군의 모습을 떠올렸다.

KBS 앞마당 장면이 나왔다. 내 동생들과 고향 사람들도 혹시나 싶어 서성거리던 기억이 잊히지 않는다.

아직도 내 가까운 가족들의 일부는 북한에 있다.

어머니는 세상을 떠나시게 되면서 개성이 바라보이는 산에 산소를 정했다는 소식을 전해 듣고 반가워하셨다. 아버지가 잠들어 계시는 북쪽 하늘이 보이는 곳이어서 그랬던 것 같다.

영화에서 그리던 가족을 만나는 장면이 나올 때는 박수를 치는 사람도 있었다.

영화가 끝나고 자막이 나왔다.

눈물을 훔치는 모습이 여기저기서 보였다.

나와 동석했던 친구들은 아무 말도 하지 않았다. 영화관을 빠져 나올 때까지….

주차장까지 와서 말없이 차에 올랐다. 한 친구가 "교수님도 눈물이 나셨지요?"라고 물었다.

나는 쑥스러웠다. 무어라고 할 말이 없었다.

그래서 며칠 전 우이동에 있는 4 · 19 묘지에 다녀왔는데 그때 마음과 비슷하다고 말했다. 그리고 4 · 19 묘지나 현충원에 다녀오면 나를 위한 모든 욕심이 사라지곤 한다고 덧붙였다.

내 욕심을 떨치고 나면 선조, 선배들이 사랑했던 대한민국이 가까워지는 것 같은 마음이 된다.

4.

오래전이다.

한 후배가 나를 이끌고 『워낭소리』라는 다큐멘터리 영화를 보여 준 일이 있었다.

그 한 장면을 보고 갑자기 흐르는 눈물을 억제하지 못했던 기억이 떠오른다.

노부부가 자기네들만큼이나 노쇠한 소 한 마리와 함께 평생을 농사일에 매달려 살았다. 그런데 그 소가 주인보다 먼저 기력이 쇠잔해지고 말았다. 병에 걸린 것이다.

동물병원 의사에게 보아달라고 부탁했다. 의사는 더 일을 할 수도 없고 곧 목숨이 다할 것이라고 진단했다. 노인도 그럴 것이라고 짐작하고 있었다.

농사일의 동반자였던 사랑하는 소가 주저앉아 일어서기도 힘들어하는 모습을 본 할아버지는, 무언가 결심한 듯이 일어서더니 집으로 바쁘게 걸어갔다. 그리고 낫을 들고 와 누워 있는 소 앞으로 다가가 코뚜레 줄을 낫으로 끊어버리는 것이었다.

그 동작은 마치 이렇게 말하는 것 같았다.

"우리 집에 왔을 때 내가 네 코를 꿰어 너를 부려왔는데 이제는 목숨이 다 되기 전에 네 자유를 찾아 누려라. 미안하다. 일 때문에 너를 구속했는데 나를 원망하지 말고 자유로운 저 세상으로 가라."

오래전 나는 이탈리아를 여행하면서 미켈란젤로의 조각을 인상 깊이 감상한 일이 있었다.

미켈란젤로는 말년에 노예에 관한 조각을 여러 점 남겼다. 해방되어야 한다는 열망, 자유로워지고 싶은 의지가 가득 차 있는 작품들이다.

미켈란젤로는 우수에 젖어 산 예술가였다. 멜랑콜리라는 개념의 주인공이다. 그의 작품 전체가 그렇다.

그의 작품 '노예'들은, '자유는 죽음과 더불어'라는 뜻을 말없이 보여주는 것 같았다.

솔로몬이 유신론적 허무주의자였다면 솔로몬 못지않게 지능이 높았던 괴테는 회의주의자였다. 미켈란젤로는 그 누구보다도 어둡고 슬픈 감정을 지니고 살았다. 자유를 찾아 고뇌의 생애를 보냈다.

나는 소의 코뚜레 줄과 굴레를 풀어주는 장면을 보면서, 미켈란 젤로의 '노예'에게는 자유가 없는가? 죽음만이 자유의 길인가? 하는 생각이 들었다. 그의 노예들은 삶에서 죽음을, 죽음을 통해서 자유를 암시하는 듯싶었다.

정신적이고 인간적인 자유를 갈망하는 우리에게는 굴레를 풀어주는 농부의 사랑도 없는가라고 묻고 싶어졌다.

그래서 슬펐던 것 같다.

나에게도 두 스승이 있었다

불가를 통해 널리 알려진 이야기가 있다.

석가모니가 출가한 제자와 길을 걸어가고 있었다. 길가에 떨어져 있는 종이 봉지를 본 석가모니가 제자에게 "저 종이가 무엇에 쓰였던 것이냐?"라고 물었다. 제자가 그 종이에서 뿜어대는 향내를 맡아보고, "향을 싸 두었던 종이입니다. 아직 향내가 남아 있습니다"라고 대답했다. 좀 더 가다가 길가에 새끼줄이 버려져 있는 것을 본 석가모니가 "저 새끼줄은 무엇에 썼던 것이냐?"라고 물었다. 다시 냄새를 맡아본 제자는 "생선을 꿰어서 묶었던 새끼줄입니다. 지금도 생선의 비린내가 배어 있습니다"라고 말했다.

사람이 어진 사람과 사귀게 되면 지혜를 배우나 어리석은 이와 함께하게 되면 자신도 모르는 동안에 어리석음에 빠지는 법이다. 모든 것은 마음에서 우러나오는 것이기 때문에 밝은 마음씨와 지혜를 갖고 스스로를 지키며 사람을 대해야 한다고 석가모니는 가르치

셨다. 스스로의 마음을 다스리는 사람이 인생과 사회를 바로잡는다
는 뜻이기도 했다.

지혜로운 스승과 배우려고 노력하는 제자의 아름답고 소박한 대
화 장면이다.

그래서 우리도 누구를 대할 때는 존경하는 사람이 누구인지 묻기
도 하고, 스승이 누구였는지 알아보기도 한다. 그가 사귀는 친구를
보면 그 사람이 어떤 인품인가를 짐작할 수도 있기 때문이다.

나는 지금도 그것이 어리석은 실수가 아니었나 하고 생각해보는
때가 있다.

대학에 부임하고 몇 해 되지 않았을 때였다. 국어학자인 김윤경
교수와 상경대학의 박 교수가 나를 찾아왔다. 두 분 다 나도 존경하
고 후배 교수들도 신뢰하는 교수였다. 두 분은 정중하게, "우리 둘
이 다 흥사단 단원인데 여러 가지 면으로 보아 김 선생도 도산 선생
의 뜻을 받들어 사회와 나라를 위해 함께 일했으면 좋겠다. 흥사단
에 입단했으면 어떻겠느냐"라고 간곡한 청을 했다. 그분들의 뜻과
내 마음이 일치하고 있음을 우리 서로가 인정하고 있기도 했다.

너무 뜻밖의 일이어서 나는 망설이다가 대답할 수밖에 없었다.

"나도 두 분 못지않게 도산 선생을 존경하고 흠모하면서 살아오
고 있습니다. 도산은 저와 같은 고향이기도 하고 제가 열일곱 살 때
이틀 동안 두 차례에 걸쳐 선생의 강연과 설교를 듣기도 했습니다.
아마 그것이 선생의 마지막 공식석상의 강연이기도 했을 것입니다.
다음 해에는 병으로 세상을 떠났으니까요. 선생이 돌아가신 후에는
주인 없이 비어 있는 대보산 산장에 가서 눈물을 흘리기도 했습니
다. 제가 흥사단에 몸담게 되면 저에게는 영광이기도 합니다. 그런

데 저는 철학을 공부하기 시작하면서 한 가지 소망스러운 마음의 다짐이 있었습니다. 한평생을 자유로운 지성인으로 살자는 뜻이었습니다. 그런데 흥사단에 입단하기 위해서는 입단 서약이 있어야 합니다. 저는 그 절차를 밟는 것이 적지 않은 부담이 됩니다. 저도 두 분과 같이 크리스천입니다. 그러나 교리는 제 자유를 구속할지 모르나, 그리스도의 교훈은 '진리가 너희를 자유케 하리라'라는 것을 믿기 때문에 신앙은 양심의 자유를 준다고 믿고 있습니다. 지금도 장로교에 다니고 있으나 저는 칼뱅을 다 따르지는 않습니다. 그의 교의학은 제 정신적 자유를 얽매는 무엇이 있다고 생각합니다. 오히려 그 점에 있어서는 루터의 인간적 입장을 따르고 있습니다. 이런 점들을 고려해보면 누구보다도 도산의 정신을 받아 따르고 싶지만 흥사단에 들어가는 것은 마음에 내키지 않습니다. 다시 시간의 여유를 갖고 생각은 해보겠습니다."

이렇게 내 심정을 숨기지 않은 일이 있었다.

이상하게도 그 일이 있은 다음부터는 과거보다도 더 도산을 사모하게 되었고 흥사단 일에 협조하는 사람의 하나가 되었다. 흥사단이 주관하는 시민 강연에도 여러 번 동참했고, 『새벽』 지에도 기고를 하곤 했다. 오래 계속해온 흥사단 주최의 금요강좌에 강사로 나가기도 했다. 지금까지도 단원은 아니면서 단원 못지않게 도산정신을 계승하는 일에 정성을 쏟고 있다.

그러던 중에 뜻밖의 기쁜 소식에 접하게 되었다. 친구인 안병욱 선생이 흥사단원이 되었고 후에는 이사장의 중책을 맡기까지 했다. 크게 다행스러운 일이었다. 안 선생이 나 대신 흥사단을 위해 수고해준다고 생각할 정도로 고마웠다. 그리고 안 선생은 나보다도 더 충성스러운 도산의 제자가 되었다. 내가 도산을 존경하고 사모하는 것과는 비교가 안 될 정도로 도산 연구에 열성적인 정성을 쏟았다. 내가 할 수 없었던 일까지 감당해준 노력에 지금도 감사한 마음을 금치 못하고 있다.

그렇게 몇 십 년의 세월이 지나는 동안에 나는 안 선생이 언젠지 모르게 인생관과 삶의 목표 설정에 크게 변화를 일으키고 있음을 발견했다. 안 선생이 우리 누구보다도 애국자가 되어 있었다는 사실이다.

안 선생은 대학에서는 철학교수였다. 그래서 같은 과의 많은 교수들과 함께 지내게 된다. 다른 교수들, 특히 대한민국에서 자란 교수들과 비교해보았을 때는 언제나 안 선생이 나라 걱정을 더 많이 제일 먼저 하는 마음의 위치를 지니고 있었다. 나는 그가 탈북 1세대이기 때문일 것이라고 생각했다. 그러나 그의 애국심은 도산의 인격적 유산이었다. 그리고 다시 한 번 우리 주변을 살펴볼 때는 도산의 정신을 이어받은 사람들은 모두가 나라 걱정을 먼저 하고 겨레를 위해서는 나의 소유나 명예는 뒤로하는 뜻을 갖추고 있음을 발견하고 있다.

진정한 애국자는 자기가 애국자라는 생각도 마음도 갖지 않는다. 나라를 위해 도움을 주지 못한다는 부끄럽고 죄송한 생각이 앞설 뿐이다. 한 가지가 있다면 모든 일에 나라를 먼저 생각하고 걱정하는 마음을 갖고 산다. 만일 "그도 애국자였는가?"라고 묻는다면 그의 제자들을 보면 알게 된다. 도산을 사모하고 사랑한 사람은 모두가 나라를 사랑하고 걱정하도록 되어 있다고 말해 잘못은 아니다.

먼저 이야기로 돌아가자.

공산 북한을 등지고 서울에 와서 처음 일자리를 얻은 곳이 인촌 김성수 선생이 교주(校主)로 있는 중앙중고등학교였다. 중앙에 있으면서 6·25를 겪기도 했다.

그 기간에 나는 또 한 분의 마음의 선배이면서 스승이 된 인촌을 한때는 가까이 모시기도 했다. 27세의 젊은 나이였다. 그때까지 나는 인촌 같은 분과는 정반대되는 환경에서 살았다.

내가 존경하고 싶을 정도로 친근했던 두 친구는 모두 공산주의자가 되어 대한민국을 버리고 북으로 가서 일했다. 나도 모든 성분과 성장과정이 그 친구들과 비슷했다. 다른 점이 있다면 나는 중학생 시절부터 기독교정신을 안고 자랐다. 그리고 2년 동안 고향 만경대에서 김일성 정권의 탄생과 공산주의 사회의 미래를 확인할 수 있었기 때문에 두 친구들과는 반대되는 정치노선을 선택했다.

그런 과거를 살아온 나였기 때문에 재산가였고 품격 높이 자란 인촌 선생과는 성분과 성장과정이 다른 거리감을 느끼지 않을 수 없었다. 그런데도 내가 인촌을 존경하고 따르게 된 데는 두 가지 이유가 있었던 것 같다. 인촌은 도산 못지않은 애국심을 갖고 있었다. 그리고 대단히 양반스럽고 지혜로운 분이었다. 이야기는 다르나, 한경직 목사도 참 지혜로운 분이었다. 그의 지혜는 그가 지니고 있는 신앙적 사랑의 유산이었다. 그에 비하면 인촌의 지혜는 그의 애국심의 결실에서 온 것이었다.

물론 인촌은 우리 사회 근대화에 뛰어난 업적을 남겨주었다. 동아일보를 창설했고, 보성전문을 인수해 고려대학으로 키웠다. 중앙학교를 민족주의 교육의 요람으로 성장시켰다. 가문에서 경성방직을 건설해 경제적 보람을 일깨우기도 했다.

그러나 내가 그분에게서 배운 것은 지혜와 애정이 있는 대인관계였다. 인촌만큼 많은 이들과 우정을 맺고 더불어 일한 사람은 없었을 것이다. 일찍부터 여유로운 가정에서 많은 사람들과 접촉하는 기회를 가졌기 때문인지 모른다. 그는 진심으로 친구와 동역자들을 도와주고 위해주었다. 우정과 인간관계를 사업과 일에서의 관계보다 중요시했다. 인화(人和)라는 말이 있다. 바로 인촌이 그 정신을 실천한 사람의 하나였다.

인촌을 존경했던 고려대학 사학과 김성식 교수의 말이 기억난다. 인촌이 살아 있는 동안에는 야당이 분열된 일이 없었는데, 그가 떠난 후에는 야당이 하나가 된 적이 없었다는 평이었다.

인촌은 많은 사람을 대해왔으나 몇몇 종류의 사람은 가까이하지 않았다. 아첨하는 사람, 동료를 비방하는 사람, 편 가르기를 하는 사람은 옆에 두지 않았다. 더불어 일할 수 없고 해서는 안 된다는 경험을 일찍부터 터득하고 있었던 것 같다. 그 점에서 인촌과 반대되는 인선을 했기 때문에 실패한 사람이 이승만 대통령이었다. 그리고 적지 않은 지도자들이 그런 인물 선점에서 실패한 것을 우리는 많이 보고 있다. 인촌은 유능하고 쓸모가 있는 사람은 적극적으로 후원하고 밀어주는 편이었다. 자신이 이승만 정부 초창기에 국무총리로 추천하고 싶었던 송진우 선생이 암살되었을 때는 오래 두고 슬퍼하기도 했다. 내가 처음 학교 복도에서 인촌을 뵈었을 때도 "송진우 선생께서 이런 때 살아 계셔야 했는데…" 하시면서 눈물을 감추려고 말을 멈추기도 했다.

그리고 도산과 인촌은 언제나 자신보다 유능한 인재를 찾아 적재적소에 추대하는 자세를 갖고 살았다. 그래서 더 많은 일을 할 수가 있었다. 자기가 키운 사람이 자기 밑을 떠나 더 좋은 책임을 맡아 떠날 때도 진심으로 축하해주는 일은 좀처럼 쉬운 일이 아니다.

나는 지금도 중앙학교에서 7년간 보낸 것을 감사히 생각하고 있다. 두 가지 큰 소득이 있었기 때문이다. 인촌 선생에게서 많은 것을 배울 수 있었고 사랑하는 제자 일꾼들을 사회로 많이 보낸 일이다. 지금은 그때의 제자들이 80대 중반을 넘기고 있다. 교육자에게는 남이 모르는 또 하나의 기쁨이 있다. 훌륭한 제자들을 키운 것은 좋은 아들딸들을 키운 것만큼 행복하고 보람이 있다는 사실이다.

지금 생각해보면 이상스러울 정도로 도산과 인촌에게는 공통점이 있었다. 도산은 해방을 보지 못하고 세상을 떠났다. 그래서 내가 들은 그의 마지막 강연에서도, "우리가 서로 사랑하고 위해주면서 살면 하느님께서 우리 민족을 사랑해주실 것을 믿습니다"라는 내용이었다. 아마 도산은 눈을 감으면서도 "하느님, 우리나라와 민족을 버리지 말아주십시오"라는 기도를 드렸을 것이다.

인촌이 병을 얻어 진해에 누워 있을 때였다. 나는 심형필 중앙학교 교장과 함께 새해 세배를 드리러 갔다. 인촌은 말년에 천주교에 입교하셨다. 내가 크리스천인 것을 알고 있는 인촌은, 우리 함께 기도드리자고 하셨다. 그는 눈물을 계속 흘리면서 기도를 드렸다. "하느님, 우리 조국과 민족을 사랑해주셔야 하겠습니다. 평화로운 민주국가가 되게 해주시고 통일된 조국을 이끌어주시기 바랍니다."

도산과 인촌 두 분 다 인사(人事)를 다하고 하늘의 뜻(天命)을 기다리는 염원을 기도로 대신하고 계셨다. 당신들의 할 일은 끝났기 때문에, 사랑하는 조국을 하느님께 맡긴다는 소원이었을 것이다.

나는 90대 중반을 넘긴 지금에도 두 분의 유지를 생각하면 어깨가 무거워지곤 한다.

네 여생을 어떻게 할 것인가라고 묻지 않을 수 없기 때문이다.

(2015. 4)

100세까지도 행복할 수 있을까

얼마 전 신문을 들추다가 나도 모르게 빙그레 웃었다.

오래 살고 싶으냐고 물었더니, 100퍼센트가 그렇다고 대답했다. 90이 넘도록 살고 싶으냐고 다시 물었더니, 18퍼센트가 가능하다면 살고 싶다고 말했다.

왜 장수를 원하면서도 82퍼센트는 소극적인 태도였을까? 그렇게 오래 살 수 있을까 하는 의문도 있었을 것이다.

내가 잘 아는 가정이 있다. 어머니가 93세다. 지금은 치매 중증 판정을 받아 노인병원의 신세를 지고 있다. 일주일에 한 번씩 가족들이 병문안을 간다. 돌아오는 길에 내 집에 들렀다. 나는 모친께서 어떠냐고 물었다. 내가 좀 더 생각이 깊었다면 묻지 않아야 했다. 그러나 병원에 다녀오는 것을 알면서 묻지 않을 수도 없었다. 이런저런 얘기를 하다가 60을 넘긴 아들이 "이제는 당신과 가족들을 위해서 돌아가시는 편이 좋을 것 같다"라고 말했다. 동행했던 부인도

"90이 넘도록 산다는 것이 소망스러운 일은 아닌 것 같다"라고 서글픈 표정을 지었다.

요사이는 TV에서나 사적인 모임에서나 100세 시대를 떠든다. 감사하고 자랑스러운 일 같기도 하다. 그러나 얘기하는 사람들은 90세 이상을 체험해본 사람들은 아니다. 40대는 40대의 모습이 그대로 90까지 가는 것으로 착각한다. 70대 사람들은 90대도 70대 그대로의 연장인 것으로 여긴다. 앓아보지 않은 사람은 노환이 어떤 것인지 모른다. 의사나 임종을 돌보는 호스피스들은 90대와 죽음을 간접적으로나마 체험하기 때문에 90대의 건강과 인생을 짐작할 수가 있다.

그래서 나같이 90대 중반을 살고 있는 사람들은 90대 늙은이들을 내세워 구경거리로 삼는 것을 가장 싫어한다. 90대나 늙은이들의 삶을 타산지석으로라도 반성해보는 자세가 필요하다. 50대의 아들들이 모이면 80대의 부모들을 마치 내 부모이기보다는 동떨어진 세대의 늙은이들같이 얘기하기도 한다. 할 수 없는 일이다. 그러나 나에게도 80대가 곧 찾아오리라는 자기반성을 할 필요가 있다. 모든 세대의 화합과 행복을 위해서라도.

내 경우도 그렇다.

우리 전통에는 희수(喜壽)로 불리는 77세가 있고 88세를 가리키는 미수(米壽)가 있다. 99세를 백수(白壽)라고도 한다. 백(百)에서 하나를 뺀 백(白)을 말한다.

내가 미수(88세)가 되었을 때만 해도 생활하는 데 큰 변화가 없었다. 비슷한 나이의 친구들도 여럿 있었다. 두 달 동안 미주 여행을 하면서 교포들에게 강연도 했다. 다른 친구들도 그럴 것으로 믿고 있었다.

그러다가 2년이 지나 90대에 접어들었다. 90이 되면서 80대 중반 같이 일하는 사람들은 갑자기 줄어들기 시작했다.

대학 동창이었던 김수환 추기경은 87세에 돌아가셨다. 마지막 2년 동안은 별로 일을 하지 못했다. 교황 베네딕토 16세도 85세에 더 직책을 감당할 수 없다고 스스로 사의를 발표했다. 가까운 친구였던 서울대학 김태길 교수는 88세까지는 그런대로 과거를 잘 연장시켜왔다. 그러나 남은 1년은 노쇠현상이 뚜렷했다. 90을 채우지 못하고 세상을 떠났다. 숭실대학의 안병욱 교수도 나와 동갑이다. 그러나 80대 말부터는 대외활동은 멈춘 셈이다. 청각의 어려움이 있었고 기억력의 약화도 현저해졌다. 성결교의 지도자였던 정진경 목사는 88세까지 꾸준히 일을 계속했다. 척추 때문에 지팡이를 짚기는 했으나 사고력이나 건강에 큰 불편은 적었다. 그런데 90을 문턱에 두고 갑자기 작고했다. 다음 날 계획까지 세우고 잠든 것이 영면이 되었다. 우리 모두가 잘 아는 강영훈 전 총리, 서영훈 전 적십자사 총재도 90을 넘기면서는 일하지 못했다.

이런 주변의 일들을 보면서 90 고개를 넘기는 일이 결코 쉽지 않음을 실감하게 되었다.

따져보면 90을 넘기면서도 수(壽)를 계속하는 사람들이 있고 부러울 정도로 건강을 지켜가는 이들이 있다. 한경직 목사도 90대 중반을 넘겼고, 방지만 목사는 100세를 넘기고도 설교를 계속했다. 고마운 일이고 감사한 마음을 갖게 한다. 국악연구가인 이혜구 선생, 작곡가 김성태 교수, 정치계와 기업계에 도움을 준 송인상 같은 분들도 100세 가까이 건강하게 사셨다. 주어진 일도 버리지 않았다. 고마운 어른들이다. 그러나 많은 사람이 그런 것은 아니며, 그분들도 과거의 연장과 기억력을 유지한 것이지 창의적인 사고를 하거나 새로운 정신적 유산을 남기지는 못했다. 90은 인생의 한계선 같은 생각을 갖게 해준다.

백발이 영광스럽다는 말이 있다. 그렇게 되어야 한다. 옛날의 백발은 70대 정도가 아니었을까 싶다. 평균수명이 낮을 때는 70대가 존경과 자랑스러움의 상징일 수 있었다.

그러나 90대가 영광스럽다는 표현은 좀 어색하다. 지혜로운 90대는 스스로 그렇게 생각할 것 같다.

우선 신체적 외형이 그렇다. 옷을 걸치고 있으니까 다행이다. 90대 나체가 보기 좋을 리가 없다. 그 점에서는 동물 중에서도 인간이 가장 열세일지 모른다.

늙으면 자신도 모르게 나쁜 버릇이 생긴다. 우선 자기 자랑을 하기 좋아한다. 내 동생은 80대 중반을 넘겼다. 정초가 되면 형인 나에게 세배도 온다. 그러나 밖에 나가면 슬그머니 나이 자랑을 한다. 교육부장관을 지낸 민관식 씨도 어디 가면 나이 자랑을 서슴지 않았다. 80대에도 정구를 치러 다녔으니까. 그러나 미수를 넘기지 못했다. 기억력도 많이 쇠퇴해 있었다. 그 자신의 잘못이 아니다.

나이가 높아지면 감정의 순화와 조절이 잘 안 된다. 화를 잘 내기도 하고 어떤 이는 어린애같이 단조로워지기도 한다. 손자들과 싸우는 할아버지 할머니도 생긴다. 작은 일에도 불만을 토하며 아무것도 아닌 것을 가지고 오해를 불러일으킨다. 늙으면 어린애가 된다는 말이 있다. 예로부터 경로당이 있어 늙은이들이 모이는 장소를 준비해주곤 했다. 경로의 뜻도 있다. 그러나 스트레스를 해소시키지 않으면 다른 가족들이 힘들기 때문에 격리시키는 한 방법이기도 했다.

늙은 부부들의 생활 모습도 다양하다. 존경스러울 만큼 모범적인 부부도 있다. 그러나 90이 넘게 되면 뜻대로 되지 않는다. 그 나이가 되면 대개는 상배하고 혼자 사는 것이 보통이다. 그 혼자 남는 고독이 얼마나 어려운지를 경험해보지 못한 세대들은 모른다. 여자보다도 남자는 더 심하다. 여자는 가족 사랑의 뿌리가 있고 건강하면 자녀들에게 도움을 주기도 한다. 그러나 혼자 남은 남자는 어디에 가든지 애물단지 취급을 당한다. 또 상당히 많은 노인 부부들은 하찮은 일을 가지고 부부싸움을 한다. 부부싸움이 일과인 양 세월을 보내는 사람도 있다. 어린애들보다 나은 점이 없을 정도로 웃기는 싸움을 하기도 한다. 상당히 교양이 높던 사람들도 인생의 긴장이 풀린 때문일까. 자녀들의 빈축을 사기도 한다.

그러나 이 모든 현상들은 건강했을 때 하는 일들이다. 늙으면 누구나 두 가지 자랑을 한다. 가장 많은 것이 건강에 대한 자랑이다. 다른 노인들에 비해 약간 건강한 것을 후배들 앞에서 자랑삼는다. 또 하나는 일에 대한 자랑이다. 늙으면 자연스럽게 사회공간에서 소외당한다. 그래서 하루는 놀고 하루는 쉬는 신세가 된다. 하루하루는 지루하지만 한 해씩은 빨리 지나간다는 말들을 한다. 그때 가장 자랑스러운 것은 자신은 아직도 일을 하고 있다는 자부심이다. 그 일이 사회적으로 볼 때는 아무것도 아니지만 자신은 그 일을 자랑스러워한다. 그래서 나이는 들어도 일은 있어야 한다. 가난해도 일을 즐기는 노인이 부유해도 일 없는 늙은이보다 행복해진다.

90이 넘으면 사회적으로 고독해진다. 친구들은 먼저 세상을 떠나고 후배들까지도 앞서가는 경우가 많다. 가족들 중에서도 역상을 겪어야 하는 경우가 생긴다. 사랑하는 제자들이 먼저 갔을 때, 가족 중에 순서가 바뀐 상을 당했을 때는 마음이 아프기보다 송구스러운 마음을 갖게도 된다. 생각보다 힘든 인생의 짐이다. 내 선배 교수였던 정석해 선생은 97세에 세상을 떠났다. 항상 하는 말이 있었다.

"건강이랄 것이 있나요? 목숨이 붙어 있을 뿐이지. 사는 것이 부끄러워지지는 않아야 하는데…"

이렇게 사는 것이 90대 노인들의 대부분이다. 잘못된 일도 아니며 스스로 선택한 인생도 아니다. 아무리 오래 살고 싶어도 죽음은 피할 수 없듯이 열심히 노력해도 신체와 정신적인 노쇠현상은 어떻게 할 수가 없다.

지금까지 우리는 90대 노인들의 위상을 너무 비하해서 평가했는지 모르겠다. 그러나 100세 시대를 떠들며, 심하게 말하면 장수를 경제상품화하면서 이용하는 일은 지나치다고 생각한다.

그렇다면 소망스러운 해답은 어떤 것인가?

물론 가장 급선무는 그들의 건강 증진이다. 장수와 더불어 병행하는 건강한 삶이다. 뒤따르는 과제는 경제적 소외층을 줄이는 일이다. 가난 때문에 주어진 인생을 불행으로 빠뜨려서는 안 된다. 그러나 이런 문제들은 장수 노인 개인들보다도 사회복지에 속하기 때문에 언급할 필요는 느끼지 않는다.

나 자신이 90대 노인이 되었을 때 어떤 삶을 선택할 것이며 그 가능성은 어떠한가를 찾아보자는 것이다.

그 하나는 90 고개를 넘기게 되면 본능적 노욕은 버려야 한다. 장수에 대한 욕망도 그렇다. 언제까지 얼마나 오래 살아야 하는가? 물론 뜻대로 되는 것은 아니다. 그러나 객관적 대답은 있다. 나는 80대 후반부터, 일할 수 있고 다른 사람들에게 작은 도움이라도 줄 수 있을 때까지 살면 좋을 것이라는 생각을 갖고 있다. 더 오래 살고 싶으면 더 많은 일을 하며, 작은 봉사라도 계속해야 한다. 아무 일도 못하며 다른 사람들에게 부담을 주면서 장수를 원한다면 그것은 타당하지도 소망스럽지도 못하다.

하물며 재정적 소유욕이라든지 명예욕의 노예가 된다면 그것은 어리석은 신기루로 그친다. 재물의 여유가 있으면 베풀 줄 알며 남을 섬기려는 자세가 존경의 대상이 됨을 깨달아야 한다.

"그렇다고 그 연세에 무슨 일을 하겠는가?", "일은 90이 되기 전에 했어야 하지 않는가?"라고 묻게 된다. 그렇다. 그러나 성실하게 자기부족을 깨닫는 사람은 과거에 못한 일들을 뒤늦게 발견할 수도 있다. 쉽게 말하면 후진들에게 이렇게 사는 것이 좋겠다는 작은 모범이라도 보여주면서 살 수는 있다.

나는 대중교통을 이용하는 편이다. 버스나 택시를 탈 때는 반드시 승하차 시에 인사를 한다. 내가 친절과 감사의 뜻을 표하면 그들도 친절과 교양을 쌓아갈 수가 있다.

식당에서 식사를 할 때나 가게에서 물건을 살 때도 꼭 인사를 먼저 한다. "수고하십니다", "감사합니다"면 된다. 그런 인사의 교환이 우리 사회의 행복과 기쁨을 더해주는 것이다. 또 가급적이면 후배들이나 젊은 세대들의 좋은 일을 볼 때는 칭찬해준다. 고마운 일들이기 때문이다.

지금까지는 그런 일들이 아무것도 아닌 듯이 살아왔다. 그런데 지금 생각해보면 그런 착하고 아름다운 마음씨와 그 영향을 모르고 살았던 것 같다.

나는 지금도 내가 하고 싶었던 일을 대신 해주는 이들을 위해서 기도를 드린다. 몇 해 전까지는 존경하는 친구들과 사회의 중책을 맡은 내가 믿고 따르고 싶은 분들을 위해 기도를 드렸다. 부끄럽지만 김태길, 안병욱 교수, 정진경 목사, 김수환, 정진석 추기경들이 그 대표적 인사들이다. 오래 건강하게 사셔서 우리 사회를 위해 많은 일을 하게 해달라는 기도였다. 지금은 그분들의 대부분이 안 계시기 때문에 다른 사람들로 기도의 대상이 바뀌고 있다. 그들은 내가 못하는 일들을 대신 해주는 사람들이기 때문이다. 그 대신 나같이 부족한 사람을 위해 오래 기도해주는 이들도 있다. 그것이 지금은 내가 할 수 있는 일의 중요한 부분으로 생각한다. 물론 이러한 기도는 나라와 겨레를 위한 기도로 확대, 승화되곤 한다. 오히려 나와 가족을 위한 기도는 줄어들고 있다. 이기적인 기복신앙이 될까 두렵기 때문이다. 나는 교인이다. 그러나 교회를 위한 기도는 별로 드리지 않는다. 교회는 가난하고 소외당한 사람들을 위해 마음 써야 한다. 교인들은 교회보다도 교회 밖의 그들을 위해야 하며 교회보다도 민족과 국가를 위해 기도드리는 정성과 시간이 더 많아야 한다. 교회는 교회를 위해 존재하지 않기 때문이다.

기도하는 마음과 자세는 90대가 넘어서도 계속할 수 있고 해야 하는 의무라고 생각한다.

여러 가지 면에서 나는 90대를 사는 나 자신에 대해 감사한다. 지금보다 더 좋은 삶을 원하지는 않는다.

나같이 병약하게 자란 사람이 장수를 누리는 것도 감사한다. 건강을 위해서는 소심할 정도로 조심스레 산다. 그래야 주어진 일을 할 수 있기 때문이다. 만 95세를 넘기는 금년에도 40회 정도의 강의 시간이 주어져 있었다. 소중한 책임들이다. 오래전 것을 개편한 것이지만 한 권의 저서를 준비하고 있다. 때로는 하루에 200자 원고지 20장 정도의 원고를 쓰고 있다. 정해진 모임에 참석해 대화를 나누거나 이야기를 한다. 2012년에는 작은 철학의 집(기념관)이 생겼기 때문에 도움을 주려고 맘 쓰기도 한다. 2015년 한 해는 그렇게 보낼 것으로 바라고 있다. 무엇을 얻어 가지기보다는 작은 것이라도 더 주고 싶은 것이 내 마음이다. 누가 어떻게 말하든지 세상은 나보다 착하고 아름다운 사람들에 의해 움직이고 있다. 내가 그렇게 살지 못했을 뿐이다.

많은 사람들이 나와 같은 90대를 보내서 좋다는 생각은 하지 않는다. 세상은 모두가 제각기의 길을 가기 때문에 행복이 더해지며 사회는 풍요로워진다고 생각한다. 나도 그중의 한 사람일 뿐이다.

나는 늙지 않았다고 억지를 부리는 것도 좋지 않으나, 나는 이미 늙어버렸다는 생각도 버려야 한다. 차라리 "나는 아직도 누군가를 사랑하고 있다", "나에게는 지금도 주어진 시간과 일이 있다", "무엇인가를 사랑하고 위해주고 싶은 생각이 있는 동안은 나는 행복하다"라고 말할 수 있다면 그것이 내 시간의 빈 그릇을 채우는 열매들이라고 생각한다. 사랑하는 마음과 대상이 있는 동안은 인생은 공허하지 않다고 생각한다. 하느님을 사랑하는 사람, 이웃을 사랑하는 사람, 민족을 걱정하는 사람, 자유와 평화를 사랑하는 사람, 사랑의 대상은 얼마든지 있다. 그래서 늙은 사람도 보람과 희망을 가지는 것이 아닐까.

세월도 그것들을 빼앗아갈 수는 없을 것 같다.

II

행복은 고독을 낳고

제자가 주는 용돈

오랜만에 대학에 나갔다가 E교수를 만났다. 같은 학과는 아니었으나 가까이 지내고 있는 후배 교수였다.

휴게소에서 둘이 차를 마시고 있는데 E교수의 친구인 S교수가 들어와 자리를 같이하게 되었다.

S교수는 지나치리만큼 정중히 나에게 인사를 하면서 옆 의자에 앉았다.

"김 선생님, 참 오래간만입니다. 그동안 인사도 드리지 못하고 지냈습니다. 여전히 건강하시지요? E교수가 바쁘지 않으면 만나서 이야기나 나누자고 해서 나왔는데 선생님까지 뵙게 돼 기쁩니다."

그러자 E교수는 이렇게 말하면서 나를 식사에 초대했다.

"저도 별로 나와 다니지는 않았습니다. 도서관에 잠시 들렀다가 용돈이 조금 생겼기에 커피나 마시고 시간이 있으면 간단히 식사라도 같이 할까 싶었는데, 김 선생님께서도 동석해주시면 더욱 영광이겠습니다."

무슨 좋은 일이라도 있었는가 싶어 "아직 용돈이 생기는 것을 보니까 경제 사정이 괜찮은가 봅니다"라면서 웃었더니, "용돈이야 만들어야지 가만히 있으면 생기기야 하나요?"라면서 웃는다.

S교수는 기대가 큰 얼굴로 이렇게 말했다.

"그 만드는 법을 좀 가르쳐주시지…. 나는 용돈 떨어진 지도 오래됐어. 정년퇴직한 뒤에는 마누라가 일주일에 두 번씩 3만 원을 주곤 했는데 그놈의 3만 원이 2만 원이 되더니, 또 일주일이 열흘로 연장되고…. 요사이는 한 달에 3만 원씩밖에 안 되는 것 같아. 그러니까 밖에 나오는 일은 별로 없고 다행히 산책로가 좋아서 오전 오후에 산책이나 하면서 지내. 그 대신 전에 읽지 못했던 책은 학교에 있을 때보다 더 많이 들추게 되니까 손해는 없다고 생각하고 있어. 그건 내 사정이고 용돈을 만드는 방법이나 얘기해주시지. 나도 그 혜택을 좀 받을 수 있게…"

E교수는 말했다.

"간단해. 설날이 가까워지게 되면 우선 아들딸들에게 전화를 걸어서, 너희 애들 세뱃돈을 주어야겠는데 나는 돈이 없으니까 알아서 해라, 그러거든. 그러면 세배를 나누기 전에 봉투를 하나씩 내놓는다고. 그중에서 약간은 손자들 세뱃돈을 주고 나머지는 내가 차지하는 거지…"

우리는 그럴듯하다고 공감의 웃음을 지었다.

"또 한 가지, 내 생일이 되지 않아? 그러면 아내를 통해서 애들한테, 선물이나 상품권은 필요 없으니까 선물 대신 현금을 가져오란다고 미리 전화를 걸게 하거든. 그렇게 되면 선물 값보다는 두툼한 봉투가 오기 마련이라고. 사실 이번 용돈은 그렇게 번 거야."

E교수는 이렇게 말하며 어린애같이 웃고 있었다.

얘기를 들은 S교수는 마치 경제학 강의라도 하는 듯이 미소를 지으면서 얘기했다.

"별로 어려운 방법은 아니네, 나도 한 번 시도해야겠는데. 아닌 게 아니라 나도 요사이 서민경제를 연구해보는데, 기업가나 회장, 사장들은 투자'금'이니 비자'금'이니 하면서 큰돈(금)을 움직이는데 우리와는 상관이 없는 얘기고, 우리는 생활'비', 거마'비' 등등 '금' 대신 '비용'이 필요하니까 '비'족에 속하는 것 같아. 그러다가 직장을 떠나게 되고 백수가 되니까 이제는 주머니에 넣고 다니는 용'돈' 신세로 전락하게 되는 거지. 어렸을 때는 1년에 한 번씩 세뱃돈으로 만족하곤 했는데 요사이는 '용돈'으로 감사해지는 것 같아."

그 모습이 대학원생 때 동료들을 대하는 표정 같았다.

이때 E교수가 "김 선생님께서는 우리와 사정이 다르시니까 아직은 용돈철학은 연구 안 하셔도 되지요?"라면서, 마치 나는 '금'은 못 되지만 아직은 생활'비'는 충분할 거라는 추측을 하는 것 같았다. 사실 우리 선배들이 E교수를 좋아하는 것은 그런 소탈한 인간관계를 잘 이끌어주는 데 있었다.

"나도 요사이는 생활비가 바닥나고 있는 것 같아 불안합니다. 은행에 들러보면 빠져나가는 돈은 늘어나는데 들어오는 돈은 거의 없습니다. 발표했던 수필이 재활용될 때마다 몇 만 원씩 생기는 것이 그렇게 반가울 수가 없어요. 호주머니에 돈이 떨어지면 어떡하지 하는 걱정도 되고요. 아내가 먼저 세상을 떠나니까 내 마음대로 돈을 쓸 수 있어 좋았는데, 생활비 걱정을 하게 되니 아내가 있었으면 나는 걱정을 안 해도 되었을 텐데… 하는 허전한 생각도 하게 되고요. 여자들은 어떻게 해서든지 생활비를 남겨놓고 사는데 남자들은 역시 가정 재리에는 어두운 것 같아요. 그러다가 생활비까지 바닥이 나면 나는 용돈도 끊어질지 모르겠는데요."

나는 이렇게 걱정 아닌 걱정을 했다.

"걱정하지 마세요. 선생님께서는 자녀분들이 여섯씩이나 되는데 용돈이야 안 드리겠어요?"

E교수가 부러운 듯이 S교수의 동의를 끌어내려는 것 같았다.

"다들 그렇게 생각하는데, 그것이 수학과는 답이 달라져요. 애들이 하나둘이면 부모에 대한 책임이 확실한데 여섯씩 되니까 책임이 6분의 1씩 되거든요. 그러니까 오히려 부모의 생활비나 용돈에 대한 관심도 적어지고요. 그럴 때는 아버지보다 어머니가 요령 있게 꾸며대는데 나는 체면 때문인지 도무지 자신이 없어요."

이렇게 말했더니 뜻밖에 두 교수 모두가 공감해주는 것이었다.

그러나 이야기의 내용은 곧 바뀌었다. 선배 교수와 동료 교수들의 동정을 서로 알려주기도 하고, 대학의 변화, 입시에 관한 의견들도 교환하게 되었다.

시간이 어느 정도 흘렀다.

E교수가 "오늘은 김 선생님까지 모시고 제가 소찬이라도 자리를 만들겠습니다"라면서 우리를 가까이 있는 단골 식당으로 안내했다.

식사가 끝날 무렵이 되어 내가 말했다.

"오늘 저녁 값은 내가 내야 좋을 것 같습니다. E교수께는 미안하지만 사실 며칠 전 한 제자가 용돈을 두둑이 준 일이 있었어요. E교수가 만든 액수와는 비교가 안 될 정도로 많으니까 내가 E교수의 좋은 일을 축하해주고 싶어지네요. 다음번에는 E교수의 대접을 사양하지 않을 테니까…"

두 후배는 나의 정이 있는 진솔해 보이는 말씨에 가벼운 감동이라도 느꼈는지 서로 눈길을 마주하면서 그러겠다는 표정을 지었다. 그러면서도 E교수는 "설마 제자의 용돈이야 받으셨겠어요? 저희보다 여유로우신 선배님이시니까 자비를 베푸시는 것으로 감사히 받겠습니다"라고 고마운 마음을 전해주었다.

우리는 옛날의 정이 있어 즐거운 시간을 함께하고 헤어졌다. 식당을 나설 때는 여기저기 전등이 켜져 있기도 했다.

전철 안에서 혼자 생각해보았다.

두 후배는 내가 제자의 용돈을 받았다니까 믿어지지 않는 모양이었다. 문과대학 졸업생들은 대부분이 가난한 편이고 사제 간의 정이 두터운 경우도 흔하지 않기 때문이다. 그래서 두 교수는 내가 저녁을 사고 싶으니까 제자가 준 용돈으로 둔갑시키는 듯이 추측하는 것 같았다.

사실은 나 자신도 제자가 용돈이라면서 주리라고는 생각해보지 못했다.

지난 11월이었다. 1년에 한 번씩 갖는, 문과대학 출신들 중에서 사회적 공적이 큰 동문에게 시상을 하는 행사가 있었다. 금년에는 수상자 세 명 중 한 사람이 우리 학과 출신의 졸업생이었다. 학교에 다닐 때는 D군이었으나, 지금은 큰 기업체들과 여자고등학교를 운영하는 회장과 이사장을 겸하고 있는 60대의 제자였다.

시상식 축하 모임이 있을 때였다. D회장은 문간에서 기다리다가 나에게 인사를 하고 내 바바리코트를 직접 받아 옷걸이에 걸어주었다. 오늘은 제자가 수상자이기 때문에 축하를 해야겠는데 주객이 바뀐 것 같아 어색하기는 했으나 마음 한편으로는 고맙기도 했다.

그 시상식에 참석한 옛 스승 중에서는 내가 스승들의 스승인 최고 령자이기도 했다. 모두가 일어서서 인사를 할 정도로 내가 원로라 는 흐뭇함은 있었다.

길지 않은 식순이었다. 제자인 D회장은 짧은 답사를 하면서 "저 의 스승이신 김○○ 교수님의 뜻을 받들어 언제나 좀 더 가치 있고 보람 있는 삶을 이어가고 싶은 마음을 가지고 있습니다"라는 말로 마무리를 했다. 본래 말이 적은 제자이기도 했다.

그 말을 듣는 나는 스승이 되어 좋았다는 감동 비슷한 것을 느꼈 다. 내 마음을 알아주는 제자가 있다는 것보다 더 행복한 삶은 없겠 기 때문이다.

D군은 철학을 인간적 소양으로 받아들이고 졸업 후에는 선친이 남겨준 사업을 계승해야 하는 의무감을 처음부터 갖고 있었다.

그러나 나는 다른 제자와 달리 수많은 사원과 종업원을 이끌어가 고 있으며 여성교육에도 뜻을 모으고 있는 제자가 언제나 대견스러 웠다. 그 큰 사회적 임무를 잘 수행해준다면 그 이상 무엇을 더 바 라겠는가.

그래서 항상 그의 성공과 좋은 업적을 기원하는 마음을 갖고 있 었다. 그 뜻을 D군도 알고 있었기 때문에 학업에 전념하지 못하는 송구스러운 마음은 갖고 있으면서도 남달리 나를 좋아하며 따르고 있었다. 그러나 서로 다른 길에서 바쁜 생활을 이어갔기 때문에 오 늘과 같은 기쁜 시간을 함께할 기회는 없었다. D회장은 처음부터 끝까지 내 옆자리에서 나를 돌보아주고 있었다. 생각해보니까 D회 장의 은사는 지금은 나밖에 없었다.

정해진 식순이 끝났다. 나는 동행할 사람을 기다리며 앉아 있었 는데, 떠날 준비를 갖춘 D회장이 내 오른쪽으로 가까이 다가와 입을 귀에다 대고, "선생님, 제 얘기가 잘 들리시지요. 제가 선생님 바바리코트 주머니에 봉투를 하나 넣어두었습니다. 용돈을 드리고 싶었습니다. 괜찮으시지요?"라는 인사를 하고 떠났다.

나는 속으로 '저 친구는 내가 벌써 귀가 멀어진 늙은이로 보였는가 보다. 자기 선친이 그랬으니까'라면서 웃었다.

집에 와서 코트 주머니에서 봉투를 꺼내 보았다. 회장의 손 셈답게 용돈으로는 처음 받아보는 적지 않은 현금이 들어 있었다.

사실 그 제자는 기회가 있으면 나 모르게 내가 하는 일을 돕곤 했었다. 그러면서도 때로는 전화를 걸어 "선생님, 혹시 친구 분들이나 다른 제자들과 식사 자리라도 함께하시게 되면 저에게 연락해주세요. 제가 언제라도 간접적인 도움이나마 드리고 싶습니다"라는 당부를 해오곤 했다. 하지만 나는 어쩌다가 그 제자의 호의를 받아들이는 기회를 갖지 못했다. 그래서 오늘은 나 몰래 주머니에 넣어준 것 같았다.

그러면서 D군은 나에게 용돈을 드리고 싶었다는 인사를 한 것이다.

그날 밤, 잠자리에 들면서 60이 넘은 제자로부터 용돈을 받은 나는 행복하다고 생각했다. 내가 그 제자를 사랑한 것보다는 그가 나를 더 사랑해준 것 같았다.

그리고 행복한 일생은 어려서 세뱃돈을 받는 것으로 시작했다가 늙어서는 사랑하는 사람들에게서 용돈을 받는 것으로 마감하는가 싶은 생각이 들었다. 그것이 사랑이었으니까.

(2015)

첫사랑 이야기 둘

하나.

옛날은 아니지만, 오래전 일이다.

강원도지사의 요청으로 춘천에 간 일이 있었다. 도청 직원들과 지방 유지들을 위해 강연을 하도록 되어 있었다.

P지사는 갑자기 서울로 출타하게 되어 부지사의 영접을 받으면서 예정대로 강연회는 잘 진행된 셈이었다.

강연회가 끝나고 바로 서울 집으로 돌아오고 싶었는데, 서울에서 회의를 끝낸 P지사의 전화 연락이 왔다. 곧 춘천으로 출발할 테니까 좀 기다렸다가 저녁식사를 함께하자는 것이었다. P지사가 군의 사단장으로 있을 때 만난 인연이 있기도 해서 그의 뜻에 따르기로 했다.

약간 늦기는 했어도 나는 P지사와 조용한 방에서 저녁을 같이했다. 식사를 끝내고 차를 마시는 여유로운 시간이 되었다.

P지사는 심상치 않은 표정으로 말했다.

"오늘 제가 선생님과 조용히 시간을 갖고 싶었던 것은 사사로운 개인적 이야기를 나누고 싶었던 것입니다. 쑥스럽기는 하지만 아무에게도 말할 수 없는 비밀 얘기이기도 하고요. 한 번은 털어놓아야 마음이 후련할 것 같은 기분이기 때문인지도 모르겠습니다."

생각해보면 나에게 털어놓아야 할 이야기가 있을 법하지 않은데, 마치 숨겨진 비밀이 있는 것 같은 자세였다. 그럴 정도로 가까운 사이는 아니었던 것이다.

P지사의 얘기는 다음과 같았다.

얼마 전 도지사실로 소포가 배달되었다. 책인 것 같은데 보낸 사람의 주소와 이름은 없었다. 그런데 수신인을 쓴 글씨는 언젠가 많이 본 것 같은 필체였다. 여성의 글씨라고 느껴졌던 것이다. 누굴까 궁금해 하며 뜯어보았더니 책이 한 권 들어 있었고, 책뚜껑을 들췄더니 첫사랑이었던 그녀의 편지가 들어 있었다. 뜻밖의 일이어서 조심스러이 읽기 시작했다.

"당신과 헤어질 때, 서로의 행복을 빌기만 하고 다시 만나거나 편지는 하지 않기로 약속했습니다. 그런데 우연히 지금 보내드리는 책을 읽으면서, 얼마나 당신이 그립고 보고 싶은지 참을 수가 없어 많이 울었습니다. 내 눈물 자국이 그대로 남아 있을 것입니다. 이 책 ○○페이지에서 ○○페이지까지를 읽어보세요. 어쩌면 우리들의 이야기가 그대로 적혀 있는 것 같아서요…. 두세 차례 읽으면서 울고 나니까 한결 마음이 가벼워진 것 같았습니다. 처음에는 다 읽고 책을 버리려고 했습니다. 그런데 당신은 너무 바쁘시니까 이 책을 구해서 읽을 기회가 없을 것 같아 약속을 어기고 보내드리기로 했습니다. 꼭 읽어보세요. 그리고 적당한 때에 버리면 될 것 같습니다. 나도 다시는 전화는 물론 편지도 드리지 않을게요. 가족들과 더불어 꼭 행복해지세요. 저도 당신의 마음을 오래오래 간직하고 지내겠습니다."

왜 그런지 P지사의 마음은 요동쳤고 손은 가벼이 떨리기도 했다.

그날 저녁 P지사는 집무실에 혼자 남아 옛 애인이 지적해준 부분을 조용히 읽어나가기 시작했다.

P지사는 말했다.

"선생님, 저도 많이 울었습니다. 왜 그렇게 눈물이 나지요? 책 내용보다도 나 자신이 우러나오는 슬픔과 눈물을 억제할 수가 없었습니다. 그녀도 많이 울었을 거예요. 눈물 자국이 남아 있었으니까요. 아마 수십 년 동안 그리움을 안고 있으면서도 울어보지 못했던 둑이 무너졌던 것 같았어요. 실컷 울었지요. 그러니까 마음이 후련해지던데요."

"첫사랑이었어요?"

"예."

"기회가 있으면 만나기도 하고 옛날 친구로 서로 위해줄 수도 있었을 것 같은데…"

"아닙니다. 우리는 서로 잊고 지내는 것이 모두를 위한 것으로 생각하고 그렇게 하기로 약속했어요. 잊을 수 있을 것 같았고 그래야 두 가정이 다 참 사랑과 행복을 더할 것으로 믿었던 것입니다.

선생님, 이제 보니까 사랑 그 자체가 행복이었던 것 같아요. 그 약속 때문인지는 모르나 저는 지금 저의 가정과 더불어 행복하게 살고 있어요. 그녀의 기도 덕분인지도 모르고요…”

"그렇게 눈물을 흘리게 한 그 책이 누군가의 소설이었던 모양이지요?”

"아이 선생님도…, 그러면 왜 제가 선생님께 제 비밀을 털어놓았겠어요.”

"그러면…”

"선생님의 『영원과 사랑의 대화』예요. 그녀가 지적한 곳은 '어느 구도자의 일기'고요.”

"그랬어요?”

"선생님도 그 마지막 장면을 보니까 우셨던데요. 저도 그런 마음으로 그녀와 헤어졌어요.”

잠시 뒤 우리는 이전 마음의 위치로 돌아왔다. 마주 보면서 웃었다.

"그래, 그 책은 어떻게 했어요?”

"사무실 제 책상 서랍에 넣고 자물쇠로 잠가두었지요. 집에 가지고 갈 수도 없고…”

"그러면 그 책은 저에게 주세요. 공연히 나 때문에 두 분을 울게 해 미안합니다.”

"아닙니다. 울고 나니까 그렇게 후련할 수가 없었습니다. 생각해 보니까 우리들이 참으로 순수하고 욕심 없는 착한 사랑을 했던 것 같아요. 작가인 선생님도 그랬을 것 같고요.”

"군에 입대하기 이전이었어요?”

"헤어지면서 저는 사관학교로 들어갔고 그녀는 얼마 안 되어 결혼을 했습니다. 저는 국가의 부름을 받은 몸이라 언제 무슨 일을 당할지 모르는 마음이었고요.”

늦은 시간에 P지사는 관저로 돌아가고 나는 위층에 있는 호텔 객실로 자리를 옮겼다.

나는 혼자 생각했다.

'이 다음에 70이 넘고 80을 맞게 되면 다시 만나보라고 얘기해줄 것을…' 왜 그런지 그래야 할 것 같은 생각이 들었다.

이제는 옛날이야기가 되고 말았다.

둘.

충남 지방에 한 행복한 가정이 있었다. 3녀 2남 되는 자녀들은 다 독립을 하고 92세의 할아버지와 89세 할머니 노부부가 건강하고 다정하게 노후를 보내고 있었다. 할아버지는 이웃 사람들의 존경을 받는 신사의 모습을 지니고 있었다.

그러던 할아버지가 병을 얻어 종합병원에 입원을 했는데, 주치의는 연세가 높으시지만 수술을 받아야 할 것 같다는 진단을 내렸다.

가족들은 여러 모로 걱정하다가 의사의 뜻을 받아들이기로 했다. 수술까지는 3주 정도의 여유가 있었다.

하루는 할아버지가 아무도 없는 시간에 큰며느리를 찾았다. 그러더니 이렇게 말했다.

"아가야, 내가 꼭 너에게만 부탁해야 할 일이 있다. 애들 아빠나 다른 가족들에게는 절대로 비밀 얘기다. 내 부탁을 들어주겠느냐?"

"말씀하시는 대로 하겠습니다."

며느리는 속으로 당황스러웠다. 무슨 중대한 유언이라도 하시면 어떻게 하나, 걱정이 앞서기도 했다.

할아버지는 할머니는 물론 큰딸에게도 비밀을 지켜야 한다고 다짐했다. 두 분은 조금도 비밀이 없이 살아오셨는데, 이상하다는 생각이 들었다.

병실 문이 닫혔느냐고 확인한 할아버지는 이렇게 말했다.

"너만 알고 있어라. 나한테는 누구도 모르는 첫사랑이 있었다. 지금은 멀지 않은 모래내에 가족들과 살고 있다. 몇 십 년 동안 행방을 모르고 지냈다. 그러다가 8년 전에 우연히 그녀가 가까운 곳으로 이사 와 사는 것을 알았다. 옛날 생각이 그리워 네 어머니도 모르게 찾아다니다가 먼발치에서 바라보았는데 그 다음에도 보고 싶으면 찾아가 멀리서 보곤 했지. 그러다가 그 할머니도 나라는 것을 알게 되었다. 아무도 없는 데서 인사를 나누고 얘기도 했어. 그런데 내 감정은 70년 전 옛날과 다름이 없었던 것 같더라.

너희 엄마한테 미안한 생각은 있었어도 이상하게 부부간의 사랑에는 아무런 변화가 없더라. 너도 그렇게 느꼈지?"

"예, 아무 변화도 몰랐는데요?"

"그런데 엄마한테는 얘기를 못하겠더라. 몇 번 얘기할까 했다가 비밀에 부치기로 하고 지냈다. 내가 부탁하고 싶은 것은 병실에 아무도 없는 날짜를 보아서 그 할머니를 한 번 다녀가도록 해다오. 수술을 받게 되면 다시 못 볼 수도 있을지 누가 알겠니? 네가 잘 알아서 내 마지막 소원의 하나를 이루도록 해다오."

며느리는 어느 정도 그동안에 있었던 일을 알아야 하겠기에 물어보았더니, 1년에 몇 번씩을 찾아가 얘기도 나누고 간혹 식사를 같이하기도 했다는 얘기였다.

며느리는 자기를 믿어주는 아버지가 고맙기는 했으나 어머니에게는 죄송스러운 생각이 들기도 했다.

약속을 한 며느리는 여러 모로 생각하다가 시누이가 되는 큰딸을 찾아가 상의를 했다.

큰딸은 한참 동안 말이 없더니, 어머니도 눈치를 챈 것 같았다고 말하면서 몇 해 전에는 이런 말을 했다고 했다.

"너희 아버지가 요사이는 좀 이상해졌다. 나 몰래 외출을 하는 때도 있고 저녁식사는 친구를 만나서 하고 들어왔다는 얘기도 하고…"

딸과 며느리는 상의 끝에 둘이 합세해서 도와드리기로 했다. 아버지의 마지막 요청이기도 했고, 어머니에게는 비밀을 지키기로 합의를 보았다. 다른 가족들에게는 알릴 필요가 없을 것 같았다. 큰딸은 자기보다 며느리에게 먼저 부탁한 것이 아쉽기는 했으나 딸이 며느리보다 더 가까우니까 미안했으리라는 생각도 들었다.

둘이 계획한 날 오전이었다. 큰딸이 아버지 병간호를 하다가 양해를 구했다.

"아버지, 엄마가 좀 다녀가라는 전화를 했는데 제가 엄마한테 가게 되면 거기서 점심까지 해야겠어요. 올케가 곧 올 것 같으니까 30분 정도만 기다려주세요."

그 전날 저녁에 며느리가 내일 오후에 아무도 없을 때 그 할머니를 모시고 오겠다고 약속을 하고 있었던 터였다.

할아버지는 잘되었다는 듯이 그러라고 말하면서 딸이 밖으로 나가는 것을 확인했다.

며느리는 할머니와 약속한 장소까지 차를 몰고 가 할머니를 모시고 병원으로 왔다. 며느리는 아버지가 혼자 있는 것을 알면서도 병실에 들어와 아버지에게 대기하고 계시라는 말을 했다.

할머니는 조심스럽게 병실 안으로 들어섰다. 할아버지는 침대를 등지고 앉아 있다가 오른손을 조금 들어 보였다. 며느리는 하나밖에 없는 의자를 침상 가까이 옮겨주고, "두 분이 말씀을 나누세요"라고 말한 뒤 병실 밖으로 나왔다.

한 시간 가까운 시간이 흘렀다. 대기하고 있던 며느리가 노크를 했다. 손님은 "그러면 저는 가보아야겠어요. 잘 치료를 받으시고 쉬 퇴원했으면 좋겠습니다"라면서 일어서려고 했다. 환자는 "그럽시다"라면서 오른손을 내밀었다. 손님은 약간 당황스러운 표정이더니 두 손으로 환자의 손을 꼭 잡았다. 할아버지는 손을 잡은 채로 할머니의 얼굴을 바라보고 있었다. 할머니는 손을 놓으면서 흐르는 눈물을 닦았다. 병실 문 앞에서 다시 한 번 할아버지의 모습을 바라보고는 밖으로 발걸음을 옮겼다.

며느리는 조심스럽게 할머니의 팔을 붙들고 주차장까지 안내해 내려왔다. 차 문을 열어주면서 옆자리에 앉으시라고 권했다. 병원에 올 때까지 옆자리를 차지하고 있었던 할머니가 뒷자리가 더 좋다고 말하면서 자리를 바꾸는 것이었다. 며느리도 그 마음을 알아차리고 뒷자리를 편하게 정돈해주었다.

할머니는 집 앞에 도착할 때까지 말이 없었다.

차에서 내리면서 "수고해줘서 고마워. 아버지께 만나서 고마웠다고 전해주고…"라면서 말끝을 흐렸다.

며느리가 병원으로 돌아와 병실 문을 열고 들어섰더니 할아버지가 "잘 모셔다 드렸니?"라고 물었다.

며느리가 "예, 만나 뵈어서 고맙다고 말씀하셨어요"라고 했더니 "고맙긴…, 내가 더 미안한데…"라면서 돌아누웠다.

며느리는 할아버지의 어깨가 가볍게 떨리고 있는 것을 느꼈다. 모르는 체하기 위해 세면대에서 손을 닦으면서 귀를 기울였다. 할

아버지는 소리를 죽여가면서 손으로 얼굴을 가리고 있었다.

다음 날 아침에 아들 내외가 병실에 들렀을 때 할아버지의 표정은 전과 다름이 없었다. 큰아들이 말했다.

"오늘은 날씨도 맑고 밖도 차지 않으니까 의사 선생님이 허락하면 휠체어를 타시고 조금 나가보시지요. 저는 다시 회사로 나가보아야겠습니다."

며느리는 의사의 허락을 받은 뒤 할아버지를 모시고 병원 뜰로 나왔다.

녹음이 한창 피어오르고 있었다.

며느리는 '녹음과 더불어 자연의 생명력이 가득 차오를 때는 그 생기에 눌려 노인 환자들이 더 많이 세상을 떠나기도 한다는데…' 하는 침울한 생각이 들었다.

시아버지는 평생을 교육계에서 보냈다. 이웃들은 물론 학부모들의 따뜻한 존경도 받았다. 언제나 몸가짐이 단정해서 흐트러짐이 없는 지방 신사로 통하고 있었다. 좀 일찍 지금 시어머니와 결혼을 했다. 모두가 부러워하는 행복한 가정을 이끌어왔다. 조상 때부터 물려받은 재산도 있어, 경제적으로도 어려움을 겪는 일이 없었다.

그런 시아버지에게 숨겨둔 여자 친구가 있었다면 모두가 놀랄 것이다. 사실은 그런 뜻의 여인은 아니기도 했다. 아마 사춘기의 풋사랑을 나눈 첫사랑일 것에 틀림이 없었다.

왜 그런지 궁금한 생각이 들었다.

친정아버지 생각도 났다. 언젠가 친정어머니가, "그래, 그 여자가 그렇게 예뻤어요?"라고 아버지를 노려보던 옛날 기억도 떠올랐다. 지금은 두 분 다 계시지 않지만….

"아버지, 어제는 무슨 말씀들을 나누셨어요? 좋은 시간이 되었으면 했는데요."

며느리가 말을 걸었더니, 할아버지는 이렇게 대답했다.

"얼마 안 남은 내 인생인데, 즐거운 시간이야 되었겠냐."

"아버지, 수술만 끝나면 이전같이 건강을 되찾을 수 있다고 의사 선생님이 말씀하셨어요."

"의사야 언제나 그렇게 말하는 법이지 않냐."

"그러시지 마시고 용기를 가지셔야지요."

"왜 그런지, 건강을 회복한다고 해도 지난날의 부담스러웠던 짐들을 다 풀어놓아야겠다는 생각이 들어서…. 그런데 제일 먼저 떠오르는 사람이 ○○○였다. 초등학교에서 2년 동안 친구였고 중학교 때는 남녀공학이 아니었기 때문에 헤어져 있었으나 가까운 거리의 학교여서 3년을 친구이면서 사랑하는 애인으로 지냈거든. 그 뒤나는 서울에 있는 고등학교로 진학을 했고, 그 여자는 고향 학교에 남았지. 1년 후에는 우리가 서울로 이사를 갔고…"

"그러니까 5년간이나 서로 사랑하면서 지낸 셈이네요?"

"그것이 사랑인 줄 알았나? 헤어지고 보니까 사랑인가 보다 하는 생각이 들었고 결혼을 하니까 그것이 사랑이었다는 생각이 굳어지더라. 그러니까 왜 그런지 내가 옛 친구를 배신한 것 같은 생각이 들었던 것 같다."

"그것이 무슨 배신이겠어요? 그 나이에는 다들 조금씩은 경험하는 건데…"

"지금은 그래도 그 옛날에는 그렇지 않았어. 손 한번 잡아보는데 몇 달이 걸리곤 했는데…"

"그래서 그 첫사랑 되시는 할머니와 만나서 옛날 아기자기했던 얘기를 나누셨군요?"

며느리는 그 정도로 얘기를 마무리해야겠다고 생각했다.

그런데 잠시 뒤 할아버지가 다시 얘기를 이었다.

"그래 네 얘기대로 좋은 시간은 보냈다. 그러나 내가 한 가지 용서를 빌어야 할 실수를 했거든. 고등학교 진학으로 고향을 떠나면서 마지막으로 그녀의 두 손을 붙잡고, 내가 학업을 끝내고 군에까지 다녀오면 결혼을 하자고 말했거든. 그랬더니 그 여자도 그러자고 약속을 했다니까. 그런데 어쩌다가 둘 다 그 약속을 깨고 결혼을 했어. 나는 지금의 너희 어머니가 마음에 들었고 두 가정에서는 너무 좋은 인연이라고 모두 축하해주었고. 그 즈음일까, 그보다 조금 전일까, 그 여자도 부잣집에 출가를 했던 것 같아. 아마 인연이 아니었던 것 같기도 하고. 그 당시에는 부모들이 결혼의 주역이었으니까, 우리야 말도 꺼내보지 못하고 순종했으니까…"

"그래서 두 분이 그 얘기도 하셨어요?"

"그때는 내가 무책임하게 제안해놓고 약속을 못 지켜 죄송하다고 사과를 했지. 용서를 받아야 할 것 같아서…"

"그랬더니 용서해주셨어요?"

"자기도 약혼식을 갖기 전 사흘 동안 내 생각을 여러 번 했대. 그런데 결혼은 운명이고 사랑은 바꿀 수 있는 선택인가 보다 하고 단념했대."

"그 할머니 얘기가 멋지네요. 아버지보다…"

"그러니까 내가 좋아했지. 나는 실무적인 성격이고 그녀는 문학소녀이기도 했거든…"

"헤어질 때는 두 분 다 마음이 아프셨겠어요."

"너희들이 생각하는 그런 식의 생각은 아니야. 우리는 90 고개를 넘긴 인생의 석양 길에서 있지 않냐."

"짐작은 가는데 아직은 잘 모르겠어요."

"우리 두 사람은 사랑의 길은 달랐으나 둘 다 행복해서…. 사랑은 욕심이고 행복한 인생은 욕심을 버려야 해. 너희들 다 내 옆에 있지 않냐. 엄마도 날 위해 건강하고…"

그 말에 며느리도 말문이 막히고 말았다.

그때였다. 할아버지는 이렇게 말을 맺었다.

"갈 사람은 다 가야 너희들이 행복해지는 법이란다. 그저 이별이기에 아쉬운 것뿐이다."

할아버지는 수술의 후유증으로 세상을 마감했다. 부인 할머니도 1년을 더 넘기지 못하고 남편의 뒤를 따랐다. 가족들에게 남긴 말은 이랬다.

"너희 아버지가 가는 것까지 보았으니까 여한이 없다."

우연한 기회에 나는 그 며느님으로부터 이 얘기를 전해 들었다.

안병욱, 김태길 선생과 나

1970년대 초반이었을 것 같다.

부산에서 서울로 오는 열차를 타고 창가에 자리 잡고 있었다. 천안에서 내 옆자리에 앉아 있던 손님이 내리고 빈자리가 되었다. 한 여자 승객이 내 옆자리로 옮겨 앉으면서, "선생님 옆에 좀 앉아도 괜찮겠습니까?"라는 인사를 했다.

"저 선생님을 잘 알고 존경하는 팬입니다"라는 것이었다. 나는 "그러세요"라면서 앉기를 권했다. 20대 후반쯤 되어 보이는 활달한 성격의 여성이었다. 그녀는 "제가 얼마나 선생님을 잘 알고 있는지 맞혀볼까요?"라면서 웃었다.

"고향은 북한의 평양 부근이시고요, 도산 안창호 선생과 가까운 농촌이시지요?"

"그래요"

"1920년생이시고, 초등학교는 고향에서 다니셨고요. 그 당시는 중학교가 5년제였는데 평양에서 공부하셨지요? 그 후에 일본에 가셔서 철학을 전공하시고, 해방 후에 월남해 몇 해 동안 중고등학교에서 교편을 잡으시다가 대학교수가 되셨고요. 책도 많이 쓰시고, 강연도 많이 하셨지요? 요사이는 프랑스의 파스칼에 관한 글인가 책도 내신 것 같고요."

"무슨 필요가 있어 뒷조사를 한 것같이 자세히 아시네요. 세상에는 비밀이 없네요."

약간 당황한 나는 웃어 보였다.

그녀는 신이 난 듯이 말했다.

"참 가장 중요한 것을 빼먹었네요. 존함은 안병욱 선생님이시고…"

듣고 있던 나는 약간 기가 찼다. 실컷 내 얘기를 하더니 나를 안 선생으로 보았던 모양이다. 이제 와서 나는 안 선생이 아니라고 말하면 얼마나 당황스러워 할까 싶은 생각도 들고, 어차피 서울역에서 내리면 그뿐인데 구태여 내가 누구라고 알릴 필요도 없을 것 같았다.

"제가 사진에서 보고 생각했던 것보다 훨씬 미남이세요. 처음에는 선생님을 닮은 젊은 분이 아닌가 생각하고 인사드리는 것을 망설이기도 했습니다."

그녀는 정색을 하면서 이렇게 말했다. 내가 실제보다 젊어 보였던 모양이다.

나는 듣기만 하다가, "혹시 김형석 선생도 아세요?"라고 물었다. 그녀는 "그럼요. 직접 뵙지는 못했으나 두 분이 가까운 친구 아니세요? 김 선생님도 한 번 뵈었으면 좋겠어요…"라면서 반기는 것이었다.

할 수 없이 서울역에 내릴 때까지는 안 선생 행세를 하는 수밖에 없었다.

서울역에 내리면서 자기는 누구라고 이름을 알려주었으나 기억이 나지 않았다.

안병욱 선생에게 그 얘기를 했더니 "그러면 내 전화번호라도 알려주지 그랬어"라면서 웃었다. 지금은 그 이야기를 다시 해도 기억해낼 수 없을 정도로 안 선생도 고령이 되어버렸다.

그날 집에 돌아와 아내에게 "아무래도 우리 아버지가 내 이름을 잘못 지어준 것 같아. '안병욱' 하면 부르기도 편하고 기억하기도 좋은데, '김형석' 하면 딱딱하고 기억하기가 불편한 것 같다니까. 그래서 그 아가씨도 내 얘기를 하고는 안병욱 선생으로 착각했던 것 같아"라고 말했더니 아내의 해석은 달랐다.

"두 사람의 경력이 거의 같으니까 그랬을 거구요. 그보다도 안 선생님이 더 유명하니까 당신을 안 선생으로 착각할 사람은 없을 겁니다."

나는 "그래도 나보고 미남자라고 그랬다니까. 그건 직접 보고 내린 판단이야"라고 대꾸했더니, 아내는 "착각하지 마세요. 옆에서 보았으니까 그렇지, 정면으로 당신의 치아를 보았다면 미남자라고 했겠어요?"라면서 관심조차 없는 듯싶었다.

김태길 선생과도 반세기가 넘는 동안 친분을 지켜왔다. 서로 너무 잘 알고 있기 때문에 만나면 할 얘기도 없을 정도로 가까이 지냈다.

그런데 나만이 아는 비밀 얘기가 한 가지 있다. 누구한테도 하지 않는 얘기를 나에게만 계속 꾸며대곤 했기 때문이다. 그 내용은 언제나 똑같다. 자기가 인정받을 만한 미남자라는 것이다.

그 얘기는 1960년대 초반에 시작해서 2003년까지 계속했으니까 충청도 기질이 아니고서는 힘든 일 같기도 하다. 언제나 아무도 없이 단 둘이 만나면 들추어내는 이야기다.

처음 시작은 이러했다.

"참, 김 선생은 요사이 TV에 나가면 한 번 출연하는데 사례금이 얼마씩입니까?"

"지난번 한 시간 동안 대담을 했는데, 세금도 있고 해서 36만 원이었던 것 같은데요."

"왜 그렇게 적은가. 내가 받는 액수의 절반 정도밖에 안 되네."

"그래요? 그동안에 출연료가 올랐는가 보다."

잠시 내 눈치를 살펴본 김 선생은 이렇게 말했다.

"아, 내가 실수를 했군. 출연료는 마찬가진데, 나는 특별수당이 추가되어서 그런 걸 미처 생각지 못했네요."

"무슨 특별수당이 따로 있어요?"

"김 선생은 모르는 수당이 있어. 몇 사람 안 되는 것으로 알고 있어요. 김 선생은 거기에 해당되지 않았을 거야. 그러니까 내가 받은 액수의 절반 정도가 되었겠지."

"무슨 수당인데?"

"얘기해도 잘 모를 거다. 우리 몇 사람에게만 해당되니까. 미남수당이라는 말은 못 들어보셨지요? 나는 거기에 해당해서 좀 많이 받아. 비밀이니까 나도 잘 모르지만 아마 신성일 배우쯤은 들어가 있을 거야. 김 선생은 어림도 없을게고."

이러면서 시치미를 뗀다.

마치 '오늘은 한 방 맞았지' 하는 표정이기도 했다.

또 10년쯤 지난 뒤였다.

나는 김태길 선생에게 이사 간 후의 처음 인사를 나누었다.

"참 오랫동안 혜화동에 살다가 강남으로 이사 간 것으로 아는데, 이전보다 환경이 좀 더 좋아졌어요? 대학이 가까워서 교통은 편해지셨겠어요."

"내가 왜 이사를 갔는지, 또 어디로 갔는지 모르시지요? 설명을 하자면 길기도 하고 또 이야기를 해도 잘 이해하기 힘들 겁니다."

"대학에서 주선해준 곳은 아닐 테고…, 특별한 지역이 있었어요?"

김태길 선생은 이유 없이 헛기침을 하더니 이렇게 말했다.

"김 선생은 강북에서만 살았으니까, 교수 단지라든지 기자촌 같은 곳이 있다는 얘기는 못 들으셨지요? 강남은 새로 개발하는 곳이어서 아주 특별한 주거지가 책정되었어요."

"어떤 곳인데요?"

"전국을 대표하는 미남 미녀들이 모여 사는 특수단지란 걸 모르지요? 나도 거기에 뽑혀 이사를 간 겁니다."

나는 속으로, 저 양반이 미남자라는 말을 한 번도 못 들어봐서 나한테라도 인정받고 싶은가 보다 싶어, "그래 어떤 이들이 사는데요?"라고 물었다.

"혹시 도금봉이라는 여배우 이름을 아세요? 우리나라 최고의 아름다운 여성인데, 내가 바로 그 옆집에 살아요. 그만하면 내가 어느 정도의 미남자인지 짐작이 가지요?"

꾸며낸 사실임에는 틀림이 없었다.

후에 김 선생 후배의 얘기를 들었더니, 연예인 단지가 생겼던 모양인데 김 선생도 그 한 자리를 차지했던 것이다. 그 사실을 알게 되면서, 얼마나 나에게 자랑하고 싶은 것을 참았을까 하는 생각을 하면서 웃었다.

또 10년쯤 지났을까.

나는 김태길 선생과 같이 지방 TV 방송국의 초청을 받았다. 둘이서 대담을 하도록 되어 있었다. 그런데 그 사장이 김태길 선생의 제자였던 것이다. 그래서 사장이 진행을 맡은 K양에게 내 은사이니까 특별히 배려해달라는 부탁을 한 사이였다.

그 사연을 모르는 나는 K양이 나를 제쳐놓고 김 선생에게 특별히 친절하다고 생각했다. 큰길을 건널 때는 김 선생의 팔을 잡기도 하고, 김 선생이 쓴 모자를 보면서, "선생님 모자가 멋있으세요"라면서 추켜세우기도 했다. 식당에서 자리를 잡을 때도 K양은 김 선생 옆자리에 앉고 나는 남자 직원과 함께 앉았다. 나는 속으로, 김 선생은 미남은 못 되지만 키도 큰 편이고 오늘따라 양복도 근사하니까 호감이 갔을지도 모른다고 생각했을 뿐이다.

대담을 끝내고 서울로 오는 기차를 탔을 때였다. 김 선생은 나에게 "오늘 K양이 나에게 어떻게 친절했는지 보셨지요? 그것이 바로 내 진면목이야. 김 선생에게는 좀 미안하게 되었지만…"라면서 기세를 올렸다.

그 표정에는 자신이 자타가 인정하는 미남자일 뿐 아니라 나와는 비교가 되지 않는다는 억지 춘향이 깔려 있는 것이었다.

그 뒤부터는 나도 "K양 얘기는 또 안 해도 돼. 나는 김 선생이 미남자라는 것을 인정해도 무방한데, 남들이 어떻게 보는지는 말 안 할게"라고 결론을 내리곤 했다. K양 얘기를 몇 번이나 써먹곤 했던 때문이다.

노무현 대통령이 취임하고 얼마 뒤였으니까, 최근의 일일 수도 없다.

몇 사람이 세종문화회관 커피숍에 모이는 일이 생겼다. 청와대에서 나온 직원이 명함을 돌리면서 손님들에게 다가와 인사를 하고 있었다. 나도 명함을 받아두고 읽어보면서 "청와대가 세종로 1번지 주소로 되어 있군요?"라고 말했더니, 옆자리에 앉아 있던 김 선생이 "그걸 이제야 알았어요?"라면서 말끝을 흐렸다. 나는 "김 선생은 오래전부터 알고 있었어요?"라고 물었다. 김 선생은 "나야 오래전부터 알고 있었지요. 그런 사연이 좀 있었어요"라면서 설명을 덧붙였다.

김 선생이 40대였을 때, 청와대에서 근무하는 한 묘령의 여성이 있었는데 자주 김 신생에게 편지를 보내곤 했다는 것이다. 자기 이름을 알려서는 안 되겠고 다른 사람이 읽으면 더욱 문제가 생길 수도 있는 내용이기 때문에 주소만 세종로 1번지로 쓰여 있고 이름은 숨겼다는 것이다. 겉봉에는 '친전'이라는 도장도 찍혀 있었다고 했다. 그래서 그때부터 청와대 주소는 기억하고 있었다는 것이다. 그러면서 "김 선생도 짐작하겠지만 청와대에는 유능하기도 하지만 미모의 여성들이 근무하고 있다는 점도 수긍하시지요?"라는 것이었다.

아마 옆 사람이 듣고 있었다면 그대로 믿었을 것이다. 나도, 어쩌면 저렇게 즉석에서 소설의 한 장면 같은 얘기를 꾸며댈 수 있을까 싶었다.

안병욱 선생 같으면 어림도 없을 것 같고, 나보다도 머리가 좋다고 생각했다.

우리 셋은 같은 시대에 태어나 20세기 후반기에 함께 일하게 되었다.

누군가가 우리 셋의 관상을 보고 하던 말이 기억에 떠오른다.

김태길 선생은 동물에 비유하면 학(鶴)상이기 때문에 늙을수록 고매하게 존경을 받으면서 장수할 것이라고 했다. 참 선비다운 품격을 갖추고 있었다. 우리 셋 중에 가장 학자다운 노력과 업적을 남긴 편이다.

안병욱 선생은 그의 말에 의하면 거북상이기 때문에 누구보다도 수를 누릴 것이며, 언제나 정신적인 자신과 자긍심을 간직하면서 부끄럼 없이 일하면서 이름을 높여갈 분이라는 평이었다. 우리 두 사람보다는 더 넓게 많은 사람들에게 영향을 끼쳐준 셈이다.

나는 두 친구들에 비하면 중간쯤에 해당하는 편이다. 김 선생보다 학구적이지도 못하며, 안 선생만큼 대중적 기여도 하지 못했다. 관상을 본 사람도 나는 많은 고생을 겪으면서 스스로를 키워온 편인데 동물에 비유하면 양(羊)상이어서 가진 것은 없으면서도 많은 것을 주면서 살 것이라는 평이었다.

사람들은 우리를 철학계의 삼총사였다고 말한다. 철학적 계몽기에 철학적 사상을 대중화시켰고 젊은이들의 빈 마음을 채워주기 위해 노력한 결과라고 생각한다. 나는 존경하는 두 친구와 함께 일하면서 우정을 쌓아온 것을 감사하고 있다. 두 분이 오래 우리 사회를 위해 일할 수 있도록 기도드린 것을 사랑이 깃든 행복이었다고 믿는다.

이 글을 쓰고 있는 지금은, 김태길 선생이 90을 헤아리면서 세상을 떠난 지 3년이 된 여름이다. 안병욱 선생은 노쇠한 몸으로 93세를 맞고 있다. 나도 두 친구와 동갑이다. 순서가 바뀐 것 같은 생각을 해본다. 나는 두 친구보다 건강도 좋은 편이 못 되고 두 분보다는 더 많은 짐을 지고 살았기 때문에 누구도 90을 넘기리라고는 생각지 못했던 것 같다.

남은 시간들은 두 친구의 소원을 사회 속에서 풀어주는 심부름에 바치고 싶은 심정이다.

(2012. 8. 30)

W교수와의 인연

　　내가 W교수를 처음 만난 것은 40여 년 전의 일이다.

　　감리교신학대학의 박대인 선교사의 소개를 받아 찾아왔기 때문에 나에 대한 예비지식은 어느 정도 갖추고 있었던 것 같았다.

　　자기는 중국에 선교사로 가 있던 아버지 밑에서 자랐기 때문에 상하이 태생이며 20년 동안 중국 학생들과 같이 지냈다고 이야기했다. 중국이 공산화되면서 미국으로 돌아와 대학을 다녔고 지금의 아내와 결혼을 했으나 자녀는 없고, 기회가 주어지면 아버지의 뒤를 이어 중국에 가고 싶어 목사가 되었고 종교철학을 전공했다는 것이다. 지금은 목회보다도 미국 남부에 있는 한 대학에서 철학과 종교학을 강의하고 있다는 자기 소개였다. 아직 중국에는 갈 길이 막혀 있기 때문에 일본과 한국을 방문했다가 서울에 오게 되었다는 심경을 그대로 밝혀주었다.

　　그 이야기 속에는, 왠지 자기는 미국보다는 동양적인 기질과 성격에 맞는 것 같아 아시아나 한국에 관한 그리움 비슷한 정서를 느껴 방문했고 나를 소개받았다는 심정을 털어놓는 것 같았다.

어려서부터 백발로 태어났으나 나이는 나보다 10년쯤은 젊어 보였다.

같은 신자라는 점, 서로 교수직을 맡고 있기 때문에 도움이 되었으면 좋겠다는 기대와 함께, 무엇보다도 중국 친구들은 만날 수 없고, 만나더라도 지금은 서로 다른 길을 걷고 있을 테니까 옛날 친구는 모두 떠나버렸기 때문에, 한국에서라도 동양적인 전통을 느끼고 친분을 갖고 싶다는 마음을 쉬 엿볼 수 있었다. 내가 보아도 W교수는 미국인이기보다 동양 사람인 것 같은 잠재적 인상이 강했다.

그가 여정을 끝내고 서울을 떠난 후, 나는 W교수의 동정에 관심을 갖지 못했다. 나 자신의 일도 처리하기에 바쁜 때였다. 그러나 W교수는 계속 카드도 보내오고 자기의 근황을 알리는 편지도 보내주곤 했다. 그때마다 나는 속으로 '저 친구는 미국 사회 속에서 동양인으로 사는 것 같아 외롭기도 하고 힘도 드는 것 같다'고 생각하면서 미소를 머금게 하는 동정심 비슷한 감정을 느끼곤 했다.

그러던 중, W교수로부터 뜻밖의 제안이 왔다.

자기가 있는 대학에서 때때로 외국 교수를 초빙해 특강을 요청하는 일이 있는데 한 학기 동안 자기와 같이 수고해줄 수 있겠느냐는 부탁이었다. 대우나 보수는 별로 없지만 한번쯤은 미국 대학을 경험해보는 것이 좋을 것 같고, 이곳의 몇몇 교회를 위해서도 기여하는 바가 적지 않을 것 같으니까 연세대에서 안식년을 얻을 수 있으면 좋겠다는 상당히 간곡한 요청이었다. 어딘가 나를 믿고 따르면서 협력하고 싶다는 마음이 깔려 있었다. 자기 아내도 내가 아내와 같이 올 수 있기를 바라는 기대가 크다는 내용도 덧붙여 있었다.

때마침 나는 연세대에서 안식년으로 1년을 휴강할 수 있었기 때문에 대학의 양해를 받아 한 학기를 미국에서 보내기로 했다.

그러나 그 책임이 나로서는 쉬운 일이 아니었다.

나는 한국에서 중고등학교를 다녔고 태평양전쟁 중에 일본에서 대학을 다녔다. 솔직히 말하면 우물 안의 개구리와 비슷한 성장기였다. 1년 동안 교환교수로 미국 대학과 철학계를 살핀 일은 있었으나, 미국 학생들에게 강의를 한다는 중책은 버거운 일이기도 했다. 그뿐만 아니라 영어 실력도 충분하지는 못했다.

이런 이유로 망설여지기는 했으나, 이 기회를 놓치면 다시는 찾아올 수 없는 중요한 경험이 될 수도 있겠기에 수락하기로 했다. 결국은 1972년 봄 학기를 W교수와 같이 보내면서 나는 강의를 전담하고 뒤따르는 일들은 W교수가 책임지기로 했다.

그 당시는 부부나 한 가정의 두 사람 이상의 가족이 외국에 같이 나가는 일은 허락되지 않는 옛날이었다. 할 수 없이 아내가 나보다 먼저 떠나 하와이에 있던 이한빈 선생 집에 머물러 기다리다가 합류하기로 했다. 그것도 허락되기 어려운 편법이었을 것이다.

내가 머물게 된 오스틴(Austin)대학은 학부 중심의 크지는 않으나 인정받는 사립대학이었다. 장로교 계통으로 150년의 역사를 갖고 있었다. 미국에서는 남녀 학생들이 대학에서 만나 사랑을 나누고 결혼을 하는 것이 보통이기 때문에 비교적 전통이 있는 부유층 이상의 경제적 출자로 운영되고 있었다. 며느리나 사윗감을 찾을 수 있는 환경과 분위기가 필요했던 것 같다. 흑인 학생은 본 기억이 없었던 것 같고 멀리 북쪽에서 자가용 비행기를 이용하는 학생도 있었다는 이야기였다.

나는 대학이 제공해주는 아파트에 머물고 있었으나 식사는 대학

기숙사 식당을 이용하기로 했다. 식사 내용과 질에 있어 불만이 없었기 때문이다. 그 당시만 해도 우리는 가난하게 살았으니까 그랬는지도 모른다.

한번은 행정을 맡은 한 교수가 기숙사 식사가 어떠냐고 물으면서, 학부모들이 좀 더 좋은 식단이었으면 좋겠다는 불만이 있으나 미국의 대학 기숙사 식사 중에서는 상위권에 속한다는 얘기를 하기도 했다. 사실 그즈음에 다른 신학대학 기숙사에 들른 일이 있었는데 내가 머물던 대학의 식단에 비하면 형편없는 것을 보기도 했다. 역시 이 대학이 약간은 귀족스러운 분위기라는 생각이 들었다.

미국 대학들은 우리와 달리 교육부의 통제가 없고 자율적이었는데, 오스틴대학은 1년을 3학기로 나누고 있었다. 전통이 있는 하버드나 예일대학 등은 유럽의 전통을 따르고 있었기 때문에 봄과 가을 두 학기 제도로 되어 있다. 한편 시카고대학과 같은 변화가 있는 대학은 4학기 제도를 개척해 발전적인 성격을 유지하고 있다.

오스틴대학은 정월 한 달을 한 학기로 만들어 한 과목을 집중적으로 연구하는 제도였다. 그래서 정월 학기가 되면 불문학을 전공하는 학생들은 프랑스를 다녀오고 일본학을 선택하는 학생들은 일본을 다녀오는 기회를 열어주곤 했다. 그러면서도 여름방학은 3개월씩 지킬 수가 있어 좋은 점도 있는 것 같았다.

전교 학생이 모두 기숙사에 머물고 간혹 결혼을 한 학생은 부부 기숙사에서 생활했다. 그러나 그 수는 많지 않았다. 미혼 남녀 학생들은 부부 기숙사로 옮겨가는 것이 꿈이기도 한 모양이었다.

미국에서 지내면서 무엇보다도 내가 가장 부러웠던 것은 개성이 뚜렷하고 생기발랄한 미국 학생들의 모습이었다. 즐기면서 공부를 하고 학업에 열중하면서도 우정과 장래를 설계해가는 모습이 참 좋았다.

저녁을 끝내고 한 시간쯤 지나면 모든 기숙사 방에 전등이 켜진다. 공부를 시작하는 것이다. 자정께가 되면 30분 내지 한 시간 동안 불이 꺼지기도 한다. 커피 타임이다. 한 시가 되면 다시 불이 켜진다. 공부를 계속하기 때문이다. 새벽 네 시쯤 되면 모든 방이 깜깜해진다. 잠자리에 드는 것이다. 이렇게 네다섯 시간씩 자면서 공부에 열중하는 생활을 한 학기 내내 계속한다.

내 막내딸이 그 대학에서 2년을 보낸 일이 있었다. 내가 다녀오고 3, 4년쯤 뒤의 일이다. 지금도 딸이 하던 얘기가 기억에 떠오른다. 미국 애들은 초등학교에 다닐 때는 흠뻑 노는 시간을 즐기고, 중고등학교 기간에는 서서히 공부의 비중을 높이다가 대학에 와서는 백 퍼센트 학업에 정열을 쏟는데, 우리는 어렸을 때는 공부를 강요받아 고생하다가 대학에 와서는 여유로운 시간을 갖는 것으로 생각한다는 것이다. 미국 학생들과는 반대의 과정을 밟았다는 것이다. 그리고 미국 애들은 잘 먹고 잘 놀았기 때문에 하루에 3, 4시간씩 자고 공부해도 끄떡없는데 우리는 건강과 체력에서 뒤진다는 고백이었다.

한편, 유럽이나 미국의 젊은이들이 우리와 같이 목숨을 걸고 대학에 가지 않는 이유는 그렇게 힘들고 고생스러운 학업에 매달릴 필요가 없다고 생각하기 때문이다. 의사나 변호사가 된다든지 학자나 교수와 같은 전문직을 위해 고생하는 것보다는, 기술자가 되거나 장사를 해도 행복하고 즐겁게 잘 살 수 있다는 생각에서 차선의 길을 선택하는 것이다.

우연히 식당에서 한국 전주에서 온 미국 학생을 만나게 되었다.

아버지가 전주 예수병원의 의사였고 그 학생도 의학을 전공하기 위해 와 있었다. 여러 번 마주치다가 한번은 웃으면서 이렇게 물어보았다. "너에 대한 여학생들의 관심이 대단한 것 같더라. 이번 주말에는 여자 친구와 데이트를 하지 않느냐?" 그 학생은 모범생으로 알려져 있는 듯싶었고 아버지가 의사이자 선교사이기 때문에 여학생들이 호기심을 갖는 것 같기도 했다. 준수한 용모이기도 했다. 그 학생은 웃으면서, 학부 때 의과나 법과를 전공하기 위해서는 데이트나 연애는 포기해야 한다는 것이었다. 미국에서도 법학도나 의학도의 길은 산 넘어 산일 정도로 힘들다는 것이다. 그렇게 깨끗이 자기 정리를 하는 모습이 보기 좋았다.

아이들은 하나같이 순수하고 예의바른 편이었다. 마음의 자세가 그랬다. 역시 가정교육의 혜택일 것 같았다. 서로 배려할 줄 알고 친구들의 좋은 점을 부추겨주는 모습이 부러웠다. 동양 학생은 거의 없었다. 내 딸이 2년간 머물렀을 때도 동양 학생은 자기뿐이었다고 말하곤 했다.

학기 말이 되었을 때 내가 W교수에게 시험 출제와 감독, 채점 등을 협의했다. W교수의 대답은, 출제를 하고 문제에 관한 질문을 받은 뒤 교수실에 가 있으면 마지막 답안지를 제출하는 학생이 답안지 전부를 교수실로 가져온다는 것이었다. 그 대학에서는 150년 동안 시험 감독은 하지 않고 있다는 얘기였다. 학생들은 비록 이 과목 때문에 실격하거나 학교를 떠나게 된다고 해도 자기를 믿고 있는 교수와 친구를 배반하는 부정행위는 자기 인격에 대한 배반이기 때문에 범하지 않는다는 신념을 모두가 갖고 있었다. 나는 그런 점이 아메리카의 밝은 장래라고 믿기에 이르렀다.

내가 그 대학에 머무는 동안, 나에게는 당연한 일이지만 미국 교수들로서는 이해하기 어려운 일이 두세 번 발생했다. 노 교수라는 내 중앙학교 때의 제자가 은사인 나를 찾아와 하루를 지내고 간 일이 있었다. 또 한번은 내가 세인트루이스대학에 있는 곽 교수의 집에 가서 3일간 머물면서 그곳의 한인 교회에서 강연을 하고 돌아왔다. 그리고 또 한번은 연세대 교수였던 서석순 교수가 근무하는 같은 텍사스에 있는 대학을 방문해 주말을 보내고 온 사건(?)이었다.

노 교수는 나를 만나기 위해 다섯 시간이나 운전을 해서 찾아왔다. 곽 교수는 왕복 비행기표는 물론, 호텔이 아닌 자기 집에서 머물도록 배려했다. 서 교수를 방문했을 때도 내 제자가 왕복 차편을 제공해주었다.

우리에게는 그런 일들이 흔히 있는 일이다. 두 제자는 고등학교 때의 사제관계였기 때문에 정이 두터운 친분이었고, 서 교수는 연세대에서 여러 해를 함께 지낸 정이 있었다.

그러나 그 사실을 전해 들은 미국 교수들에게는 상상하기 어려운 일이었다. 미국 대학의 사제관계는 따뜻한 정으로 맺어지는 일은 없다. 학점을 따고 헤어지면 그뿐이다. 필요한 일은 다 끝났기 때문이다. 교수들 간의 인간관계도 그렇다. 일 때문에 맺어졌다가는 일이 끝나면 '너는 너고 나는 나'로 돌아가고 만다. 합리적인 실용적 가치가 교육계에서도 벌어지고 있다. 정이 약하다기보다는 정을 의도적으로 배제하면서 사는 것 같은 인상을 남긴다. 그런 점에서는 고독한 군중의 한 사람 식으로 산다.

내 손자들은 미국에서 초중고등학교를 다녔다. 그런데 학교 때 은사 얘기를 하는 경우는 보지 못했다. 한국에 왔다가 중고등학교 시절의 내 제자들이 새해 인사를 하거나 세배를 하는 것을 보고는 놀라곤 한다. 대학에서도 그들은 서로가 필요해서 만났다가 헤어지면 그뿐이다. 대체로 그렇다.

그러니 그 교수들은 내 제자들이 멀리서 찾아와 지내고 내가 제자의 집에 가서 머물고 온다는 사실을 알고는 자기네와 딴 세상의 일로 느낄 만도 하다. 그런 중간에서 나를 충분히 이해해주는 사람이 W교수였다. 그는 동양에서 어린 시절과 젊은 세월을 보냈기 때문이다. W교수는 후에 중국에 있을 때도 선교사였던 부친과 함께 지낸 어른들이 찾아와 반겨주었다는 얘기를 하기도 했다. W교수도 그 당시의 정이 있어 기회가 있으면 상하이를 방문하곤 했다. 자신이 태어난 고향이기도 했고.

하루는 수중에 강의를 끝낸 나에게 W교수가 초청을 했다. 주말 토요일 저녁을 자기 집에서 보냈으면 좋겠다는 것이었다. 나도 흔쾌히 수락을 했다.

토요일 오전에 W교수가 전화를 걸어왔다. 자기가 저녁 준비를 끝내고 데리러 가는 것이 좋을지, 같이 가서 함께 저녁 준비를 하는 편이 좋을지를 물어왔다. 내가 W교수에게 식사 준비를 직접 하느냐고 물었더니, 아내는 바빠서 토요일에도 늦게 귀가하기 때문에 자기가 저녁 준비를 한다는 것이었다. 그러면서 자기는 요리를 만드는 것이 취미라는 얘기도 덧붙였다. 나는 요리사가 만들어주는 것을 먹어보는 것이 취미라고 하면서 같이 저녁 준비를 하자고 동의했다.

저녁 준비가 다 되었을 즈음에 그의 부인이 귀가했다. 우리는 식탁을 함께했다. 내가 부인에게, 남편이 교수이고 당신도 직장을 갖고 있으니 한 사람의 봉급은 대부분 세금으로 나갈 것 같다며, 집에서 살림만 하는 편이 더 좋겠다는 생각은 하지 않느냐고 물었다. 부인은 약간 의외라는 듯이, 어린애도 없는 자기가 아무 일도 없이 집에 있으면 다른 사람들이 보기에도 민망하고 자기도 일을 하지 않으면 무책임한 시민 같아 마음이 편치 않을 것이라는 대답이었다. 그러면서 자기도 크리스천 가정에서 자랐는데 교회에 헌금하는 것도 좋지만 그보다는 세금을 더 내는 것이 사회와 가난한 사람을 위해 도움이 된다고 믿기 때문에 일하는 것이 즐겁다는 얘기였다. 아주 자연스럽게 하는 말을 통해 이 가정은 미국 사회를 생각하고, 미국 정부는 도움을 필요로 하는 사람들을 배려하고 있다는 생각을 했다. 나도 그런 도움을 미국으로부터 받았던 사람의 하나였다. 미국 국무성의 초청으로 10여 년 전에 미국을 다녀갈 수 있었으니까.

여러 가지를 경험하면서 한 학기를 끝내고 W교수와 같이 댈러스 공항으로 향했다. 정들었던 고장이지만 다시 찾아오기는 어려울 것 같다는 생각도 들었다. 자동차 안에서 우리 두 부부는 고맙고 즐거웠다는 정어린 대화를 나누기도 했다.

공항으로 가는 차 안에서 W교수의 부인은 우리와 있었던 지난 추억을 말해 우리는 웃기도 했다. W교수 부부가 언젠가 주말에 드라이브를 하기 위해 우리 아파트를 찾았다가, 나와 내 아내가 햇볕에 말리려고 종이 위에 내놓았던 한약알들이 에어컨에서 나오는 바람 때문에 날아간 얘기를 전해 듣고, 넷이서 너무 우스워 차 안에서 웃어대다가 남편이 운전을 할 수가 없어 길가에 차를 세워놓고 함께 웃던 때가 잊히지 않는다고 했다. 나와 아내가 촌스러운 실수를 저지르기도 했으나 그때의 아내와 내가 놀랐을 표정과 서투른 영어 설명이 무척 웃음을 자아냈던 것 같았다.

넷이서 그렇게 웃는 기회는 다시없을 것 같았다. 실제로 그런 시간이 다시 오지는 못했다.

비행기에 오를 때 아내와 W교수 부인은 서로 눈물을 닦기도 했다. 아내의 얘기였다. W교수도 그렇지만 부인은 꼭 한국 사람 같아 보였다는 것이다.

2년쯤 지난 뒤였다.

정월 학기에 W교수가 학생 12명과 함께 한국을 방문하면서 우리 집에서 저녁을 같이할 수 있겠느냐고 문의해왔다. 몹시 추운 정월 11일로 기억하고 있다. W교수와 학생들은 즐거운 저녁 시간을 우리 가족과 함께 보냈다. 우리 애들도 자리를 함께했다. 밤늦게 손님들은 집을 나섰다.

그리고 3년이 지났다.

내 막내딸이 연세대에서 2년 학업을 마치고 W교수와 그 대학의 초청을 받아 처음 한국 학생으로 유학을 떠났다.

막내는 그 대학을 졸업하고 사회학 전공으로 버지니아대학에서 학위를 받았다. 지금은 오하이오 주에 있는 대학의 교수가 되었다. 심장외과 의사와의 사이에 아들딸을 두고 있는 주부이기도 하다.

나는 한국으로 돌아와 바쁘게 지내고 있으나 W교수는 대학을 은퇴한 뒤 플로리다 주 해변에 거처를 장만하고 부부 둘이서 여생을 보냈다.

내 아내가 오래 병중에 있을 때는 한국을 찾아와 병문안을 하기도 했다. 내 딸에게 아버지가 얼마나 고생이 많으냐고 걱정도 했다.

126

아내가 세상을 떠났다는 소식을 전해 듣고는 신실한 위로의 전화도 있었다.

그러는 동안에 W교수도 건강상태가 쇠잔해지기 시작했다. 설상가상으로 부인이 먼저 지병으로 세상을 떠났다.

혼자된 W교수는 약해진 노후를 혼자 지내는 고생과 외로움을 참아야 했다. 나와 비슷한 상황이 된 셈이다. 나는 아들딸들이 여럿 있으나 W교수는 돌보아주는 사람도 위로가 되어줄 측근도 없이 지내야 했다.

그러던 중 바로 며칠 전에 딸에게서 전화가 왔다.

W교수가 얼마 전 결혼을 했고 새 부인과 찍은 사진도 보내왔다는 것이다. 참 잘되기도 했고 축하해야 할 일인데 누가 결혼의 상대가 되어주었을까 싶기도 했다. 건강도 좋지 못하고 재산이 많은 편도 못 된다. 물론 노후를 보낼 연금은 있었겠지만…. 사진에도 지팡이를 짚고 있었다는 딸의 얘기였다. 내가 누군지 모르지만 새 부인이 정말 고마운 분이라고 했더니 딸의 대답은 뜻밖이었다.

W교수가 정들여 키워준 여학생이 있었는데 그 제자가 홀로된 어머니를 설득해서 재혼이 성립되었다는 설명이었다. 아마 그 제자는 착한 마음씨의 W교수와 사랑하는 어머니의 노후를 위해 매개 역할을 했던 것 같다. 축하스러운 일이다.

나는 딸에게 진심으로 축하하며 새 부인에게도 축하의 뜻을 전해 달라고 부탁했다.

왜 그런지 흐뭇한 고마움을 느꼈다.

(2015. 2. 23)

사랑이 있는 이야기 둘

하나.

박 선생이 우리 성경공부 모임에 참석한 지도 10년 전후가 되었을 때였다.

어느 가을 날 오후, 그녀에게 생각지도 못했던 전화가 걸려왔다.

"박○○ 선생이십니까? 혹시 초등학교와 중학교 때 친구였던 이○○를 기억하시는지 모르겠습니다. 저는 그 이○○의 남편 되는 송○○입니다. 이번에 서울을 다녀가게 되었는데 제 아내가 꼭 박 선생님께 전해 드려야 할 편지가 있다고 해서 수소문한 끝에 주소와 전화번호를 알게 되었습니다. 내일이라도 제가 박 선생께서 근무하시는 가게 옆에 있는 C호텔 커피숍에서 뵙고 편지를 전해 드리면 좋겠습니다. 저를 찾기 어려우실 것 같아 감색 양복에 노란색 가까운 넥타이를 매고 가도록 하겠습니다."

다음 날 오후 박 선생은 옛 친구가 정성스레 봉인한 편지를 전해 받았다.

친구의 남편은 소임을 다했다는 듯이 몇 가지 인사의 얘기를 나눈 뒤, "저도 편지 내용은 잘 모르겠습니다. 그저 전하기만 하면 된다는 간곡한 당부였습니다"라는 작별인사를 하고 헤어졌다.

박 선생은 바쁜 오후의 일과를 끝내고 동료들과 같이 저녁을 먹은 후에 혼자 책상에 앉아 봉투를 열고 읽어보았다. 또박또박 정성들여 쓴 편지 내용은 다음과 같았다.

"… 너와 헤어진 지 벌써 20년 세월이 지났다. 그동안 나는 지금의 남편과 결혼을 하고, 미국으로 이민 와 바쁜 세월을 보냈다. 지금은 미국 시카고에서 적당한 크기의 가게를 차려 어느 정도 자리가 잡힌 셈이다. 남편은 대단히 착한 편이고, 고등학교와 중학교에 다니는 딸 둘이 있는데 애들이 공부도 잘하고 아버지의 성격을 닮아서 그런지 학교에서도 모범생으로 정말 착하게 자랐다. 한인 사회에서 부러워할 정도로 모범적인 가정을 꾸려가면서 잘 지내왔다. 옛날과 변함없이 지금도 한인 교회에 다니면서 신앙생활을 하고 있다. 남편은 곧 장로가 될 준비를 할 정도로 교회생활에도 모범을 보여주고 있다.

그런데 뜻밖에도 2년 전에 내가 건강검진을 받다가 난소암이라는 진단을 받았는데 불행하게도 병의 단계가 생각보다 지나쳤던 모양이다. 그 뒤부터 지금까지 수술을 받고 항암 치료를 계속하고 있다. 그러나 치료의 효과도 없고 암은 다른 부위로 전이되어 내가 생각해보아도 회복될 희망은 없는 것 같다.

이제는 남편도 나의 남은 세월이 얼마 안 되리라는 눈치를 챈 모양이고 두 딸애도 계속 여위어가고 몸을 움직이기 힘들어하는 내 모습을 보고 몹시 안타까워하는 눈치다. 새벽기도 시간이 되면 내가 회복되기를 기도하러 교회에 나가는 모습이 너무 안쓰럽다.

며칠 전에는 주치의에게 간곡히 부탁했더니, 모든 준비를 갖추는 것이 좋을지 모르겠다는 암시였다. 나도 어느 정도 각오는 하고 있었다.

앞으로 어떻게 할 것인가를 걱정하면서 기도를 드리고 있었는데 문득 네 생각이 떠올랐다. 네가 아직 결혼을 하지 않고 있다는 얘기는 다른 친구들을 통해서 들었고, 영락교회에 다닌다는 소식은 알고 있었다. 그래서 여러 번 생각하고 기도도 드리다가 너에게 편지를 쓰기로 했다.

그동안에 결혼을 했거나 사귀는 남자 친구가 있으면 이 편지는 불살라 버리고 아무 일도 없었던 것으로 해주기 바란다. 너는 나를 가장 잘 알고 나도 너의 성격과 착한 마음을 알기 때문에 작은 마음의 짐이라도 주고 싶지는 않다.

그러나 아직 독신으로 있고 결혼을 전제로 사랑하는 남자가 없으면 내 남편과 두 딸을 좀 맡아주었으면 고맙겠다. 내 간절한 소원이다. 내 남편은 정말 성격이 곱고 착한 편이다. 그런 남편과 아직 어머니의 사랑이 필요한 두 딸을 두고 눈을 감을 생각을 하니까 마음이 아프기 이를 데 없다. 나는 모든 것을 잊고 떠나면 그뿐이겠지만, 남편과 두 딸은 누구에게 맡길 수 있겠니?

만일 네가 내 대신 홀로 남은 남편과 의지할 곳 없는 두 딸의 아내와 어머니가 되어준다면 나는 편안히 감사하면서 눈을 감을 수 있을 것 같다. 염치없는 부탁이지만 처지가 바뀌어 네가 내 입장이라면 너도 나에게 부탁을 할 것 같아 편지를 쓰기로 했다. 만일 네가 내 소원을 받아준다면 내 남편과 두 딸은 세월이 지날수록 너를 나보다도 더 사랑하면서 따를 것이다.

  내 마지막 소원이다. 네 편지를 받고 안심하면서 눈을 감았으면
좋겠다.”

  박 선생은 며칠 동안 생각을 정리하다가, 부산의 아버지를 찾아
가기에 앞서 친아버지같이 지내던 C장로에게 어떻게 하면 좋을지
모르겠다는 상의를 했다.

  C장로는 같은 내용을 나에게 전하면서 어떻게 했으면 좋겠는가
를 걱정해왔다.

  우리는 문제의 해결은 박 선생 자신이 내려야 하겠으나, 부산의
친부께서 허락해주신다면 결혼을 하는 것이 좋을 것 같다는 합의를
보았다.

  박 선생은 부산으로 내려가 모든 사정을 설명하고, 지금 나이에
마음에 맞는 결혼을 하기도 쉽지 않고, 결혼이 늦어지면 아들딸을
낳아 키울 수도 없으니까 아버지께서 허락하시면 결혼을 하겠다는
뜻을 밝혔다.

  박 선생의 부친은 어렸을 때의 딸 친구를 친딸같이 생각해왔기
때문에 쉽지 않은 허락을 내렸다.

  박 선생의 편지를 받은 친구는 (그 당시는 쉽지 않았던) 국제전
화를 통해 눈물겨운 감사의 뜻을 전해왔다. 이제는 마음 놓고 눈을
감을 수 있겠다고 고마워했다. 박 선생도 “내가 너 대신 가족들을
사랑해줄게. 걱정하지 마”라고 위로했다. 둘은 서로 눈물과 울음을
감추면서 전화를 끊었다.

  박 선생의 친구는, 한인 교회 목사님을 모시고 가정예배를 끝낸
뒤, 남편과 두 딸에게 한국에서 오는 친구가 자기를 대신해서 엄마

가 되어주고 아내가 되어줄 테니까, 자기 대신 사랑하고 잘 섬기라고 부탁했다.

유언을 대신했던 것이다.

얼마 후에 박 선생의 친구는 세상을 떠났고, 혼자 된 남편은 준비를 갖추어 서울로 왔다. C장로의 간곡한 청도 있어 내가 조용한 결혼식의 주례를 맡기로 했다.

두 딸이 새어머니를 기다리는 편지도 전해 들었다.

우리는 박 선생을 통해 새 출발을 하는 가정을 한없이 축복해주었다. 그렇게 해서 박 선생은 두 딸의 어머니와 사랑하는 남편의 아내가 되기 위해 미국으로 떠나갔다.

둘.

한 아버지의 고백이다.

그 아버지의 이름을 H로 불러두자.

H는 옛날이라고 할 정도로 오래전에 시장 옆 거리를 지나다가, 한 사내아이가 가게 앞에서 울고 있는 것을 보았다. 소리를 내서 우는 것은 아니었으나 슬프게 눈물을 훔치고 있었다.

H가 "너 무슨 잘못을 저지른 거냐?"라고 물었다.

아이는 "배가 고파서 그랬어요"라는 것이었다.

남루한 옷차림으로 보아 그 당시에는 흔히 볼 수 있었던 버려진 아이거나 떠돌이 아이라고 생각되었다.

H는 "나를 따라오너라"라고 말하면서 가까이 있는 호떡집으로 데리고 들어갔다.

생각 없이 먹어대는 소년을 달래면서 "먹다 남는 것은 가지고 가도 되니까 천천히 먹어"라고 타일렀다.

몇 개를 먹고 남은 호떡을 싸 들려주면서 말했다.

"가지고 가서 저녁 때 또 먹어라."

소년은 떠나가는 H를 보면서 물끄러미 서 있었다.

한참을 걷다가 뒤를 돌아본 H는 혹시나 싶어 소년에게로 되돌아가 물었다.

"네 집이 어디니?"

"집이 없어요."

"아버지, 어머니는?"

"없어요."

"잠은 어디서 자고?"

"저 가게 집 앞에서 자곤 합니다. 그런데 가게 아저씨가 다른 곳으로 가라고 해서…"

그 말을 들은 H는 왜 그 아이가 울고 있었는지 짐작이 갔다. 가게 주인을 찾아가 이야기를 들었다.

하도 딱하고 불쌍해서 내쫓지는 못했는데 더 이상 데리고 있을 수 없어 다른 곳으로 나가라고 야단을 쳤다는 것이었다.

"그렇게 갈 곳이 없으면 우선 오늘은 우리 집으로 가자." 이렇게 H는 소년을 집으로 데리고 오면서 인연이 되었다.

소년을 본 H의 아내는 "나쁜 버릇이나 잘못된 성격이 아니면 데리고 지내보자"라고 하였다.

이발을 시키고 옷을 갈아 입혔다. 그 다음부터 H와 아내는 밖으로 나갈 때마다 소년의 손을 붙잡고 다녔다. 소년은 제법 다른 아이들 부럽지 않게 자랐다.

그해가 지나고 봄에는 가까이 있는 초등학교에 입학을 시켰다.

나이와 확실한 이름도 몰랐기 때문에 H는 자기네 가문의 성을 따라 M이라는 이름을 지어주었다. 아이는 자연히 H 내외를 아버지, 어머니라고 부르면서 자랐다. 이웃 사람들은 M을 입양해 키우는 아들로 인정해주었다.

세월은 정을 쌓아주었고 정은 사랑을 키워주었다. H의 가정에는 새로운 활기가 더해가기 시작했다.

M은 생각보다 영리하게 자랐다. 학교 성적도 우수했다. 한 해쯤 늦게 입학을 시켰는데 월반을 해서도 우등생이 되었을 정도였다.

M은 자라서 중학생이 되고, 좋은 고등학교를 거쳐 원하는 대학에 입학했다. 아르바이트를 해 학비를 벌겠다고 했으나 H는 좋은 성적으로 상학금을 받도록 하라고 권고했다. 그대로 되었다.

대학을 졸업한 M은 기로에 서게 되었다. 독립을 할 것인지, 외국으로 유학을 떠나도 되는지 하는 고민이었다.

H 내외는 M에게 유학을 가기를 권고했다.

"어딘가에 네 친부모가 계시기는 하겠지만, 넌 우리 집안의 식구가 되었고 지금은 우리 아들이다. 네가 우리를 부모라고 생각하는 것보다는 우리가 너를 아들이라고 믿고 사랑하는 마음이 더 크니까 집을 떠나 유학을 가더라도 우리는 너의 부모로 남을 것이다. 우리에게는 네가 하나밖에 없는 아들이니까…"

M은 미국에서 우수한 대학을 끝내고 연구기관에서 일하면서 석사과정과 박사과정까지 끝냈다.

모든 과정을 마친 M은 부모에게 미국에서 직업을 가져도 좋겠느냐고 물어왔다.

"우리는 너를 따라 미국으로 갈 수는 없다. 그리고 너는 먼 후일에는 모르겠으나 지금은 일 많은 한국으로 돌아와 일해주기 바란다. 너는 우리 아들이기 때문에 한국에서 일해야 하는 의무가 있다." H는 이렇게 명령에 가까운 권고를 했다.

M은 부모의 뜻을 따르기로 했다. 한국에 돌아와 부모님을 모시고 사는 행복을 만끽할 수 있었다. 행복한 3, 4년의 세월이 지났다. 좋은 규수가 있으면 결혼을 하고 싶다는 뜻을 전해 들은 H 내외는 M을 통해 가문을 이어간다는 흐뭇함을 갖기도 했다. 생각을 더듬어보면 꿈같은 세월이었다.

어려운 문제가 제기된 것은 그 즈음이었다.

M을 위해 그의 친부모를 찾아주는 의무는 H에게 있어 천륜에 따르는 길이 아닐 수 없었다. M도 생부모를 알아야 할 권리가 있음을 외면할 수 없었다.

그래서 친부모를 찾기 위한 신청을 했고 M에게도 그 뜻을 전해주었다. H는 차라리 친부모가 없거나 나타나지 않았으면 좋겠다는 생각도 없지는 않았으나, 입장을 바꾸어보면 친부모를 찾아 만나도록 해주는 것이 양부모의 도리가 아닐 수 없었다. 그것이 참다운 사랑의 길이기도 했다. 지금까지는 한 인간으로 키워주는 일이 더 중했지만….

H와 M은 서로 그 사실을 알고는 있으면서도 부자관계에는 변함이 없이 20여 년을 보냈던 것이다.

그러다가 뜻밖에도 M의 친부모가 나타나게 된 것이다. 그 사실을 먼저 알게 된 것은 H였다. H는 며칠 동안 생각을 정리했다.

그리고 M에게 고백에 가까운 심정을 토로할 수밖에 없었다.

"M아, 며칠 전 나에게 연락이 왔는데 우리가 조심스럽게 기다리던 너의 친부모가 나타났다. 너를 찾고 있으며 너도 만나야 한다. 내가 너에게 할 수 있는 책임은 확실하다. 우선 너는 너를 낳아준 부모님을 찾아가라. 그분들의 아들이 되어야 한다. 친부모님의 가정 사정과 환경은 나와 마찬가지로 너도 모르지만 나는 알려고 하지 않는다. 가서 부모님을 섬기고 가정의 일원이 되어라. 지금까지 네가 우리를 위해주었듯이 해라. 그것은 너에게 주어진 사랑과 운명의 짐이다.

양부모인 우리에게는 어떻게 할까 하는 의무감이 무거울 것이다. 그러나 그것은 사랑의 짐이다. 내가 걱정하는 것은, 한 가정을 위한 책임도 다하기 어려운데 너는 두 가정의 짐을 느끼면서 살게 될지도 모른다. 그 두 짐은 너무 힘들고 무거울 것이다. 그러나 나와 우리 가성에 대한 짐은 풀어놓아라. 나는 너를 사랑하기 때문에 그 짐을 요구하지 않는다. 사랑하는 사람에게는 더 많은 자유를 주고 싶은 것이 아버지의 마음이다.

그 대신 내가 내 아들인 너에게 꼭 부탁하고 싶은 것이 있다. 이제부터 너는 사랑을 받지 못하고 자랐거나 자라고 있는 사람들을 위해 사랑을 베풀어주기 바란다. 내가 너에게 쏟았던 사랑을, 도움을 기다리고 있는 많은 사람들에게 베풀어주기 바란다.

그리고 너는 지금 새 가정의 짐도 결코 가볍지는 않을 것이다. 그러나 너와 같이 높은 교육을 받았고 유능한 인재가 되었으면 가정을 위해 모든 것을 다 바치는 인물로 만족해서는 안 된다. 내가 너를 키우고 지금은 너를 떠나보내지만, 가정을 위하고 사랑하는 것보다 사회와 국가를 위해 모든 정성과 노력을 바칠 수 있다면 나는 누구보다도 행복해질 것이다. 내 아들이 겨레와 조국을 위해 일하고 있다는 자부심과 자랑스러움 이상의 기쁨은 없을 것이다.

내 생각은 예나 지금이나 다르지 않다. 이기주의자는 언제나 죄인이다. 가정을 위해 좁게 사는 사람은 좋은 가장으로 그친다. 그러나 민족과 국가를 위해 걱정하고 헌신하는 사람은 민족과 국가의 지도자가 되는 것이다. 그렇게 살 수만 있다면 너는 영원히 나와 함께 있을 것이며 양부모와의 사랑이 조국과 겨레를 위해 영구히 남을 것이다.

그래서 나는 기쁨과 희망을 안고 너를 공간적으로는 떠나보내지만 더 높고 넓은 지붕 밑에서 한없이 깊은 마음과 정신적 부자관계가 되기를 바라고 있다.”

더 높고 영원한 것을 위해서 사랑하는 자녀를 떠나보내는 부모의 심정을 담은 괴로운 선택을 했던 H 목사는 더 값진 사랑의 선택을 했던 것이다.

행복은 고독을 낳고

전화벨이 울렸다. 생각 없이 받았다.

"선생님, 저 E예요. 그동안 안녕하셨어요?"

"웬일이야. 뜻밖에 전화를 다 걸고…"

"선생님, 놀라지 마세요. 저 며칠 있다가 시집을 가요."

E는 이렇게 말하며 웃었다.

오래전부터 잘 알면서 지낸 제자다. 학과가 다르고 나는 그 대학의 시간강사로 나갔기 때문에 자주 만나지는 못했으나, E선생에 관한 얘기는 어느 정도 알고 있었다. 다른 교수들을 통해 전해 듣기도 했고 최근에는 사회활동도 하고 있었기 때문에 같은 학과 교수들도 E선생에 대한 얘기를 하는 때가 있었다.

E선생도 60이 다 되었기 때문에 교수들도 제자라기보다는 친구와 같이 지내는 편이었다. 특히 작가들 사이에서는 더욱 그러했다. 한 가지 확실한 것은 E선생 자신은 물론 주변 사람들 모두가 그녀

는 결혼을 안 할 것이라고 생각했었다는 것이다. 성격상 안 할 것 같기도 하고 못할 것 같기도 하고…. 개성이 강한 편이었고, 자유를 구속받는 일은 죽어도 싫다는 얘기를 항상 하고 있었다.

그러니까 몇 안 되는 은사와 나에게 전화를 걸면서도 놀라지 말라고 했을 것이다. 그 속에는 자신도 놀라는 일을 저지르고 있다는 뜻이 깔려 있을 것이다.

나도 전화로 축하한다고 말하면서도 어떻게 된 것인지 궁금했다. 들려오는 이런저런 얘기를 종합해보았다.

E선생은 그동안 몇 권의 저서를 발표했다. 그러나 주업인 문학작품은 아니었다.

어쩌다가 당시 대통령의 영부인과 인연이 닿았다. 스스럼없이 지내는 동안에 대통령 일가와 가까워지게 되었고 영부인의 신뢰도 두터워졌다. 그러나 정치적 관심이나 욕심은 털끝만큼도 없었다. 어떤 면에서는 정치계를 혐오하는 편이기도 했다. 그 점이 대통령 내외의 호감을 두터이 했는지도 모른다.

어느 날 E선생은 영부인의 부름을 받았다. 그 자리에서 영부인은, 늦기는 했지만 아주 좋은 분이 있으니까 결혼을 하는 것이 어떠냐고 하면서, 자기를 믿고 더 늦기 전에 결혼을 하라고 권했다. 선배로서 애정을 담은 간곡한 청원이기도 했다.

망설이던 E선생은 한번 만나보기는 하겠으나 너무 벅찬 일이라 확답은 못하겠다고 반쯤은 거절을 했다.

60을 눈앞에 둔 E선생과 60을 넘긴 남자는 시내 중심에 있는 한 호텔에서 만났다.

운명이란 누구도 예측할 수 없는 것 같다. 두 사람은 그 자리에서 반하고 말았다. 저녁까지 함께하고 헤어지면서 영부인의 권고를 받아들이기로 한 것이다.

그 남자는 여당의 중책을 맡기도 했던 국회의원을 지냈다. 대단한 재벌가에서 많은 동료와 후배의 추종을 받기도 했다. 3년 전 상배를 했으나 수많은 여성들이 흠모하는 혼처이기도 했다.

사회 경험이 풍부하고 많은 재산을 지닌 그는 여러 면에서 조심스러웠다. 앞으로 먼저 떠난 부인의 유지도 이어가야 하나, 재산과 명예를 탐내는 후보자들을 경계하지 않을 수 없었다.

두 사람은 서둘러 결혼식을 치렀다. 세상 사람들은 최고의 궁합으로 여겼을지도 모른다. 남자는 재물을 비롯해 아무것에도 욕심이 없는 E선생의 순수함을 높이 보았고, E선생은 자기를 진정으로 사랑해줄 수 있는 남자로 받아들였던 것 같다.

그래서 E선생은 E여사가 되어 정치계의 인사들이 모이는 사회에 들어가게 된 것이다.

간접적으로 들려오는 얘기에 따르면, 두 사람은 노년기를 맞으면서 둘만의 가정적 행복을 만끽했던 것 같다. 남편은 모든 사회적 업무를 아들과 후배들에게 맡기고 그동안 누리지 못했던 사랑이 넘치는 부부 중심의 가정을 꾸려나갔다. 전 부인과 다하지 못했던 애정을 넘치게 주고받았다.

E여사는 평생 간직해두었던 애모의 정을 쏟아 붓는 새 삶을 열어나갔다. 주변 사람들은 뒤늦게 철든 부부들의 사랑은 저런가 싶을 정도로 부러워했다. 남편은 모든 면에 불만이 없었고, 아내는 온갖 정성을 쏟아 행복을 만들어갔다.

나와 주변 사람들은 10여 년 간 E여사를 잊고 지냈다. 때때로 전해오는 소식은 들었다. 아내의 권고를 받아들여 남편도 교회에 나가고 있다는 얘기, E선생은 가문에서 설립한 세 중고등학교를 위해 후진 양성에 정성을 쏟고 있다는 내용들이었다. 둘은 국내, 국외로 여행도 즐기면서 자선사업도 하고 있었던 것 같다.

그러던 즈음에 신문에서 뜻밖의 기사를 보았다. E여사의 남편이 갑자기 세상을 떠나 장례식을 치른다는 기사였다. 믿어지지가 않았다. 그런데 사진은 분명 본인이었다. 내용을 살폈더니 유가족 난에 E여사 이름이 나와 있었다.

전해지는 바에 따르면, 그 노부부는 서울 북쪽 조용한 곳에 살고 있었다. 그날 아침 E여사는 서재에서 원고를 정리하고 있었다. 남편은 체육관에 다녀와 점심식사를 하러 나가자고 하면서 집을 나섰다. 한 시간쯤 지났을까. 전화가 왔다. 남편의 전화일 것이라고 짐작하면서 받았다.

"사모님이시지요? 지금 빨리 ○○병원 응급실로 오셔야겠습니다. 의원님께서 위급하셔서 저희들이 우선 모시고 왔습니다. 곧 오셔야 합니다."

정신없이 병원으로 달려갔다. 문 앞에서 기다리고 있던 운전기사가 따라오라면서 서둘렀다.

의사가 청진기를 거두어 올리면서 "운명하셨습니다"라고 말했다. 동행했던 사람이 상황을 설명해주었다.

"체육관 목욕탕의 온탕에 들어가 계시다가 심장마비를 일으킨 것 같습니다."

반년인가, 1년쯤 지난 뒤였다.

나는 E여사와 같은 고향 후배를 만났다. 두 사람은 친자매와 같이 가까이 지내는 사이였다.

그 후배가 나에게 들려준 이야기를 왜 그런지 잊어버릴 수가 없어 지금도 기억에 떠올려보곤 한다.

사랑한다는 것이 무엇인지, 운명은 그렇게도 절대적인지를 물어보게 되는 것 같은 심정이다.

E여사가 결혼을 하고 여러 해가 지났을 때였다.

E여사에게는 가볍지 않은 고민거리가 생겼다. 남편이 많은 재산을 소유하고 있었기 때문에, 아들딸들은 새어머니가 너무 쉽게 많은 재산을 상속받게 되는 것이 사리에 어긋나는 것 같다는 생각을 하고 있었다. 그럴 수 있는 불만이기도 했다. 그 문제가 어느 정도 정리되지 않는다면 가정 분위기도 복잡해지고 남편도 걱정거리가 될 것 같았다.

그래서 E여사는 남편에게 말했다.

"당신은 어떻게 생각하고 있는지 모르겠으나, 나는 당신의 재산 같은 데는 크게 관심을 두지 않습니다. 그러니까 애들에게, 새어머니는 노후의 생계비 이상은 바라지 않으니까 재산문제로 더 이상 걱정하지 말라고 해주세요."

생각에 잠겼던 남편은 이렇게 말했다.

"나도 당신과 같이 여러 해 살아보면서 당신의 진심을 알게 되었는데, 애들이 내 얘기를 쉬 받아들이기 힘들 것 같아."

E여사는 그럴 것이라고 수긍이 갔다. 그래서 하루는 아들과 며느리에게 진심을 알려주었다.

"나는 그동안 준비해둔 재산도 어느 정도는 있고, 나의 여생을 위한 생계만 유지된다면 더 큰 욕심은 없으니 다른 가족들에게도 잘 설명해서 재산문제 때문에 가정에 걱정이 되거나 아버지가 마음 쓰는 일은 없도록 하자."

사랑과 행복을 재물과는 연결 짓고 싶지 않았던 것이 E여사의 평소 생각이었다.

한번은 전 부인의 10주기가 되었다.

E여사는 남편에게 10주기를 가족들과 잘 치렀으면 좋겠다고 말했다. 어차피 자기는 그 자리에 참석하지 않는 것이 좋을 것 같아 모든 일을 남편에게 맡겼다. 응당 그래야 할 일이기도 했다.

남편을 보낸 E여사는 지금까지 예상도 못했던 걱정스러운 문제를 발견했다. 이다음에 남편이 세상을 떠나면 누가 무덤 자리를 같이할까 하는 과제였다. 언젠가는 부딪칠 사태라면 왜 미리 생각을 못했을까.

E여사는 생각했다.

'욕심 같아서는, (아니, 욕심이 아니다) 나에게는 사랑하는 남편이기 때문에 나와 묘소를 한자리에 같이하는 것이 당연하다. 그러나 전 부인과 자녀들은 그 뜻을 받아들이지 않을 것이다. 그렇다면 남편 오른쪽에는 전 부인이, 왼쪽에는 내가 자리 잡을 수 있을까? 안 될 일이다. 그러면 나는 어디로 가지? 그렇게도 사랑하고 있는데…, 자녀들이 없는 나는 아내 자격이 없고, 내 남편은 나의 남편은 아니었던가? 나는 어디로 가야 하는가?'

이 걱정스러운 문제는 자기보다 남편이 더 고민하고 있는 문제일 것 같기도 했다.

며칠 뒤 E여사는 남편과 잠자리에 들었을 때, 말 못할 감정을 억제하면서 조용히 입을 열었다.

"여보, 여러 번 생각해보았는데, 아무래도 한번은 건너야 할 인생과 사랑의 골짜기 같아서 내가 먼저 애기할 테니까, 다 듣고 아무 말 없이 그대로 따라주어야 해요.

우리 둘 중 누가 먼저 가게 될지는 모르겠지만, 당신이 먼저 가게 되면 아무 걱정도 말고 애들 엄마 곁으로 가세요. 나도 따라가면 어떨까 했는데 아무리 생각해도 안 가는 것이 좋겠어요. 한 가지 욕심스러운 부탁인데 합장은 하지 마세요. 가지런히 누워 있으면 보기도 좋을 테고…. 나는 고향에 혼자 계시는 어머니 옆으로 가겠어요. 내 다른 가족들이 미국으로 이민 갔기 때문에 어머니 산소를 미국으로 옮기겠다는 계획이었지만 내가 모시고 당신과 같은 한국에 남을게요. 아무리 생각해도 그 길밖에 없겠어요. 당신이 내 옆으로 와서는 안 되겠고…"

남편은 E여사를 꼭 껴안으면서 무슨 말을 하려고 했다. E여사는 남편의 입을 막았다.

"아무 말도 마세요! 내가 울어버리면 어떡하려고 그러세요."

그날 밤, E여사는 많은 눈물을 흘렸다. 애기는 그것으로 끝냈다.

1년이 지난 뒤였다.

남편은 E여사 모친의 묘역을 정리하고 E여사를 위한 안식처를 곱게 정성껏 마련해주었다.

"내가 당신에게 남겨주고 싶은 많은 선물 중의 하나야. 다시는 우리 아무 말도 하지 말자."

둘의 마음은 아늑하고 슬펐다.

그렇게 결정해두는 것이 남편의 마음이 편할 것 같았다.

다시 2년쯤 지난 늦가을이었다.

70을 앞둔 E여사는 건강의 이상을 느끼기 시작했다. 남편에게는 알리지 않고 후배와 함께 병원을 찾았다. 몇 가지 검사 결과를 본 의사는 걱정할 만한 이상은 없고, 무리하지 않고 스트레스를 받지 않도록 하면 좋아질 것이라는 진단이었다. 자기에 비하면 몇 살 위인 남편은 무척 건강한 편이었다.

E여사는 자기가 더 건강하고 오래 살아서 남편을 끝까지 보살펴 주어야 한다는 모성애 같은 책임감을 느끼면서 더욱 건강 유지에 정성을 쏟기 시작했다.

남편을 먼저 보내는 것도, 남편을 혼자 남겨두고 자기가 먼저 가는 것도 잘못된 운명이라는 생각을 하는 때도 있었다.

한번은 남편이 늦은 오후에 돌아왔다. 친구의 장례식에 참석했다가 가까운 옛날 동창들과 술자리를 같이한다는 전화가 있었다. 그 날도 운전기사가 두 사람을 북악 스카이웨이까지 안내해주었다. 아내가 퇴행성관절염으로 고생할 것 같아 함께 산책을 하는 것이 일과처럼 되어 있었다.

도중에 정자 밑에 앉아 이야기를 나누게 되었다.

남편이 먼저 말을 꺼냈다.

"무슨 일이 있어도 당신이 나보다 먼저 가면 안 돼. 오늘 친구들과 얘기를 했는데, 세상에서 가장 불쌍한 사람은 늙어서 혼자된 남자래. 여자는 갈 곳도 있고 오라는 곳도 있는데 남자는 버림받은 헌신짝 신세가 된다니까. 내가 모든 정성을 다해 돌보아줄 테니까, 나보다 먼저 가지 않는다고 약속해줘."

남편은 그러면서 오른손 새끼손가락을 내밀었다.

둘은 웃으면서 그러자고 했다.

그것이 사랑하는 남편을 위한 마지막 책임이라고 생각했다. 사랑하는 사람의 마지막까지 지켜주는 가슴 아픈 의무일 것이다.

둘은 손을 잡고 걷기 시작했다.

E여사는 다시 이렇게 말하면서 새끼손가락을 걸고 엄지로 도장까지 찍었다.

"당신이 먼저 애들 엄마 옆으로 가면 나는 기다렸다가 우리 어머니가 계시는 곳으로 갈게요. 그리고 삼우제가 지나면 우리 다시 저 팔각정 뜰에 있는 원두막 밑에서 만나요. 새벽 한 시쯤이면 아무도 없을 테니까 우리 둘이서 얘기도 하고 소꿉장난도 하고, 살아서 참 았던 말싸움도 하다가, 네 시가 되면 당신은 가족들이 있는 곳으로 가고 나는 어머니 곁으로 가고요. 매일 밤 만나면 재미도 있고 심심하지도 않을 거예요. 우리 그것도 미리 약속해둬요."

그리고 재미있다는 듯이 웃었다.

남편도 웃기는 했으나 말은 하지 않았다.

E여사는 웃기는 했는데 두 눈에서는 눈물이 흘러 떨어졌다.

한참 걷다가 E여사가 "애들 엄마가 어디 가느냐고 물으면 뭐라고 대답할래요?"라면서 또 웃었다.

남편은 "글쎄"라면서 입을 열지 않았다.

E여사는 "결혼하기 전까지는 나 자신이 눈물이 없는 여자라고 믿고 있었는데, 결혼한 뒤부터는 눈물이 많아져서…, 너무 행복해서 그런가 봐…"라고 말하면서 울어버리고 말았다.

그런 일이 있은 뒤, 남편이 한마디 유언도 없이 눈을 감은 것이다.

E여사는 후배에게 이렇게 말했다.

"후회는 없어, 사랑했으니까. 내가 눈물이 많아진 것뿐이지…"

정(情)이었을 것이다

우리 셋이 만나면 40년 전 옛날로 돌아간다.

셋이 다 처음 미국을 방문했고 1년 동안 미국 대학에 머물다가 귀국하는 길에 유럽과 아프리카까지 함께 여행한 옛날로 돌아가는 모임이다.

그때 한 선생은 벌써 80대 중반을 맞고 있었다. 나와 안 선생도 80대에 접어들고 있었던 때 얘기다.

1년에 네 차례씩 만나기로 약속했던 대로 나는 한 선생과 같이 워커힐 호텔 커피숍으로 들어섰다. 그 동네에 사는 안 선생은 미리 와서 한강이 내려다보이는 창가에 자리를 잡고 있었다.

한 번 만나면 두 시간 동안 계속 웃으면서 이야기를 나눈다. 여행 때와 마찬가지로 안 선생이 반장인 셈이어서 이야기를 주도해나가곤 한다. 그날도 그랬다.

"내가 늙지 않는 법 세 가지를 알려줄까?"

"좋은 방법이 있어?"

한 선생의 기대 섞인 독촉이다.

"첫째는 공부를 계속할 것, 둘째는 여행을 자주 할 것, 셋째는 열심히 연애를 할 것, 이 셋만 지키면 늙지 않는다고."

그럴듯한 이야기였다. 공부는 한평생 하게 되어 있는 것이고, 여행은 환경을 바꾸면서 호기심을 채워줄 테고, 연애는 감정을 젊게 해주고 즐거움을 안겨줄 것이기 때문이다.

내가 물었다.

"그런데 왜 안 선생은 늙어가고 있지?"

"나? 역시 좀 늙었지? 나는 공부도 하고 여행도 즐기는데, 연애를 못해서 그래."

한 선생이 "왜? 부인이 무서워서?"라고 물었더니, 이렇게 답했다.

"저런 바보가 다 있나. 연애야 본시 몰래 하게 되어 있지. 연애는 비밀이기에 신비한 것인 줄도 모르나."

한 선생은 어딘가 좀 모자라는 데가 있어, 우리는 가끔 놀려먹는 것을 즐기곤 했다.

"한 선생이야 연애가 어떤 것인지 아나? 40이 되도록 장가도 못 가니까 제자가 하도 딱해서 동정 결혼을 해준 것으로 알려져 있으니까."

내가 뒷받침했더니, 한 선생은 이렇게 둘러댔다.

"그때야 나만 그랬나? 우리 과의 민 교수도 노총각이었지. 김 교수는 나보다 더 늙어서 겨우 결혼했으니까. 당신네들보다는 우리 선배들은 다 그랬어…"

그러면서 한 선생은 물었다.

"안 선생은 왜 연애를 못했어?"

안 선생은 이렇게 답하면서 웃었다.

"80이 되니까 상대가 없어지고 말았어. 연애는 혼자 할 수 없고."

그러다가 안 선생이 얼마 전에 있었던 허전했던 경험담을 털어놓았다.

안 선생은 이 부근으로 이사를 온 다음부터 한 주에 한 번씩 호텔 커피숍을 찾곤 했다. 커피도 마시지만 집으로 찾아오는 손님들을 만나기에는 안성맞춤으로 좋은 장소이기도 했던 것이다.

그 즈음에 M이라는 젊은 아가씨가 커피숍에 근무하기 시작했다. 홀어머니와 두 동생을 돌보고 있는 M은 가족들을 위해서 성실하게 직장을 지키는 모범사원이었고 독서를 통해 안 선생을 잘 알고 있기도 했다. M은 안 선생을 만나는 일이 즐겁기도 했고 이미 세상을 떠난 아버지의 생각도 나서 마음의 위안이 되기도 했다.

큰일은 아니지만 안 선생이 올 시간이 되면 조용한 창가 자리를 잡아주는가 하면, 안 선생의 친구들에게도 친절을 아끼지 않았다.

상당히 긴 세월을 그렇게 보냈다.

어떤 친구들은 "저 아가씨가 안 선생을 사모하고 있는 것 같아"라면서 농담도 했다. 간혹 식사를 겸하는 기회가 생기면 M이 여러 가지 편의를 보아주기도 했다.

안 선생이 약속했던 시간에 나오지 못하면 그 다음에 만났을 때에는 안부를 걱정하기도 했다. 안 선생도 M을 보지 못하는 날에는 무슨 일이 있었느냐고 정어린 물음을 던지기도 했다. 안 선생은 친구가 많은 편이었다. 그 친구들은 M을 안 선생의 어린 '여자 친구' 같이 대해주기도 했다.

그러는 동안에 M은 안 선생의 비서 아닌 비서 구실도 했다. 원고와 책에 관한 심부름도 하고 친구들과 나누는 메시지도 전달해주었다. 안 선생의 새로 나오는 책을 기다렸다가 처음 독자가 되기도 했다. 안 선생 친구들의 소식을 전해 듣는 것도 한 즐거움이 되었다.

세월이 지나면서 M은 안 선생과의 만남이 자신도 모르는 동안에 인간적 성장과 교양에 큰 도움이 되고 있다는 사실을 깨닫게 되었다. 이 직장에서 안 선생과 그 친구들을 만나는 일이 없었다면 어떻게 되었을까 싶은 생각이 들기도 했다.

그렇게 해서 사제 간의 관계 같기도 하고 이성 간의 애모심 비슷한 정도 자랐던 것이다. 아버지와 나누고 싶었던 얘기도 할 수 있었고, 어린 딸에게 주고 싶었던 마음의 그릇을 채워주는 정을 느끼기도 했다.

그러던 어느 날이었다.

M이 안 선생에게, "저… 제가 한 가지 여쭈어보고 싶은 일이 있는데 말씀드려도 좋을지…"라고 말을 꺼냈다가, "다시 기회가 되면 말씀드리겠습니다"라고 한 뒤 몇 주일이 지났다.

안 선생은 M이 이전과 달리 명랑하기보다는 조용해진 것 같다는 궁금증도 있어, "참, 전에 나에게 하고 싶은 얘기가 있다고 했는데…"라고 물어보았다.

M은 "조금 더 생각을 정리해본 후에 말씀드릴게요"라고 하면서 자리를 떴다.

안 선생은 몹시 궁금해졌으나 독촉할 수도 없는 일이었다.

둘은 별일 없었다는 듯이 또 몇 주일을 지냈다.

초가을비가 창밖으로 소리 없이 내리는 오후였다. 비 때문이었을까, 그날은 손님도 별로 없었다.

그동안 두세 차례 말을 꺼내려고 하다가 중단하곤 했던 M이 아주 나지막한 목소리로 입을 열었다.

"저… 여기 직장을 떠나게 될 것 같아요."

"왜? 더 좋은 곳이 있어서?"

"그건 아니고요. 제 나이도 있잖아요. 여러 번 생각해보았는데, 아무래도 어머니의 뜻을 따라 결혼하는 것이 좋을 것 같아서요."

그 얘기를 듣는 순간 안 선생은 '아, 그렇지, 내가 왜 그 생각을 못했을까?' 하고 자문했다.

"그래, 상대방도 정해졌고? 좋은 사람이야?"라고 물었다. 그렇게 말해야 M이 편할 것 같다는 직감이었을까.

M은 대답 대신 이렇게 말하는 것이었다.

"그래야 할 것 같아요. 제가 결혼을 하지 않고 해야 할 일이 있을 정도로 능력을 갖춘 것도 아니고요. 저는 어머니의 기대를 채워드려야 할 사랑의 짐도 지고 자랐어요."

"그렇다고 직장을 떠나면 어떡하나."

이렇게 말을 뱉은 안 선생은 곧 후회했다. 가정이 직장보다 중한 바를 모르는 안 선생은 아니었다.

"그래, 곧 결혼을 할 계획이고?"

"이달 말까지 출근하고는 두 달 동안 결혼 준비를 해야 할 것 같아요."

안 선생은 말했다.

"나도 진심으로 축하해주겠어요."

왜 그런지 그것이 작별인사 같기도 했다. 그래서 반 경어를 자신도 모르게 쓴 것 같았다.

M은 무거운 짐을 내려놓았다는 듯이 다시 이야기를 이어갔다.

"선생님, 만일 제가 저희들을 위해 결혼식 주례를 맡아달라고 부탁하면 허락하시겠어요? 그이가 존경하는 선생님의 축복을 받고 싶다면서 간곡히 청하는데…"

"M양을 위해서라면 정성껏 도와야지."

"고맙습니다. 오래오래 잊지 않겠습니다."

M은 이렇게 말하면서 돌아서 가버렸다. 아픔을 참는 목소리였다.

그것이 안 선생의 얘기였다. 얘기보다는 고백이었다.

우리 둘은 안 선생의 얼굴을 쳐다보았다. 얘기를 끝낸 안 선생은 창밖 하늘만 쳐다보고 있었다. 그리고 한마디 추가했다.

"그날은 무척 인생이 쓸쓸하고 허전해졌어. 다 떠나버리는구나 하는 생각이었나 봐. 이전같이 집으로 직접 가지 못하고 혼자서 아차산을 헤매다가 늦게 들어갔으니까."

돌아오는 차 안에서 한 선생이 입을 열었다.

"안 선생의 그런 것도 사랑이었을까?"

"정(情)이었겠지. 정이 사랑보다 깊은 때가 있으니까."

그것이 내 대답이었다.

한 선생은 헤어지면서 2001년 봄에 다시 만나자고 손을 흔들었다. 그러나 20세기 마지막 9월에 우리 곁을 떠났다.

안 선생은 10여 년을 더 머물렀다. 그리고 94세의 고령으로 작고했다.

다 떠나갔다.

나 혼자 남았다. 언젠가는 나도 가겠지만….

강원도 염소 서울에 오다

색다른 강의 초청을 받았다.

60여 년 전, 내가 연세대학교에 부임한 해에 문과대학에 입학했던 동문들이 자리를 같이하면서, 앞으로는 함께 시간을 갖기 힘들 것 같은 옛 은사를 보고 싶었던 모양이다. 생각해보면 90대 중반을 넘긴 노교수가 80대를 맞고 있는 제자들에게 하는 강의가 되는 셈이다.

내가 택한 주제는 '열린사회를 위하여'라는 내용이었다. 제자들 중에는 귀가 들리지 않아 맨 앞자리에 앉았으면서도 두 손을 귀에 갖다 대고 듣는 이도 있었다. 옛날같이 메모를 하는 제자도 있고….

강의를 끝내고 카페에서 자유로이 앉아 이야기를 나누는 시간이 되었다.

나는 옆자리에 앉아 있는 김강영 동문에게 웃으며 말했다.

"요사이는 강원도에 염소를 키우는 사람들이 없는 모양이지? 김 장로가 빈손으로 오는 것을 보니까…"

"염소가 있어도 지금은 제가 삼척에서 끌고 올 자신이 없습니다."

김 동문은 이렇게 대답해 모두가 웃었다.

옆에 자리를 잡고 있는 다른 친구들이 "염소 얘기를 들었던 것 같기도 한데, 어떤 사연이었던가요?"라고 물어왔다.

김 동문은 궁금하면 얘기를 해야겠다면서 다음과 같은 옛날이야기를 들려주었다.

지금은 서울 큰 교회의 장로로 있는 김 군이 대학 3, 4학년 때 강원도 삼척 일대의 유지들이 여름방학을 이용해 하계 지방수양회를 갖기로 했다. 그때 강사로 뽑혀 온 사람이 나였고 아내의 고향이 그 지역이어서 함께 왔던 일이 있었다.

수양회가 끝날 때쯤, 지방유지 한 사람이 김 군을 찾아와 김 교수님께 꼭 선물을 하나 드리고 싶은데 심부름을 해줄 수 있겠느냐고 물었다. 잘되었다 싶어 "제가 기꺼이 도와드리겠습니다"라고 했더니, 그 선물이라는 것이 자기네 가축장에서 키우는 염소 가운데서 가장 젖을 많이 짤 수 있는 놈이라는 것이었다.

김 군이 "그놈을 어떻게 서울까지 끌고 갑니까?"라고 물었더니, 마침 삼척 기차역장을 자기가 잘 아는데 부탁해보자는 것이었다.

둘이서 역장을 찾아가 간곡히 부탁을 했더니, 난색을 하면서 "아직 동물을 운송해본 일은 없는데…"라면서 그래도 생각해보겠다고 약속했다. 그래서 김 군은 객실에 타지 못하고 화물칸에 염소와 같이 타서 먹이와 물을 준비해 보살펴주는 조건으로 허락이 된 것이다.

김 군은 염소의 보호자가 되었는데 그때만 해도 옛날이었다. 도계 언덕에 가서는 삼척에서 타고 온 열차는 다시 돌아가고, 걸어서 높은 산길을 넘어 청량리로 가는 열차로 갈아타야 하는 때였다. 김 군은 할 수 없이 염소를 끌고 산을 넘어 기차를 바꾸어 타야 했다.

기차가 청량리역에 도착했을 때는 저녁 시간이었다. 역에서 내린 김 군은 그 염소를 끌고 연세대학 동문 앞에 있는 우리 집까지 걸어야 했다. (그 모습이 가관이었을 것이다. 얘기를 듣던 친구들이 모두 웃음을 터뜨렸다.)

이놈의 염소가 산골에 묻혀 살다가 서울 번화가를 걷게 되니 제멋대로 뛰기도 하고 주저앉기도 했다. 가까스로 종로, 서대문을 지나 북아현동까지 오니까 밤은 깊어지고 더 갈 용기는 없어지고 말았다. 또 야반에 우리 집까지 끌고 들어오는 것도 예의는 아닐 것 같았다.

북아현동에는 감리교회에서 운영하는 지방 학생들을 위한 기숙사가 있었다. 잘 얘기해서 양해를 구하고 하룻밤을 보낸 뒤 다음 날 오전에 우리 집까지 그 염소를 끌고 왔던 것이다.

그래도 나와 아내는 물론 모친까지 반기면서 고맙게 받아주어 책임을 끝냈다.

지금 생각해보면 있을 수 있는 그러나 엄청난 사건이기도 했다. 염소를 주는 분도 그렇지만 천 리 길을 끌고 온 김 동문의 노고도 이만저만이 아니었을 것이다.

마침 모친께서는 고향에 계실 때 면양을 키운 일이 있었고, 애들이 많은 가정이어서 염소젖을 짜 먹을 수 있었던 것은 큰 도움이 되었다. 그 염소가 후에 새끼도 낳아 한때는 염소 네 마리까지 키우면서 우유도 귀하던 시절에 염소젖을 먹을 수 있었다. 아들들이 뒷산에 올라가 풀을 뜯어 오기도 했다. 일거리가 없던 모친은 즐거이 염소젖을 준비해 손주들에게 마시도록 강요하던 생각이 생생할 정도다.

염소가 들어오니까 애들이 강아지도 구해 오고 고양이도 데려 오는가 했더니 동생들이 비둘기까지 키우기 시작했다. 동네 사람들이 처음에는 염소집이라고 불렀는데, 마침내는 작은 동물원 집이라고 찾아오기도 했다.

지금은 우리가 살던 집이 도시 한복판이 되고 말았다. 그 염소들은 내 작은 매부가 서울 변두리에 살면서 끌고 갔던 것 같기도 하고….

그 당시의 염소 생각을 하게 되면 또 한 가지 부끄러웠던 사건을 잊을 수가 없다. 기회가 되면 강원도 분들에게 속죄를 구하고 싶을 정도로 마음을 무겁게 하는 회고담이다.

그 여름 수양회로 모였던 장소는 바닷가에 있는 초등학교 교사(校舍)였다. 지방 수강생들은 교실에서 숙박을 하기도 했고 어른들은 집에서 오가곤 했다. 그런데 나는 강사로 초청을 받았고 아내가 동행했기 때문에 바다로 가는 길가의 한 방을 얻어 머물기로 했다. 요사이 같은 민박집은 없는 때였다.

방에 들어가 보니까 집 뜰은 넓은데 울타리도 없었다. 물론 대문도 필요가 없이 사는 집이었다.

밤 시간이 되었다. 아내가 주인아주머니에게 신발은 어디에 두면 되느냐고 물었다. 아주머니는 그냥 문 밖에 벗어놓으면 된다는 것이었다.

그런데 나와 아내는 그것이 걱정이었다. 그 시절에는 전쟁 직후여서 그런지 서울에 좀도둑이 많았다. 일상용품은 물론 신발까지 도둑맞는 일이 자주 있었다. 나도 두 번이나 구두를 도둑맞은 일이 있었다. 한번은 작은 우리 교회 현관에서였고, 또 한번은 친구 부친 회갑연에 들렀다가 신발이 없어져 나와 또 한 사람이 고무신을 얻어 신고 밤중에 돌아온 일까지 있었다.

아내와 같이 상의를 하다가 창호지문 안쪽에 신문지를 깔고 두 쌍의 신발을 방 안에 들여놓았다. 그러고서야 안심하고 잠들 수 있었다.

둘째 날 밤에도 그렇게 했다. 문 밖 길가에는 언제나 사람들이 지나다니고 있었기 때문이다. 두 번씩이나 신발을 방에 들여놓는 것을 본 주인아주머니가 뜰에서 중얼거리는 소리가 들렸다.

"서울 사람들은 의심도 많지. 서로 믿지 못하고야 힘들어서 어떻게 사는고."

그 말을 들은 나와 아내는 서로 마주보면서 할 말을 잃었다. 크게 부끄러웠다. 물론 우리는 주인을 의심하지는 않았다. 그러나 그 지역 사람들을 의심했던 것이다. 서울 사람이 가르친다고 여기까지 와서 강원도 사람들을 의심했던 것이다. 착하지 못했던 사람이 선한 이 고장 주민들을 의심했던 것이다.

며칠 전에는 한남동에 사는 딸이 연세대 부근에 있는 내 집을 찾아와서 이렇게 말했다.

"아버지, 저희는 집은 강북이면서 생활권은 강남입니다. 그런데 이상하게도 옛날 내가 자라던 이곳 집에 오면 강남 특별시에 사는 사람이 서울 보통시에 온 것같이 차이가 심하게 느껴지곤 합니다.

그래서 강북에 있던 중고등학교가 모두 강남으로 이사를 갔나 하는 생각이 들 정도예요."

나도 강남 사람들이 얻은 것이 더 많은지 잃은 것이 더 많은지 헷갈리는 때가 있다. 그러나 강북을 떠날 생각은 없다. 똑똑해진 강남 사람들보다는 옛날 정서가 남아 있는 것 같은 강북이 내가 살 고장 같아서다.

최근 2, 3년 동안 나는 사사로운 일 때문에 강원도 양구를 다녀 왔다. 양구는 생각보다 산간 오지에 속한다. 높은 산들로 둘러싸인 분지이기도 하다. 외지와의 내왕이 적은 아름다운 산골이다.

자연히 그곳 사람들과 접촉하곤 하는데, 이 지역 사람들은 60여 년 전 삼척 지방을 생각나게 한다. 그래서 박수근 화백의 그림과 같은 작품들이 태어났을 것 같기도 하다. 휴전선 바로 아래 작은 고장 이다.

나는 갈 때마다 본래의 강원도가 그대로 남아 있는 곳이라는 생각을 한다. 이 고장 사람들은 서울 사람이나 호남 사람들이 다섯 번 하는 고맙다는 얘기를 참고 참다가 한 번 겨우 말하곤 한다. 그래서 그 고마운 마음이 소중한 것이다.

그들이 아직 간직하고 있는 것이 무엇일까? 나는 한마디로 '순수'라고 느끼곤 한다. 아름다운 자연과 호흡을 함께하는 순수함이 다.

그래서 옛날 서울 사람인 내가 그런 잘못을 저질렀던 것이다. 그 순수함 때문에 지금도 내 잘못을 뉘우치고 있는 것 같다.

(2015. 3)

인생은 가고 별명은 남고

몇 해 전, 고등학교 때 제자들과 점심을 함께하게 되었다.

지방대학 총장, 큰 기업의 사장, 교수, 정부의 장차관을 지낸 제자들이다. 70대 중반쯤 된 동창들이었다.

내가 그들의 스승이었기 때문에 자연히 6·25 전쟁 전후의 은사들의 동정이 화두에 떠올랐다. 옛날이었기 때문에 선생들의 성함은 기억에서 사라지고 남은 것은 선생들의 별명이 대부분이었다.

한 제자가 그때 영어를 가르쳤던 김○○ 선생은 전쟁 후에는 전혀 소식을 모르겠다고 말했다. 담임선생이었는데도 성함이 확실하지 않았던 것 같다. 옆의 친구가, "본래 그 선생님의 이름은 누구도 몰라. '미친개'라는 별명을 불러야 알지"라고 했더니 모두가 "처음부터 미친개라고 하지"라면서 웃었다. 나는 그 선생의 이름을 지금도 기억하고 있는데 제자들은 별명만 알고 있었다.

그 다음부터는 선생들의 별명이 쏟아져 나오기 시작했다. '생쥐'

라는 별명도 나왔고 '바이올린 가다(형태)'도 나왔다. 선생들의 별명을 부르는 제자들을 보면서 저 친구들이 내가 이 자리에 없었다면 내 별명도 떠올렸을 것이라고 생각해보았다. 지금 와서 내 별명이 무엇이었냐고 물어볼 수도 없고…. 그 미친개 선생은 아마 월북했을 것 같다면서 은사들의 정치사상의 평가도 내리고 있었다.

생각해보면 나도 그렇다.

80대 후반의 옛 중고등학교 동창들을 만나면 은사들의 별명을 부르면서 지난날의 기억을 더듬는다. 선생들의 성함은 다 잊었어도 별명은 남는 법이다. 누가 언제 지었는지는 몰라도 별명을 듣고 나면 그 선생의 모습과 과거가 되살아나곤 한다.

우리 한문선생의 별명은 '하마'였다. 항상 한복 정장을 하고 계셨는데 얼굴 모습이 하마와 흡사했다. 아주 점잖은 분이었다. 그 선생께서 한번은 학생들에게 "내가 하마라면 너희들은 새끼 하마가 되겠나?"면서 나무란 일이 있었다. 한학을 공부하셨던 선생은 스승의 별명을 부르는 학생들의 자세가 마땅치 않았던 것 같다. 사실 예의에 어긋나는 짓이다. 그래도 별명을 부르는 재미는 어린 학생들의 특권인 것 같다.

그 하마 선생이 신사참배 건으로 모교가 문을 닫게 되었을 때는 교실에서 "앞으로는 너희들의 얼굴을 다시 보지 못하게 되어 어떻게 하지…"라면서 눈물을 흘리셨다. 신사참배를 거부하고 교사직을 떠나기로 결심했던 것 같다. 한번은 교실 밖 복도를 걷다가 나를 찾았다. 꾸중을 들을 것 같아 인사를 했더니, "네 이름이 형석이지…"라면서 내 어깨에 손을 얹고 철없는 어린애를 가엾이 바라보듯 하더니, 말없이 지나가셨다.

그 다음부터 나는 그 선생의 별명은 부르지 않기로 했다. 너무 철없이 자랐던 지난날이 부끄러워졌던 것 같다.

내가 중앙학교 교사로 부임했을 때 동료 선생 한 분이 찾아와 숭실학교에 다녔느냐고 물어왔다. 그렇다고 대답했더니 자기 선친이 그때 선생이었다고 했다. 누구시냐고 물었는데 성함을 듣고도 기억이 나지 않았다. 그 선생은 웃으면서 아버지의 별명을 알려주었다. 그때야 기억이 났다. 교무주임으로 계시기도 했다고 말했다. 아마 그 선생은, 아버지 별명을 듣고야 아는구나 하고 멋쩍어 했을 것 같다.

이름은 몰라도 별명으로라도 남는 선생이 학생들을 더 사랑했는지는 지금도 알 바가 없다.

대학에서는 교수들에 대한 별명이 없다. 그만큼 학생들이 철들었기 때문인 것 같다. 외국에서도 그랬을 것이다.

그런데 내가 봉직했던 연세대학에는 1960년대 말까지 다 알려진 별명이 있었다. 있었을 뿐 아니라 유명하기도 했다. 그 당시 연세대학에 다닌 학생들은 모두가 아는 얘기였다. 대학 역사를 쓰는 이들도 그 사실을 숨기지 않는다.

그들의 얘기를 종합해보면, 그 당시에 유명한 세 분의 '석두(石頭)' 교수가 있었는데, 그 첫째는 당연히 철학과의 정석해 교수이고, 두 번째는 국문과의 김윤경 교수다. 세 번째는 학설이 약간 다른데, 수학과의 장기원 교수로 보는 이도 있고 영어학의 심인곤 교수로 인정해야 한다는 주장도 있다.

그 네 분은 모두 내 선배 교수인데 학생들뿐만 아니라 나도 '석두'라고 호칭할 만큼 개성과 특성을 가진 분들이었다. 그분들에 대한 에피소드도 다양했다. 우리 후배 교수들도 그분들의 얘기를 하고는 웃음을 터트리기도 했다. 그래서 교수 휴게실이 심심치 않았다.

그분들이 학교를 떠난 뒤에는 교수들의 신화시대가 끝났다는 아쉬움을 남겼을 정도였다. 그래서 옛날 졸업생들은 그 스승들을 아직도 잊지 못하고 화제에 올리곤 한다.

나도 그런 분위기 속에서 자라기도 했고 가르치기도 했으니까 응당 무슨 별명이 있었을 것이다. 확연한 별명이 없었던 것을 보면 학생들에게 뚜렷이 남는 인상이나 영향을 주지 못했던 것 같기도 하다.

그러나 이상하게도 학생 때부터 지금까지 따라다니는 별명이 하나 생겼다. 그 별명이랄까 호칭은 70여 년 동안 나를 그림자와 같이 따라다니고 있다. 아마 더 오래 지워지지 않고 붙어 다닐지도 모른다. 바로 '철학자'라는 별명 또는 별칭이다.

중학교 3학년을 끝내면서 나는 1년 동안 학교를 떠나야 했다. 일제 때 신사참배를 하면 안 되겠다는 신앙심 때문이었다. 동급생 중 몇 명이 그렇게 했다. 시인 윤동주는 자퇴하고 만주로 갔다. 나와 두세 친구는 후에 갈 곳이 없어 신사참배를 하는 운명을 안고 복교할 수밖에 없었다.

그 1년 동안 나는 독학을 한답시고 매일 등교 시간에 평양부립도서관에 가서 독서를 하다가 학교 시간이 끝날 즈음에는 귀가하는 세월을 보냈다.

혼자 학교에서와 같은 수업은 채울 수가 없으니까 오전 오후 시간을 독서로 보내곤 했다. 그때 무슨 욕심이었는지 철학책들을 읽었다. 철학사와 철학개론, 윤리학, 논리학, 인생과 우주에 대한 책들이었다. 내용도 잘 모르면서 그저 읽었다. 독서를 좋아했기 때문에 노상 모르는 것만은 아니었다. 그래서 몇몇 철학자의 이름도 알게되고 철학적 개념들도 어렴풋이 이해하게 되었다. 물론 다른 책들도 읽었다.

1년이 지난 뒤 복학을 했다. 여러 권의 책을 읽은 때문이었을까. 그 당시에는 일본어로 된 국어 교과서가 있고 우리말로 된 국어에 해당하는 교과서도 있었는데 그 내용들이 대단치 않게 느껴졌다. 그보다 어렵고 많은 내용을 읽었기 때문에 교과서의 내용들은 초등학교 교과서 같아 보였다. 건방진 생각이기는 해도 그러했다.

한번은 책 가운데 '인식(認識)'이라는 말이 나왔다. 그 당시에는 별로 쓰이지 않던 생소한 단어였다. 그런데 나는 철학책 가운데서 인식론이라는 말을 수없이 많이 대했기 때문에 "인식은 진리를 탐구해가는 학문적 노력"이라는 설명을 해서 선생과 친구들을 어리둥절하게 만들기도 했다. 어쨌든 선생보다도 많은 책을 읽은 학생으로 평가해주는 벗들도 있었다.

그러다가 '철학자'로 별명이 붙는 사건이 벌어졌다. 사건이라기보다는 한 계기가 생긴 것이다.

영어 교과서에 '철학자(Philosopher)'라는 한 단원이 있었다. 내용은 다음과 같다.

어떤 철학자가 산책을 나섰다.

봄에 한 농부가 소를 앞세우고 농토를 갈아 옥답(沃畓)으로 만드는 장면을 보고 감탄했다. 저렇게 광활하고 신선한 자연 속에서 곡식을 얻기 위해 일하는 농부는 얼마나 행복할까 싶었다. 나도 저렇게 행복한 인생을 살았으면 좋겠다는 생각이 들었다.

그래서 농부에게 "참 행복하십니다. 저는 그렇게 행복한 인생을 살 재간도 권리도 없어 한없이 부럽습니다"라고 고백했다.

농부는 물끄러미 철학자의 얼굴을 살피더니, "행복이요? 나도 지주나 부자로 태어났으면 이런 뼈저린 고생을 하지 않습니다. 소작인의 신세로 운명 지어졌기 때문에 죽지 못해 이런 일을 하고 있습니다. 이 소는 쉬는 날이 있으나 나는 그렇지도 못합니다. 소만도 못한 신세인데 이것이 행복이라고요?"라면서 철학자를 노려보는 것이었다.

철학자는 이해할 수가 없어서 회의에 젖어 산길을 돌아갔다.

거기에는 몇 사람들이 모여 골프를 치고 있었다. 작고 흰 공을 때리고 따라가곤 하고 있었다. 왜 그러나 싶어 자세히 보았더니 그 공을 작은 구멍에 넣기 위해 고생을 하는 것이었다. 철학자는 참 가엾은 사람들이라고 생각했다. 세상에 즐겁고 하고 싶은 일이 많고 많은데 어쩌다가 저렇게 아무런 도움도 안 되는 일을 위해 세상에 태어났을까 싶었다.

차라리 나만도 못하다는 생각이 들었다. 나 같으면 어떤 대우를 받아도 저렇게 무의미한 헛고생은 안 할 것이라고 다짐했다.

긴 경기가 끝날 무렵에 철학자는 그중의 한 사람에게 위로의 뜻을 전했다. "나는 한참 동안 당신네들이 고생하는 것을 지켜보았는데, 참으로 측은해 보였습니다. 무슨 할 일이 없어서 작은 공을 쫓아다니면서 때리고 무엇 때문에 좁은 구멍까지 끌고 가는지 모르겠습니다. 그렇다고 보수가 있는 것은 아니고, 안 해도 되는 고생을 누가 왜 하라고 명령했습니까? 제가 작은 위로의 말씀이라도 전해

드리고 싶어졌습니다."

그 사람은 철학자의 얼굴도 살피고 동료 친구들의 표정도 쳐다보면서 무슨 영문인지 몰라 했다.

옆에 있던 한 골퍼가 말했다. "우리는 지금 많은 세상 사람들이 즐기지 못하는 행복한 경기를 하고 있습니다. 우리보다 더 좋은 행복을 찾아 누리는 사람은 별로 없을 것입니다. 지금 우리가 갖고 있는 운동기구들은 아무나 갖지 못하는 수입품이고 가정으로 돌아가면 보통 사람들은 상상할 수 없을 정도의 생활을 즐기고 있습니다."

어리둥절해진 철학자는 다시 한 번 깊은 회의에 빠졌다. 틀림없이 행복해 보였던 농부는 불행을 호소하고, 누가 보아도 무가치한 일에 빠져 있는 저 사람들은 자신들이 가장 행복하다고 믿는다면, 무엇이 진정한 행복인가라고 고민하지 않을 수가 없었다.

이 영어 단원이 끝나면서 친구들이 나에게 붙여준 별명이 '철학자'였다. 누가 처음 발설했는지는 모른다. 가장 가까이 지내던 영철형이 한번은 나를 부르면서 '어린 철학자'라고 큰 소리로 찾은 일도 있었다.

그렇게 되어서 내 별명이 '철학자'가 되었다.

그러는 동안에 대학에서는 철학을 전공했고 후에는 철학교수가 되었다.

나도 그 호칭에 익숙해지고 말았다.

세월이 더 지나면 김 아무개라는 철학자가 있었다고 제자들이 말해줄 것 같기도 하다.

자유의 값을 깨닫는 사회

1960년대 중반의 일이다.

큰딸 H가 미국으로 유학을 가고 크리스마스를 보낸 뒤였다.
나는 H로부터 한 통의 편지를 받았다.

미국에서는 흔히 보게 되는 연중행사 중의 하나다. H가 머물고
있는 대학 주변의 한 교회에서 외국 유학생들을 위해 성탄과 신년
을 맞는 파티를 열어준 일이 있었다. 초대를 받은 H도 참석하기로
했다. 그 당시만 해도 한국 여학생들이 미국에 유학을 가는 것은 무
척 힘들었던 오래전 일이다.

다른 한국 학생은 눈에 띄지 않았다. H는 키가 작은 편이고 한복
을 차려입었기 때문에 외국인들에게는 아직 귀여운 소녀의 모습으
로 보였을 것이다.

몇 가지 순서가 지나간 뒤, 사람들은 둥근 테이블을 중심으로 5,

6명씩 짝을 지어 앉아 만찬을 함께했다. 잠시 후 50대쯤 되어 보이는 한 미국 부인이 H가 앉아 있는 테이블로 다가와 앉으면서 한국에서 왔느냐고 물었다. 한국 학생도 있다는 안내장을 받고 왔는데, 조금 전에 자기 소개하는 것을 보고 알게 됐다는 것이었다.

큰딸은 그 부인과 식사하는 동안에 여러 가지 얘기를 나누었다.

한국에서 보낸 대학 시절 이야기, 기독교 가정과 대학이었기 때문에 미국 교수도 있었고 선교사들도 만날 수 있었다는 설명, 미국 기숙사 생활에 관한 장단점, 외국 생활이 처음이라서 영어 강의와 독서가 아직은 힘들다는 이야기 등을 나누었다.

부인은 같은 테이블에 있는 다른 손님들과의 배려를 살피면서 한국에 관해 궁금했던 내용들을 물었다. 6 · 25 전쟁 때의 실정도 듣고 싶었던 모양이었다. H는 어렸을 때의 일이지만 아버지가 반공주의자여서 자기는 조부모에게 맡겨두고 어머니와 젖먹이 남동생을 데리고 탈북했던 이야기, 유엔군과 국군이 평양을 탈환했을 때 아버지가 평양까지 와서 자기와 다른 가족들을 데리고 다시 월남했던 이야기, 부산에 피난을 갔을 때 미군과 유엔군이 묵고 있는 부대 옆 초등학교에 입학했던 이야기들을 들려주기도 했다.

H는 부산의 피난생활이 힘들었다고 하면서, 삼촌과 고모는 미군 부대에서 일하면서 생계를 이어가고 젊은 남자들은 모두 군에 입대해 전선으로 갔으며, 전쟁이 휴전 상태가 되었을 때 서울로 환도했을 즈음에도 미국을 비롯한 외국의 원조가 필요했던 것 같았다는 보고 들은 지난 얘기들을 했다. 부인은 열심히 듣고 있었다. H는 그러나 지금은 안정된 상태이고 자기와 같은 전쟁 때의 어린이들도 성년이 되어 희망찬 미래를 꿈꾸게 되었다는 감사의 뜻도 전했다.

다른 사람들과의 대화도 있었기 때문에 예정 시간보다 늦게 파티는 끝났다. 축하 카드와 간단한 선물을 받은 외국 학생들은 기숙사와 집으로 돌아갈 시간이 되었다.

교회 현관에서 작별 인사를 나눌 때였다. 미국 부인이 H의 옆에 와서 좋은 시간을 가졌다고 하면서, 혹시 초대하면 자기 집에 한번 방문해줄 수 있겠느냐고 물었다. H는 고맙게 초대에 응하겠다고 부인이 내민 손을 두 손으로 잡고 인사를 나누었다. 기숙사 방에 돌아온 H는 왜 그런지 품위 있고 조용하면서도 쓸쓸해 보이던 부인의 인상을 한참 동안 잊을 수가 없었다고 했다.

새해를 맞은 어느 주말에 H는 그 가정의 초대를 받았다. 부인과 함께 타고 갔던 차에서 내려 현관문을 열고 들어섰더니 남편 되는 사람이 정중히 인사를 하면서 와줘서 고맙다는 말을 했다. 이런저런 얘기를 하면서 셋이서 조용하지만 즐거운 시간을 가졌다. 남편도 한국의 실정을 여러 모로 묻곤 했다. H는 자신은 없으나 오래지 않아 한국도 자유로운 민주사회로 성장할 것이며 경제발전도 좋아지고 있다는 긍정적이며 희망적인 얘기를 했다.

식사 시간이 끝났다.

H는 가족이 두 사람뿐이면 좀 허전해 보인다고 말하면서 자기는 6남매이기 때문에 집이 시끄러워서 동생들은 도서관에 가 공부를 했을 정도라고 말하면서 웃었다.

그때까지 가족 얘기를 삼가고 있던 남편이 말을 꺼냈다. 부부에게는 대학원에 다니던 아들이 하나 있었는데 6·25 전쟁 때 지원해서 군인으로 한국에 갔다가 휴전을 3개월 앞두고 전사했다는 얘기를 들려주었다. H는 그 얘기를 듣고 어딘가 숨겨져 있던 부부의 슬픈 비밀을 알게 되었다는 생각이 들었다. 셋은 말없이 한참 어색한 시간을 가져야 했다. 부인이 옆방에서 아들의 사진을 갖고 와 "이

애가 하나밖에 없는 우리 아들입니다"라고 보여주었다.

H는 밝게 웃고 있는 젊은이의 사진을 보고 참을 수가 없어 울음을 터뜨렸다. 아주머니도 눈물을 닦고 있었다. 남편만이 미소를 지으면서 "이 아이는 우리 마음속에, 그리고 자유를 사랑하는 미국인들 마음속에 오래오래 살아남을 것입니다"라고 말했다. 부인은 "한국의 가을 하늘이 참 맑다면서요? 마지막 편지에 전쟁이 끝나고 평화로운 때가 오면 엄마에게도 한국의 가을 하늘을 보여드리고 싶다는 글을 남겼어요. 그 뜻이 이루어지지는 못했지만…"라면서 말문을 닫았다. 두 내외는 사진을 옆방으로 들고 가면서 여기가 아들이 쓰던 방이라고 보여주었다.

H는 자신도 모르게 부인의 품에 안기면서 눈물을 참았다. 그때도 부인은 조용했다. 속으로야 얼마나 울었겠는가. 기숙사로 돌아올 때는 남편이 운전을 했다.

차에서 내리려고 했을 때였다. 남편이 조용히 입을 열었다.

"우리는 아들을 보내고 외롭기는 해도 자랑스럽습니다. 내 아들은 자유를 지키기 위해 책임을 다했으니까요. 아메리카의 임무는 앞으로도 모든 사람의 자유를 지키는 데 있습니다. 한 가지 소원이 있다면 한국도 자유로운 나라로 번영해주기를 바라는 마음입니다. 우리 내외도 그날이 오기를 기도하겠습니다."

지난가을 나는 다른 한 통의 편지를 받았다. 미국 서북부 시애틀에 살고 있는 김준 선생에게서 온 편지였다. 김 선생은 선비답게 조용히 머무는 성격이었는데 며칠간 시간을 내어 워싱턴 DC를 방문했다가 집에 돌아와 나에게 보낸 글월이었다.

그 내용은 길지 않았다.

김 선생은 미국의 정치적 수도인 워싱턴 DC에 가서 여러 곳을 찾아보게 되었다. 조지 워싱턴의 무덤이 있는 농장도 보았고, 링컨 대통령이 암살당한 기념관도 방문했다. 알링턴 국립묘지도 존 F. 케네디 대통령의 무덤도 찾았다. 태평양전쟁과 한국전쟁을 기념하는 곳들도 가보았다. 그리고 얻은 생각의 결론은 미국의 장점과 생명력은 자유를 통한 휴머니즘의 저력이라는 것이었다. 세계에서 그들만큼 자유를 사랑해온 국민이 없었으며 아메리카의 궁극적인 목표는 모든 사람이 인간다운 삶을 영위할 수 있는 인도주의의 구현이라는 것이었다. 그리고 그 단절이 없는 인간애의 구현은 그들의 선조들이 개척해준 기독교 정신임을 깨닫게 되었다는 편지 내용이었다.

물론 아메리카에도 어두운 면이 있다. 산이 높으면 그림자는 더 깊게 드리워진다. 그러나 그 어두웠던 면들을 극복할 수 있는 원천은 자유와 인간애에 대한 신념이었다는 역사적 현실을 본 것 같은 인상이었다는 것이다.

나도 공감할 수 있는 정신적 유산 같았다. 6 · 25 전쟁 때 미국이 참전한 것도 같은 정신이었고 그 정신이 살아 있는 사회는 인류 역사에 기여할 수 있는 희망이 될 것이라는 생각을 다짐해보았다.

지난해 연평도 사건과 천안함이 피격당했을 때, 목숨을 바친 젊은이들의 희생도 우리 민족의 자유를 위한 횃불이 되어 영구히 빛날 것이다. 자유의 값은 생명보다 귀한 것이기에….

III

뜻대로 안 되는 세상이기는 했어도

철없는 사람들과 성숙된 사회
더 귀한 것은 고전이었다
쉽지 않았던 교수생활
고생, 그 하나는 경제적인 것이었다
사회악의 문제 해결을 위한 그 하나, 경제적 가치관을 위하여
뜻대로 안 되는 세상이기는 했어도
재미는 없으나 걱정스러운 이야기
사랑이 있는 경쟁은 가능한가

철없는 사람들과 성숙된 사회

20 고개를 넘긴 후에야 나는 가정과 고향 분위기를 떠나 좀 더 넓은 세상 속으로 들어간 셈이다. 일본 도쿄에서 대학생활을 하게 되었다.

2, 3년의 세월이 지난 뒤 나는 우연한 기회에, 내가 너무 버릇이 없이 자란 것이 아닌가 하는 자기반성을 한 일이 있었다.

나는 가정적, 사회적 전통이란 생각해본 바도 없는 가난한 농가에서 자랐다. 어려서부터 병약했기 때문에 부모는 내가 정신적인 상처를 받을까 걱정이 되어, 나에게 화를 내거나 책망을 하는 일이 없었다. 그저 내 멋대로 자랐다.

가정교육이란 거의 없었다. 사랑은 있었으나 규범은 없었다. 자기가 알아서 하고 싶은 대로 하면 된다는 자유로움이 부모와 자녀들 간의 생활규범이 되어 있었다. 내가 무엇을 위해 어떻게 살아야 하는가를 어렴풋이 배운 것은 교회에 다니면서부터였고, 초등학교 때 선생님들의 가르침을 받았을 뿐이다.

중학교 4년 동안 기독교 학교에서 얻은 정신적 교육의 밑바탕이
된 것은 민족애에 입각한 항일정신이었다. 나머지 1년은 불행하게
도 우리 중학교가 신사참배를 거부했기 때문에 폐교를 강요당했고,
일본학교에서 소위 황국시민을 양성하는 세뇌교육을 받아야 했다.
그 1년간 일생 동안 잊을 수 없는 교훈을 체험했다. 철없을 때였으
나 항일정신이었다. 반항과 투쟁이 민족을 위하는 길이며 정의를
쟁취하는 방법이라고 받아들였다.

일본에서 대학생활을 하는 동안은 가난과 싸워야 했기 때문에 아
르바이트를 했다. 내 가까운 친구들도 나와 비슷하게 자란 중학교
때의 동창들이었다. 그 당시에는 가난하면서도 머리가 좋은 대학생
들의 대부분은 마르크스의 후예들이었다. 소외당한 계층을 위해 정
의로운 사회를 이루기 위한 사명감 비슷한 이상주의에 도취되어 있
었다.

그래서 우리들이 모이면 사회적 비리와 모순을 고발했고, 사회는
구조적으로 잘못되어 있다는 생각을 떨치지 못했다. 내 친구들도
그러했다. 중학교에 다닐 때에는 교회에 열심히 다녔고 농촌을 찾
아 신앙적 계몽운동에 앞장섰던 친구들이었다.

내가 가장 존경하고 싶을 정도로 좋아했던 허 군은 장로의 아들
이었다. 그런데 연안으로 가 김두봉 밑에서 공산당원이 되었다. 공
산당 평양시 선전부장을 맡고 있었다. 후에는 공산당 교육기관에서
일하다가 숙청되어 아오지로 가게 되면서 자살한 것으로 알려지고
있다. 박 군은 아버지가 목사였다. 그 형은 서울에서 활약하다가 월
북한 대표적인 공산주의 이론가였다. 박 군은 중학교와 대학교 동
창이기도 했다. 서울대학의 교수로 있다가 북으로 갔다. 또 한 친구

는 중학교 동창은 아니었으나 신학을 공부한 여자와 결혼했음에도 불구하고 악명 높은 공산당 기관원으로 활약했다.

나도 그 친구들과 비슷하게 자랐다. 서로 존경했고 위해주는 마음으로 지냈다. 나에게 다른 점이 있었다면 일찍부터 기독교 신앙을 지니고 자랐으며 정신적으로는 기독교적 인생관과 가치관을 갖고 있었다는 점이다. 기독교 정신은 마르크스의 사상 이상의 것을 갖고 있음을 확신했었다.

이런 분위기 속에서 자라고 있을 때였다. 한 대학 친구가 내 옆 하숙방으로 이사를 왔다. 강이라는 성을 가진 친구였다. 그의 부친은 상당한 지주였고 서울에 살면서 경기도와 강원도에 적지 않은 농토를 소유하고 있었다. 증조부와 조부 때부터 이름 있는 가문을 이어오고 있었다. 강 군의 서울 출신 친구들도 비슷한 집안에서 자란 이들이었다.

나는 생리적으로 그들과 맞지 않는다고 생각했다. 가난에 쪼들린 내가 여유 있게 사는 그들과 어울리기도 힘든 처지였다.

몇 달 지나는 동안에 나는 그 친구들의 사는 자세가 내 가난한 동창들과는 다르다는 점을 느끼기 시작했다. 집안의 여러 사람을 거느리고 살았기 때문에 여유가 있고, 인간관계가 메마르지 않다고 느꼈다. 내 동창들과 달리 사회는 잘못되어 있고 우리만이 옳다는 독선과 배타적인 자세가 보이지 않았다. 한마디로 말해서 여유가 있는 양반스러움이 있었다. 내 주변과 중학교 동창들 사이에서는 찾아볼 수 없었던 원만하고 모나지 않는 성품들을 발견했다.

한두 차례 방학 때 고향에 왔다가 돌아갈 때는 일부러 서울에 들러 그 친구 가정에 가보기도 했다. 역시 내 동창들과는 다른 좋은 면들이 있었다. 그래서 이런 차이가 양반들이 있는 서울과 서민이나 평민으로 자리 잡힌 평안도 기질의 차이인가 하는 생각도 해보았다. 평안도는 예로부터 양반이 없는 사회였기 때문이다.

먼 후일에 내가 중앙중고등학교에 봉직하고 있을 때 윤보선 씨 주변과 그들의 생활을 보는 기회가 생겼다. 특히 중앙학교의 교주(校主)였던 인촌 선생과의 만남을 가지면서 양반스러움이 어떤 것인지 느끼게 되었다. 내가 지니지 못한 좋은 면들을 여유로이 이어가고 있다는 부러움도 없지 않았다.

그리고 기회가 생겨 일본인 동창과 선배의 가정도 엿보는 경우가 생겼다. 동기 중에는 지방철도회사의 주인 격 책임자도 있었고, 선배 중에는 야하다 제철소의 대표이사의 아들도 있었다. 졸업 후에는 대학 동창회 회장이었기 때문에 그 가정에 머물기도 했고, 내 아들이 미국을 왕복할 때는 그 가정의 도움을 받기도 했다.

이런 환경적 변화를 발견하면서 한 가지 깨달은 것이 있었다. 나와 내 가난한 친구들은 나름대로의 장점과 좋은 면을 갖고 있으나, 우리가 경원시했던 그들에게는 그들만이 갖는 좋은 점이 있음을 발견했다. 인생에 대한 극단적 사고나 판단을 내리지 않는 삶의 건설적 지혜가 있다는 것도 인정하게 되었다. 어느 한쪽만이 아닌 공존하는 사회가 되어야 한다는 뜻이었다. 역시 바람직스러운 사회는 양극적이 아닌 중산층과 정신적 중견층이 자리 잡은 사회가 되어야겠다는 생각이다. 그래서 얻은 결론은 정신적으로는 상위층에 머무나 경제적으로는 중산층에 자족하고 싶다는 견해였다.

이런 생활과 사회적 변화를 느끼면서, 나와 같은 처지의 사람은 너무 버릇이 없이 살아오지 않았는가 하는 자책감과 자기반성을 하게 되었다는 솔직한 고백이다. 좋은 전통을 지닌 가정과 내가 자란 환경을 비교해보았을 때 그러했고, 선진국과 사회에 접해보면서는 더욱 그런 거리를 발견하곤 했다.

긴 세월이 흘렀다. 지금은 나도 90대 중반이 되었다.

그런데 때때로, 아직도 우리는 버릇이 없는 사회에 사는 것 같다는 생각에 빠지곤 한다. 나만 그런 것은 아니다. 내 가까운 친구 교수들이 중심이 되어 '성숙한 사회 가꾸기 운동'을 전개한 일이 있다. 솔직히 말해 우리 사회 최고의 지성적 지도자들의 활동 모임이다. 그들이 우리 사회의 가장 중요한 의무는 성숙한 사회 육성에 있다고 믿었던 것이다. 아직도 우리는 철들지 못한 사회에 살고 있다는 뜻이 아닌가 싶다.

철이 없다는 책망스러운 교훈은 어른들이 연하의 젊은이들에게 흔히 써온 말과 뜻이다. 그렇다고 해서, 우리 젊은이들이 철없이 자랐다는 것은 아니다. 나의 20, 30대에 비하면 오늘날의 젊은이들은 더 많은 교육을 받았고 넓은 사회에 접촉해왔다. 또 그들에게 나와 같은 늙은 세대가, 왜 철이 없느냐고 말할 자격도 없다. 우리가 모범을 보여주지도 못했고 가르쳐주지도 못했기 때문이다.

우리 국민과 사회가 아직 철들지 못한 사회에 살고 있다면 그것은 기성세대의 책임이며 특히 각계 지도층에 머무는 이들의 잘못인 것이다. 나와 같이 교육계에 몸담아온 이들은 그 책임을 모면할 수 없는 것도 사실이다.

버릇이 없다는 뜻은, 배우지 못했다, 본받을 만한 것을 보지 못했다, 예의범절을 모른다, 공경심이 없다, 더불어 살 자질을 갖추지 못했다, 정신적 가치와 질서를 모르거나 해친다, 독선적 사고 때문에 더 고귀한 것을 받아들이지 못한다, 무엇보다도 다른 사람의 인격과 선한 노력을 폄하하거나 해친다 등등의 인간관계와 그 규범을 말하는 것 같아, 철학적 용어를 빌리면 인간애의 정신을 훼손시키며 사회의 선한 질서를 악화시킨다는 뜻이다.

한두 가지 예를 들어보자.

선진국에 가면 어렸을 때부터 남을 칭찬은 하지만 욕하는 것은 용납하지 않는다. 가정에서는 물론 초등학교 교실에 가보면 칭찬을 하고 박수를 쳐주는 것은 장려하지만, 누군가를 비판하거나 욕하는 행동은 억제한다. 그런 뜻과 교육을 어른이 되어 사회생활을 할 때까지 유지시키며 증진시켜가도록 서로 협조한다.

그런데 우리 현실은 그렇지 못하다. 요사이 정치계를 중심으로 우려의 대상이 되는 막말 파동도 그중의 하나다. 한때는 '나꼼수'로 통하는 사람들의 발언이 문제가 되기도 했다. 세상 사람들이 모두 저런 식의 사고와 발언을 하면서 산다면 어떻게 될까 하는 걱정이 들기도 했다. 중고등학생들이 선생의 별명을 부르면서 즐기던 옛날은 있었다. 성장하는 과정의 한 장면이기도 했다. 그러나 일생 전부를 그렇게 사는 사람은 없다. 어른이 되어 사회적 중책을 맡았다는 위치의 지성인들이 다른 사람의 인격이나 사회의 선한 질서를 훼방하는 일은 바람직스럽지 못하다. 그 막말의 대상이 나 자신이었다면 어떻게 대처하였을까? 걱정스러운 것은 그런 행태를 젊은 세대들이 반기며 추종한다는 점이다. 그런 방면에서 경쟁을 하다 보면 더 강렬하고 공격적인 발언까지 삼가지 않는다. 침소봉대(針小棒大)라는 습관이 더해지는 사회로 번진다.

얼마 전 한 야당 지도자가 '귀태(鬼胎)'라는 말을 써서 우리를 당혹스럽게 만든 일이 있었다. 그 말을 듣는 사람은 먼저 발언자의 인품과 인격을 의아하게 여긴다. 그 말은 그의 사람됨을 보여주기 때문이다. 그것도 국민들이 선출한 대통령에 대해 꺼낸 저주스러운 뜻의 말이다. 그런 발언을 하는 장본인에게 그 같은 말을 하는 이는 없을 것이다. 나를 향해 그런 말을 하는 사람은 없는데 나는 국민을 대표하는 지도자에 대해 그렇게 말해도 된다는 행위 자체가 있을 수 없지 않은가 싶다. 한 가지 일에 집념하다 보면 그런 실수는 누구나 할 수 있을지 모른다. 특히 정치사회에서는 그런 예가 없지 않았다. 그러나 국민을 대표하는 위치의 사람들에게는 있을 수 없는 일이다.

젊은 사람들은 스코필드 박사를 기억하지 못할 것 같다. 캐나다 사람이지만 한국을 위해 헌신한 분이다. 3 · 1 운동 사건을 널리 국제적으로 알려 우리의 독립을 위해 노력해준 은인이다. 조국인 캐나다를 떠나 한국에 와서 세상을 떠났고 그의 유해는 국립묘지에 안장되어 있을 정도로, 우리 못지않게 한국을 사랑했고 헌신해준 선각자였다.

그분은 박정희 정권 기간을 한국에서 지냈다. 박 정권의 좋은 점을 얘기할 때는 우리와 함께 편히 얘기를 했다. 그러나 박 대통령의 단점이나 마땅치 않게 여겨지는 정책을 말할 때는 반드시 "나, 대통령에 대한 불만스러운 얘기를 해도 괜찮겠어요?"라는 양해를 구하곤 했다. 나는 그에 비하면 제자격인 연하였음에도 불구하고, 그는 우리나라 대통령에 대한 예의는 꼭 갖추곤 했다. 나도 배우고 싶은 면이 많았다.

우리나라 감리교회를 위해 의료 선교사 한 사람이 와 있었다. 닥터 로스라는 이었다. 우리 의료계를 위해 노력해준 사람 중의 하나다. 나보다 약간 연하의 친구였는데, 나와는 오랜 교분을 갖고 지냈다.

어느 날 그가 머물고 있는 강원도 원주를 가게 되었다. 그는 그 지역의 한센병 환자들도 돌보아주고 있었다. 차 안에서 그 의사는 이런 질문을 했다.

"나도 한국 젊은이들이 읽는 『사상계』를 받아보곤 합니다. 이해하기 어려운 개념들도 있으나 한국 대학생들의 정신적 방향을 제시해주는 대표적인 잡지라고 믿습니다. 지난달 사설을 읽다가 좀 의아한 생각을 했습니다. C선생의 글입니다. 그분은 많은 지성인들과 젊은이들이 존경하고 좋아하는 줄 압니다. 그런데 그분이 박정희 대통령에게, 계급장을 떼고 인간 대 인간으로 얘기하자면서, 대통령에 대해 비판을 가하는 글을 보았습니다. 일대일로 얘기해보자는 식이었습니다. 그런데 많은 대학생과 젊은이들이 그런 자세와 태도를 크게 환영하는 것 같았습니다. 만일 그런 자세와 분위기 때문에 C선생 같은 이들이 존경을 받는다면 그 결과가 어떻게 될까 하는 생각을 해보았습니다. 미국에 그런 교수나 언론사 대표가 있다면 대부분의 대학생들과 지성인들은 좋아하지 않을 것입니다. 비록 대통령에게 실수가 있었다고 해도 대통령은 국가의 어른이며 나라를 상징하는 위치의 지도자가 아니겠어요. 자기 부모나 스승에게 그렇게 대한다면 그것은 상대방보다 자신의 위신을 훼손하는 결과가 될 것입니다. 교수님은 어떻게 생각하십니까?"

나는 그에게 대답하기 전에 나 자신에 대한 부끄러움을 감추기 힘들었다. 나도 때로는 학생들 앞에서 대통령을 비판하는 발언을 해 학생들의 공감을 이끌어낸 경험이 있었다. 하나의 점잖지 못한 인기 전술이었는지 모른다. 지금도 그런 발언과 자세로 스스로를 높이 띄워보려는 인사들이 없지 않다.

생각해보면 점잖지도 못하며, 나를 믿고 따르는 사람들 앞에서는 부끄러운 처신이기도 하다. 그런데 그런 사태가 아직도 우리 주변에서는 계속 벌어지고 있다. 상대방을 헐뜯는다고 해서 내가 유명해지거나 높아지는 것은 아닌데….

기성세대의 처신이 그러니까 젊은 세대들도 건설적이며 아름다운 정신적 분위기와 질서를 가려가면서 판단하지 못한다. 성숙된 사회로 가는 길이 멀어지는 것 같다.

정치적 의미가 있어 예를 드는 것은 아니다.

여론조사에 따르면 역대 대통령들 중에 젊은 세대들이 가장 선호한 대통령은 노무현으로 나타나고 있다. 그분의 서민적이며 권위의식이 없는 소탈한 성격과 자세가 좋았던 것 같다. 그러나 그 뒷면을 나 같은 세대 사람이 본다면 반성해볼 점이 없는 것은 아니다.

노 대통령이 취임하고 얼마 되지 않았을 때였다. 몇몇 사회 원로들이 청와대 만찬에 초청을 받은 일이 있었다.

그때 대통령은, 외국에 나가본 일이 없다가 대통령이 된 뒤에 세계 여러 나라를 다녀보고 놀란 것은, 한국의 위상이 국제화되었으며 경제적 성장은 자기도 모르게 매우 높아져 있는 점이라고 했다. 우리나라 상품이 없는 곳이 없을 정도여서 흐뭇하고 자랑스러웠다는 얘기를 했다.

돌아오는 버스 안에서 내 옆에 앉았던 친구가 하는 얘기였다. 초대를 받은 사람은 모두 다 알고 있는 국제적 현실인데 우리 대통령만 모르고 있었다면 지도자로서는 좀 아쉬운 면이 있다는 생각이 들었다는 말이다. 초대를 받은 사람들보다 더 많이 깊이 알고 있었다면 좋았을 것이다. 특히 재벌들에 대한 편견에 가까운 비판을 서슴지 않는 분이었기에 그러했다.

다 알고 있는 사건의 하나다. 노 대통령이 대우건설의 사장을 공개적으로 비판했고 그 내용은 인신공격에 가까울 정도였다. 그 발언이 공표되면서 그 당사자였던 대우건설 사장이 자살을 택했다. 얼굴을 들고 사원들 앞에 나설 수가 없었을 것이다. 그것도 다른 어떤 사장과의 관계가 아닌 대통령의 담화였기 때문이다.

국민들의 대부분은 그 사건에 대해 논평을 하지 않았다. 언론들도 보도만 하는 정도였다. 나는 내 주변 사람들의 얘기를 들었을 뿐이다. 나이 든 사람들은, 실수는 누구나 할 수 있는데 사회적으로 그 잘못을 개선하는 최선의 방법은 아닌 것 같다는 정도의 생각이었다. 그런데 적지 않은 젊은 층들은 정의로운 사회를 원하는 대통령의 의지와 신념을 잘 보여주어 속 시원했다는 평이었다. 대통령의 말대로 그런 사람들은 패가망신을 해야 한다는 데 공감하는 정서 같았다.

그러나 세월이 지난 지금 반성해보면 모두가 성숙하지 못한 사회적 현상이다. 젊은 세대들이 좀 더 사려 깊은 생각을 가져주었으면 좋겠다는 마음이기도 하다.

비슷한 예를 한 가지 더 추가해서 좋을지 모르겠다.

노무현 대통령이 당선되었을 때였다. 30대 후반쯤 되는 잘 아는 후배를 만났다. 우리들 기성세대들보다는 젊은 세대들이 노무현 대통령을 더 높이 평가하는 것 같은데 어떤 장점을 갖춘 분이라고 생각하느냐고 물어보았다. 역시 소탈하고 평민적이며 권위의식이 없어 친밀감을 느낀다는 대답이었다.

내가 예를 들면 어떤 경우인지를 물었다. 그의 대답은 약간 뜻밖이었다. 가장 힘주어 지적하는 사건이었다. 대통령이 국회에 있을 때였다. 정주영 전 현대그룹 회장이 국회 청문회에 나왔던 일이 있었던 모양이다. 그 당시 나는 TV에서 그 장면을 보지 못했다. 그때 의원들이 정주영 회장에게 비판의 목소리를 높였다고 들었다. 그중에서도 통쾌했던 것은 노무현 의원이 명패를 내던지면서 퇴장하던 모습이 아주 인상적이었다는 것이다. 아마 젊은 세대들이 보기에는 정의감이 강한 투지와 정열에 공감하거나 감복했을 것 같았다. 내가 20대였다면 그랬을 것 같기도 했다.

그러나 생각을 바꾸어보면 어떨까? 영국이나 미국의 국회에서 그런 돌출적 행동을 하는 의원이 있으면 공감과 존경을 받았을까? 오히려 의사 진행의 전체적인 분위기와 질서를 흔들어놓는 행동에 사람들은 불만을 표했을지도 모른다. 우리와 반대로 그런 돌출적인 행동의 주인공은 비판의 대상이 되며 견제를 받아야 한다고 생각했을지도 모른다. 공동체 안에서는 개인의 감정이나 흥분된 행동보다는 유지되어야 할 질서가 더 소중하기 때문이다. 국회의원 모두가 그런 자세로 나온다면 국회 운영과 질서는 어떻게 되겠는가.

그런 행동이 극에 달하면 의사당 안에서의 기물 파괴나 폭력까지 벌어지게 된다. 먼 후일에 우리 후배나 후손들이 지금 벌어지고 있는 욕설과 싸움판을 본다면 무엇이라고 말하겠는가. 혹시 어떤 젊은이가 "저 사람이 너희 아버지 아니야?"라고 한다면 그 아들은 아버지를 어떻게 생각하겠는가. 세상에서 가장 죄악시되는 것은 폭력과 거짓이다. 막말은 언어폭력이다. 물리적 폭력 못지않게 버릇없는 사람들의 행동이다.

지난번 대선을 앞두고 벌어졌던 창피스러운 사건은 우리 모두가 지금도 잊지 못하고 있다.

박근혜, 문재인, 이정희 세 사람이 대선 후보로 TV에서 공개토론을 한 일이 있었다. 그때 이정희 통진당 대표가 "나는 박근혜를 떨어뜨리기 위해 나왔다"라고 공공연히 국민들 앞에서 선언했다. 정치노선을 같이하는 사람들과 일부 청년층들은 통쾌한 기분으로 받아들였을지 모른다. 그러나 일부 생각이 있는 유권자들은 "저건 아닌데…, 정치판을 깨자는 것도 아니고…"라는 표정이었다. 오랜 정치적 경험을 겪은 사람들은 "저런 토론을 왜 공공석상에서 진행시키는지 모르겠다"라면서 혐오감을 감추지 못했다. 세계에 없는 정치무대 같은 장면이었다. 나도 그 장면을 보았다. 이정희 후보와 통진당 사람들은 대한민국을 어떻게 보고 있는지 묻고 싶었다. 상상할 수 없는 장면이었다. 국민들을 무시하는 행동이었기 때문이다.

그런 사고방식과 행동을 자랑스럽게 여기는 사람은 절대주의를 신봉하는 일부 광신적인 종교인들을 제외하고는 찾아보기 어렵다. 자기의 목적을 위해서는 어떤 수단과 방법을 써도 정당하다는 독선적 고정관념의 노예가 된 사람들의 배타적인 반질서적 행동이다. 세상에는 용서받을 수 없는 악의적 발상과 사고가 있다. 자기가 믿고 따르는 사상은 모두가 복종하고 따라야 한다고, 거부하는 사람은 누구나 처벌을 받아야 한다고, 권력을 장악하고 행세하려는 집단이다. 공산주의자들이 그 길을 택해왔다. 광신적 종교인들이 그런 사고를 극복하지 못하고 있다.

그런 모습을 우리 사회에서 보게 된다면 그 결과는 어떻게 되겠는가?

지난 몇 해 동안에는 일부 성직자로 자처하는 종교계 지도자들이 그래도 되는지를 묻게 만드는 사태까지 목격하고 있다. 종교의 본

184

질과 목적이 그런 것이었는지 묻지 않을 수 없다. 제주도 해군기지 건설을 방해하기 위해 그 입구에 자리를 깔고 미사를 드리는 신부들이 있었다고 한다. 개신교 목사가 김현희는 KAL기 폭파범이 아니고 중앙정보부(지금의 국정원)가 만들어 내세운 조작극의 주인공이라고 천주교 신부들과 공언하고 반정부적 투쟁을 전개하기도 했다. 그들이 노무현 정권 때 다시 조사한 결과 김현희가 진범이라고 인정했으면서도, 사과는커녕 잘못 판단했다는 정정조차 하지 않았다. 기독교의 첫째 가르침이 회개다. 교인들과 세상에 대해서는 회개하라면서, 자신들은 역행하는 모순을 감행해도 되는지 묻고 싶다.

며칠 전에는 정의구현사제단 신부들이 이명박 전 대통령의 구속과 박근혜 씨의 사퇴를 요구하는 미사를 집전했다고 전해지고 있다. "다른 사람의 대접을 받고자 원하는 대로 남을 먼저 대접하라"는 예수의 말씀은 신도들이 아닌 세상 사람들도 따르고 있다. 정의를 세상적인 가치에서 강조, 강요하다 보면 종교적 신앙의 근원과 목표가 되는 인간애, 사랑을 거부하게 된다. 그들이 믿고 있는 정의가 진실이 못 되고 거짓이 될 때는 종교 지도자들이 악의 세력을 갖고 선한 질서와 희망을 병들게 할 수도 있다. 그래서 성직자의 책임은 세상 사람과 다른 것이다. 또 종교적 신앙을 갖지 못한 사람들도 성직자들은 인류의 보편적 가치를 전해줄 것을 기대하고 있다.

왜 이러한 생각을 정리해보는가?

두 가지 목적이 있기 때문이다. 우리가 희망을 걸고 있는 젊은 세대들은 나 같은 시대의 젊은 세대가 가졌던 것과 같은 철없는 자만심에 동참하지 말아주기를 바라는 마음에서다. 젊었을 때는 용기와 정의감이 있어야 한다. 그러나 인생과 사회를 넓게 보며 긴 역사적

안목도 갖추어야 한다.

또 하나의 요청이 있다면 기성세대들, 특히 사회 각 분야의 지도
층들은 성숙된 사회시민의 자질을 갖추어달라는 호소다. 특히 정치
적 이데올로기의 노예가 되어 인간의 도리와 사회의 질서를 유린하
거나 훼손하는 행위는 스스로의 불행과 사회적 고통을 더해줄 뿐임
을 잊어서는 안 된다.

더 귀한 것은 고전이었다

금년에 내가 30여 년 봉직해왔던 연세대학교 문과대학의 출범 100주년이 된다. 그 기념 축하연에 참석했다가 이런 얘기를 했다.

30여 년 전, 우리나라를 대표하는 기업체들이 대졸 신입사원을 뽑아 연수교육을 시키는 일이 자주 있었다. 나는 그들을 위한 강의를 하면서 신입사원들에게 대학에 다니는 동안에 고전적 가치가 있다고 생각되는 책을 몇 권쯤 읽었느냐고 물어보았다. 그런데 놀랍게도 고전을 읽은 사람들이 보이지 않을 정도로 적었다.

그들이 성장해서 지금은 회사의 중책을 맡았고 사회의 지도자가 되었다. 그러는 동안에 어딘가 자기부족을 느끼게 되었고 정신적 빈곤을 발견하기 시작한 것이다. 그래서 최근에는 그런 인간적 결핍을 채우기 위해 신입사원을 선발할 때 인문학 공부를 한 사원을 요망하기에 이른 것이다. 기업체만 그런 것이 아니다. 사회 전체가 인문학적 소양의 필요성을 체감하기에 이른 것이다.

지난달에는 우리나라를 대표하는 개신교 교단의 원로 목사님들이 모이는 곳에 간 일이 있었다. 정신계의 지도자가 되는 은퇴한 목회자들이 서울에서만 120명쯤 모였다. 예배 강의를 끝내고 세상 이야기들을 나누다가, 목사님들 가운데 공자의 『논어』를 공부하거나 읽은 분들이 얼마나 될지 모르겠다는 물음을 꺼내보았다. 그분들의 대답은, 아마 학교에서 배운 사람은 몰라도 읽거나 공부한 사람은 없을 것 같다는 것이다.

나는 '그래서 스님들이 쓴 책은 베스트셀러가 되는데 신부나 목사의 저서는 베스트셀러가 나오지 못하는 것이구나'라고 생각해보았다. 스님들은 인생과 진리를 탐구하는데 교회 지도자들은 기독교 신학이나 교리를 넘어서지 못하고 있다. 예수는 인생과 진리를 가르쳤다. 교리에 해당하는 계명과 율법을 극복해야 했기 때문이다.

살다 보면 그런 상황에 자주 부딪치게 된다. 내가 고등학교 교사였을 때였다. 국어과 선생이 나에게, 아브라함과 야곱의 얘기가 교과서에 나오는데 그들이 어떤 인물이냐고 물은 일이 있었다.

이런 모든 문제에 지성사회가 당면한 것은 고전을 멀리했거나 문과대학에서조차 고전에 대한 관심과 책임을 소홀히 한 데서 비롯되었다. 그것이 전부는 아니지만 필수조건임에는 틀림이 없다.

선진국에 가보면 고등학교 과정과 대학의 교양과목은 고전 독서와 함께 이루어지고 있다. 적어도 대학을 나왔다고 하면 인류 역사를 이끌어준 정신적 고전은 읽어야 하는 것으로 되어 있다.

나 같은 세대의 사람들은 일제강점기 시대의 교육을 받았다. 그 당시에도 우리는 많은 독서를 했고 고전을 읽었다. 세계문학의 대표적인 작품들은 고등학교 시절에 읽었다. 대학에서는 전공과목이

요청되었기 때문이다. 그런데 지금의 학생들은 입시 공부와 주어진 학과목에 매달려 공부하기에 모든 노력을 집중시킨다. 심지어는 "수능시험이 코앞에 다가왔는데 책 읽을 시간이 어디 있어"라고 경고하는 선생들도 있을 정도다. 우리 시대에는 그렇지 않았다.

이런 고전 공부나 독서의 결핍이 오늘의 사회적 정신의 빈곤을 자초한 것이다. 그래서 나 같은 교수직을 맡아왔던 사람이 고전 빈곤의 사태를 후회하고 있는 것이다. 모든 인문학 분야의 대학들이 고전의 이해를 통해 인간적 소양의 기반을 닦아주지 않는다면 사회 전 분야의 가치관적 빈곤과 정신적 불모는 해소되지 못한다. 뒤늦게 책임감을 되찾아 호소하고 싶은 마음이다.

법을 공부해서 법관은 되었으나 인간성의 빈곤은 어떻게 하는가?

열심히 노력해서 기업체는 키웠으나 삶의 질과 가치는 공허해진다. 그들이 사회적 기여를 얼마나 할 수 있겠는가?

국회의원들이 상상하기도 힘든 막말을 한다. 정서를 순화시키는 문학적 고전을 한 권이라도 읽었다면 그럴 수 있을까?

폭력 사태가 학원과 사회에 만연하고 있다. 그들이 종교적 고전을 마음으로 받아들일 수 있었다면 어떠했을까?

신부나 목사들이 동양인 전체의 고전인 『논어』도 이해하지 못했다면 정신적 지도력을 갖추었다고 볼 수 있을까?

서양사상이나 정신을 연구하는 사람이 창세기도 읽지 않았다면 어딘가 결함이 있지 않을까?

『논어』나 구약의 창세기는 특수 종교의 경전이라기보다 세계 인류의 정신적 양식으로서의 고전적 가치가 더 큰 것이다.

한마디로 말해 고전적 가치가 있다는 것은 무엇을 뜻하는가?

고전은 무엇을 위해 어떻게 살아야 하는가에 대한 물음에 어떤 암시적 해답을 준다.

고전은 인간과 자아에 대한 질의로 삶의 가치와 방향에 대한 과제와 해답에 대화를 동참해준다.

인간애와 인간적 존엄성은 물론 삶의 의미와 가치와 무관하다면 그것은 고전의 의미를 갖추지 못한다.

고전의 의미는 책에만 있는 것은 아니다. 음악에도 있고 회화가 상징적으로 보여주기도 한다. 사상이 있는 예술은 탈언어, 초문자의 고전이 될 수도 있다.

이런 고전적 의미를 갖춘 작품들은 인류의 공통적 의미와 더불어 나 자신의 인생과 삶을 키워주기도 한다.

나는 중학교 2학년 때 톨스토이의 『전쟁과 평화』를 읽었다. 철부지였던 어린애가 얼마나 이해했겠는가. 지금도 되새겨보면서 웃기도 한다. 그러나 그 정신적 양식은 문란했고 휴일에 문학이 어떤 것인가라고 자문할 때는 그 내용이 해답을 주곤 한다. 내 삶의 일부분이 된 것이다.

다음에 읽은 것이 빅토르 위고의 『레미제라블』이다. 읽기를 끝낸 여름방학에 시골 버드나무 그늘 밑을 거닐면서 한없이 감명 깊어했던 옛날을 잊지 못하고 있다. 교회에서 백 번 설교를 들은 것보다 감동적이기도 했다. 그런 과거가 없었다면 오늘의 내가 존재할 수 있었을까 물어본다.

철학과에 진학하기 전에는 도스토예프스키의 『카라마조프가의 형제들』을 읽었다. 그 이전에 『죄와 벌』을 읽었다. 『카라마조프가의 형제들』은 후에 나이 들어 다시 한 번 읽었다. 무척 많은 것을 깨달았다. 인간문제와 기독교 신앙적 해답 같은 문제를 안겨준 거 작이었다. 여러 권의 신학 책을 읽은 것보다 도움이 되었다.

그러던 때였다.

한번은 대학에서 '과학사상사' 강의를 청강한 일이 있었다. 천체라고 할까, 우주물리학 같은 분야를 전공하는 교수의 강의였다. 그 교수는 강의를 하던 도중에 철학자 칸트의 『순수이성비판』에 관한 내용을 해석했다. 나는 상당히 충격적인 감명을 받았다. 지금 생각해보면 과학철학의 영역에 관한 문제였던 것 같다.

대학에서는 전공 분야의 고전에 몰입할 수밖에 없었다.

그러나 회상해보면 어렸을 때 읽었던 문학과 사상적 고전이 내 삶의 정신적 양식이 된 것은 부정할 수가 없다. 그때 그런 독서가 없었다면 나는 영양부족의 세월을 보냈을 것이고 지금도 그 불행한 결함이 남아 있을지 모른다.

지금에 와서 왜 이런 생각을 되씹어보는가?

인문학적 사유와 가치가 필요한 것은 모두가 인정하고 있다. 수많은 대학의 인문학부가 고전적 가치가 있는 저서들을 읽도록 하는 것이 다른 무엇보다도 시급하며 중요하다는 책임을 담당해주기를 바라는 마음이다.

그런 정신적 양식을 공급하는 것이 경제나 정치의 길을 바로잡아준다는 사실을 공감해주었으면 좋겠다.

쉽지 않았던 교수생활

후진국일수록 정치에 대한 관심과 참여도가 높은 것 같다. 정치의 사회적 비중이 크기 때문일지 모른다. 해방 직후에는 전 국민이 정치만 생각하는 것 같았다. 수많은 정당이 탄생되었는가 하면 정치성을 띤 집단과 조직이 헤아릴 수 없이 많아졌다. 그 점에 있어서도 좌파 정치세력이 더 넓은 활동무대를 휩쓸고 있었다. 그들은 정권 장악이 급선무였기 때문이다.

내가 연세대학교에 봉직한 것은 30대 중반이었고, 6·25 전쟁의 뒤처리가 정리되지 못한 때였다. 그 당시부터 학원은 계속 정치적 소용돌이에 휩싸여버린 실상이었다. 나는 대학에 몸담기 시작하면서부터 두 가지 뜻을 갖고 있었다. 자유로운 지성인으로 사는 것과 교수다운 교수로 머무는 일이었다. 그런데 인문 분야나 사회과학 계통의 교수들 중의 적지 않은 수가 대학 안팎에서 정치 참여를 당연시하는 것 같았다. 국회의원이나 장관으로 진출할 수 있으면 사양하는 교수가 없을 정도였다. 학생들도 유능하고 장래성 있는 교수는 정계에 진출하는 것을 당연시하는 것 같았다. 그러한 경우가 많았기 때문에 일부에서는 정치교수나 어용교수라는 말로 폄하하기도 했으나 그들 자신도 기회만 생기면 정치 참여를 마다하지 않았다.

대학 안에서도 그랬다. 학과장이 되고 처장이 되었다가 학장이나 부총장이 되면, 그 행정직 때문에 학문적 손해를 보면서도, 그렇게 하지 못하면 낙후되는 것 같은 분위기가 만연되어 있었다. 학회장이 되거나 스스로 어떤 조직을 만들고 책임자가 되는 명예로움은 당연한 것으로 여겨지고 있었다.

학원 민주화의 한 방법으로 대학 총장을 교수회에서 선출하거나 추천하게 되면서는 그 성격이 더욱 뚜렷해졌다. 정치인들이 후원 집단과 조직을 갖추어야 하는 것 같은 상황까지는 이르지 않아도 비슷한 행보는 공공연히 벌어지기도 했다. 때로는 정치적 수단과 방법도 사양하지 않는 풍토가 조성되는 경우도 있었다. 물론 다수의 교수가 그런 것도 아니며 지금은 교수들의 사회 참여도 정상화되어가고 있어 다행이다.

문제는 그런 분위기가 학문적 발전에 지장을 초래하며 대학의 지성적 가치를 훼손시킬 수도 있기 때문에 교수다운 교수로 머무는 일이 쉽지는 않았다. 지적 수준이 높지 못한 대학일수록 그 상황이 짙었던 것도 부정할 수는 없었다.

정치학 교수가 정치와 무관할 수 없으며 경제학 교수가 사회나 국가 경제와 거리를 멀리할 수도 없다. 사회과학 분야일수록 사회적 현실 문제를 해결하는 데 무책임해서도 안 된다. 교수가 창조적 지성의 소유자이면서 그런 자질을 갖춘 제자를 양성하는 책임을 감당하기 위해서는 사회와 같은 문제의식을 갖고 사회 참여의 길을 모색하는 것도 주어진 의무다.

그러나 생각해보면 교수다운 교수가 된다는 것은 당연스러운 선택이면서도 적지 않은 환경적 유혹을 겪었던 것도 사실이다. 교수의 직책은 간단하다. 학문 연구와 제자들을 이끌어주는 교육자로서의 본분이다. 대학 행정은 그 목적을 위해 필요하다. 대학에서의 행정은 학문적 발전을 위한 보조수단이다. 그러나 대학 책임자도 행정의 차질이나 혼란스러움이 발생하면 가시적인 결함과 결과가 나타나기 때문에 행정적 질서의 원활성을 따지게 된다. 그러다가 임기가 끝나게 되면 무엇을 남겼는가를 주변에서 요청받으므로 시설 확충과 건축 공간을 넓히는 데 열중하기도 한다. 그래서 선진국에서는 100의 시설 공간을 갖고 120의 업무를 추진시키는데, 우리는 120의 공간을 갖고 100 또는 90의 직무를 수행하는 결과를 초래하기도 한다. 학교 운영도 그렇다. 대학과 병원은 축재나 수입 목적의 기관이 아니다. 그러나 노력에서 성과를 올린 총장이 유능함을 인정받기도 한다.

그런 습성이 만연되면서 대학은 창조적 지성의 기관에서 멀어지며 교수다운 교수의 본분을 스스로에게 묻지 않을 수 없는 분위기에 빠지게 된다.

그러나 더 큰 정신적 과제가 항상 잠재해 있다.

학생들의 표현을 그대로 인용하면, 대학에 학자는 있는데 사상가는 없다는 불만이다. 자연과학 분야나 기계공학 계통이라면 그럴 수 있다. 의과대학 교수들도 연구 활동에만 몰입하면 된다. 그런데 인문학이나 사회과학 영역의 교수들은 학문이 곧 사상인 경우가 대부분이다. 역사학자는 역사가의 임무도 동반해야 하며 사회학자는 사회문제의 분석과 더불어 그 해결 방향을 제시해야 한다. 경제학 같은 경우는 더욱 그렇다. 인간 해석을 외면한 심리학, 가치관이나 세계관과 무관한 철학을 강의한다는 것은 소망스럽지 못하다.

그런데 학생들은 외부로부터 밀려들어오는 이데올로기와 젊은 세대를 휩쓰는 대중문화에 말려들고 있다. 내가 봉직하고 있던 대학에서는 소위 386 세대를 이끄는 정치적 이념이 성행했던 시기가 있었다. 그들의 이념적 성장과 진로는 언제나 구체적이면서도 뚜렷했다. 그런데 기독교 대학으로 자처하는 신앙적 정신운동은 활력을 잃고 버림을 받은 지 오래였다. 반은 강제적으로 참석해야 하는 채플 시간은 큰 의미를 갖지 못했다. 학생들은 어느 교수에게 가서 어떤 문제의 해답을 얻을 수 있는지를 포기해버린 실정이기도 했다. 심지어 일부 좌파 학생들은 나라를 걱정하는 교수가 없기 때문에 우리가 나서야 한다고 얘기할 정도였다. 그들을 이끌어주는 교수는 참 스승으로 존경을 받았고 그런 교수들은 주변 학생들의 지지와 옹호를 받기도 했다. 그와 반대되는 교수들에게는 노골적인 저항까지도 삼가지 않았다.

그런 여러 영역에 속해 있는 학생들에게 시대적인 문제보다는 영구한 문제, 정치현상을 넘어선 인류적 가치, 인간의 존엄성과 이데올로기를 포함하는 휴머니즘적 과제를 얘기해주는 교수가 있어야 했다. 내가 일본에서 대학생활을 할 때였다. 한 교수가 "20대에 마르크스를 모르면 뒤지는 학생이다. 그러나 30대가 넘어서까지 그 사상을 추종하는 사람은 어리석은 사람이다"라고 단언하는 것이었다. 나와 친구들은 그때도 그 교수의 주장을 높이 평가하고 있었다. 교수들은 학생들이 이것인가 저것인가를 물어왔을 때, 해답을 줄 의무가 있다. 선택은 학생들의 것이다. 그러나 이것도 저것도 아닌 더 높은 것을 제시할 수 있을 때는 모든 학생이 뒤따르게 되어 있다. 젊은 학생들이 일찍부터 선입관념이나 고정관념의 노예가 되면 그 사회는 병들게 된다. 그래서 정치적 이념을 강요하거나 절대시하는 것은 지성인의 정도가 아니다.

특정 종교의 신앙을 모든 사람의 인생관이나 가치관으로 고정화시키는 일은 정신적 자유를 빼앗는 결과가 된다. 신앙은 인간적 선택이다. 그 선택을 돕는 것이 종교활동의 성스러운 책임이다. 종교적 신앙이 인간을 위해 있는 것이지 인간이 종교적 신앙을 위해 있는 것은 아니다. 그 점에서는 앙리 베르그송의 견해가 인정받아야 한다. 종교는 언제나 새로운 진리를 창출해주는 원동력이 되어야 한다.

이런 문제들은 나 자신이 대학에 있으면서 항상 고민해온 문제들이었다. 지금도 그렇다. 우리 교육계의 가장 큰 과제는 무엇인가? 학원 안의 폭력을 어떻게 근절하는가이다. 물론 어려운 문제다. 그러나 두 가지 해결 과제로서의 의무는 확실하다.

그 하나는 초등학교에서 중고등학교를 거쳐 대학에 이르기까지 모든 교재와 교육적 과제로 인간목적관과 인간 및 인격의 존엄성을 지속적으로 존중시하는 내용을 취급해야 한다. 생명에 대한 경외심과 다른 사람의 개성과 인격을 나의 것과 동등하게 보며 위해줄 수 있는 인도주의적이며 인류적인 가치관을 필수적으로 증진시켜주어야 한다. 옛날에 많이 사용해온 수신(修身)이나 윤리(倫理)라는 표제나 개념을 사용하기보다는 그 정신과 가치를 모든 교육에서 함양시켜주어야 한다.

그리고 구체적으로 필수적이면서 실천해야 할 또 하나의 과제는 청소년기에 마음에서 우러나오는 봉사의 체험을 터득하도록 이끌

196

어주는 일이다. 봉사의 실천이 사랑의 정신을 키워주며 그것이 곧 행복과 인생의 보람임을 깨닫게 해주어야 한다. 선진국에서는 가정과 학교가 그 책임을 감당하며 대학입시의 한 조건이 되기도 한다. 학업, 운동, 예능, 리더십과 더불어 봉사의 평가를 소중히 여긴다. 봉사정신이 없는 지도자는 존재할 수 없으며 인생이 남길 수 있는 유일한 유산은 이웃과 사회를 위해 무엇을 남겼는가에서 평가받아야 한다. 인생의 의미와 가치이기도 하다.

이런 기초적이면서도 근원적인 과제에 대해 관심을 갖는 교수가 없거나 그런 정신적 가치와 무관하게 사는 지성인이 전부라면 그 사회는 어떻게 되겠는가. 그래서 교수다운 교수가 된다는 것은 전공 학문과 더불어 사회와 역사에 대한 정신적 방향 제시와 가치관 형성을 외면할 수 없는 것이 대학인의 책임인 것이다.

먼저 문제로 돌아가기로 하자.

정치적 관심과 이데올로기에 비판 없이 추종하는 학생들에게 몇 가지 견해는 제시해주어야 했다. 그 첫째가 되는 것은 정치적 관심과 참여는 회피할 수도 없고 무관해서도 안 되는 국민으로서의 과제이나, 그것이 개인과 사회의 궁극적 목표나 목적은 아니라는 사실이다. 인간은 사회적 동물이다. 정치적 삶을 배제할 수는 없다. 그러나 인간의 본분은 정치를 위해 태어난 것도 아니며 정치가 궁극적인 삶의 목적도 아니다. 정치는 더 좋은 삶과 더 가치 있는 생활, 즉 더 많은 사람이 더 풍요로운 행복을 누리는 데 도움을 주기 위한 수단과 방법인 것이다. 그것은 경제활동 그 자체가 목적이 아니고 더 선하고 만족스러운 생활을 위한 수단인 것과 마찬가지다. 하물며 정권을 위한 정치가 되거나 정권을 유지하기 위해 사회질서를 병들게 하면서 국민을 수단화한다면 그것은 용서받을 수 없는 죄악인 것이다. 독재국가가 권력과 군사적 정복을 위해 저지른 역사악은 용납될 수가 없지 않았는가.

그래서 우리는 정치보다 소중하며 정치적 활동의 목적이 되는 많은 가치관을 받아들이며 제시해주어야 한다.

우리는 젊었을 때부터 알렉산더 대왕과 그의 스승이었던 철학자 아리스토텔레스를 비교해보곤 했다. 대왕의 정치적 결과는 남긴 바가 적었으나 철학자의 학문적 업적과 정신적 유산은 2,300년이 지난 지금까지도 인류의 정신과 문화적 유산으로 전래되어오고 있지 않은가. 만일 괴테나 칸트가 없는 독일을 생각해본다면 어떨까. 영국의 칼라일이 셰익스피어는 인도와도 바꿀 수 없다고 한 말은 과장된 표현만은 아니다. 학문이나 예술가의 업적은 정치의 목적이지 수단이 될 수는 없었던 것이다. 이렇게 소중한 삶의 가치가 얼마든지 있는데 모두가 정권과 정치적 활동에만 열중한다면 그것은 자유로운 지성인의 지혜로운 선택이 될 수 없다.

많은 학생들은 물론 사회인들도 명성과 인기를 염원한다. 유명해지고 싶지 않은 사람은 없을 정도다. 그러나 유명해지는 데는 두 종류가 있다. 하나는 대중의 인기와 칭찬을 받는 일이다. 많은 사람들은 그것이 출세이며 성공이라고 생각한다. 그러나 꼭 그런 것은 아니다. 나는 인기를 차지해서 유명해지는 것은 복권에 당첨된 것과 비슷하다고 생각한다. 복권에 당첨되었다고 해서 그 사람이 반드시 행복해지는 것은 아니다. 오히려 그 감당할 수 없는 돈 때문에 불행해지는 사람이 더 많을 수도 있다. 인기를 얻는다는 것과 유명해진다는 것도 그와 비슷하다. 인기는 가수나 탤런트들이 원한다. 그것이 삶의 수단이며 원동력이 되기도 한다. 그러나 지성인이나 정신

적 지도자는 인기나 유명이라는 가운을 입지 않는 것이 더 소망스
럽다.

지도자는 인기보다는 존경을 받을 수 있어야 한다. 존경은 다수
의 일시적 유명성이 아니다. 수는 적더라도 감사와 고마움의 대명
사인 것이다. 그들이 남겨준 업적과 공로에 대한 감사의 뜻이다. 그
뜻은 적은 사람으로 시작되나 점차로 많은 사람의 공감대를 차지하
며 세월이 지날수록 더욱 빛나는 명예로움이 되는 것이다. 우리는
지도자로 자처하는 사람들이나 정신계나 문화계에서 일하는 이들
이 인기몰이에 열중하는 것을 보면 환멸스러움을 느끼는 때도 있
다. TV에 몇 차례 나와 지명도가 높아졌다고 해서 대통령으로 출마
하는 사람들까지도 있을 정도로 후진사회에 살고 있다는 생각을 하
는 때도 있다.

나 자신도 그런 세상적 유혹을 받고 있으며 그 속에 살고 있다.
그러나 학생들과의 대화나 강의실을 통해서는 더 높은 이상과 정신
적 가치를 모색해가는 노력을 포기해서는 안 되는 것이 교수들의
고민이다.

고생, 그 하나는 경제적인 것이었다

1960년대는 사회 전체가 혼란의 소용돌이 속에서 허덕이고 있었다. 4·19 혁명과 5·16 쿠데타가 일어난 직후였는가 하면, 국민경제는 활로를 찾기 어려운 시기였다. 경제학자들도 필리핀의 경제를 부러워했을 정도였고, 6·25 전쟁의 후유증은 정신세계까지도 불모지로 만들고 있었다.

그 즈음에 '사상계(思想界)'의 초청을 받아 한국에 왔던 것으로 기억한다. 대만에서 임어당 박사가 옛날 광화문 시민회관에서 강연회를 가진 일이 있었다. 회관은 일찍부터 만원이어서 설 자리조차 없었고 입장하지 못한 젊은이들이 회관 뜰까지 점령하고 있어 마이크로 중계방송을 했을 정도였다.

그때 임어당 선생은 이런 얘기를 했다.

서양 선진국의 젊은이들은 장관이나 사장의 아들딸같이 자랐기 때문에 올라갈 길을 잃고 있다. 그런데 아시아의 젊은이들은 가난한 농사꾼의 자녀로 태어났기 때문에 더 내려가지는 못하고 위로 올라갈 길이 열려 있을 뿐이라는 것이다. 그러니까 우리에게는 이제부터 올라가는 기쁨과 행복이 주어져 있다고 했다.

실망하거나 자포자기하지 말고 희망과 꿈을 키워가자는 격려의 강연이었다.

지금 생각해보면 그분의 말씀이 서서히 열매를 맺어 오늘에 이른 것이 아닌가 싶은 생각이 들기도 한다.

귀하고 값진 인생을 살기 위해서는 될 수 있는 대로 많은 체험을 쌓아가야 한다. 그 체험 가운데서도 가장 귀한 것은 젊었을 때의 고생이다. 옛날부터 젊었을 때의 고생은 금을 주고도 사지 못한다는 격언이 있다. 누가 가장 고귀하고 행복한 삶을 차지할 수 있는가? 성공과 값있는 인생을 위한 고생을 한 사람이다. 사람이 늙어서 고생하게 되면 비참해진다. 장년기에 고생에 시달리게 되면 성공하기 힘들다. 한 번은 고생을 해야 한다면 젊어서의 고생은 스스로 택해서 잘못이 아니다.

그 고생스러운 체험의 하나는 경제적 가난을 극복하는 체험이다. 부유한 가정에 태어나서 가난이 어떤 것인지 겪어보지 못하고 일생을 보낸 사람은, 더 높은 목적을 위해 고생한다면 모르지만, 부유한 생활에 자족해 경제적 혜택이 인생의 전부이며 목적이라는 생각을 하게 된다. 그는 결국 무의미하고 무가치한 인생을 보내는 것으로 그친다.

나는 그 점에 있어서는 미국과 같은 선진국의 가정교육과 사회교육이 좋다고 생각한다. 대부분의 중산층 이상의 백인 가정에서는 어렸을 때부터 경제적 가치를 체험하도록 이끌어준다. 일을 시키고 월급을 주어 재정적 자립도를 높여준다. 아무리 부유한 가정이라도 일의 보수와 대가로서의 돈으로 자립해가도록 이끈다. 록펠러의 증손자가 중고등학교에 다닐 때도 월급의 10분의 1은 교회에 헌금하고 필요하면 아르바이트를 해 기숙사 생활을 하게 했다.

그러다가 고등학교를 졸업하면 재정적으로 독립해 살 것으로 자인한다. 여름방학에 아르바이트하는 학생들의 가정적 격차는 천차만별이다. 백만장자의 아들도 있고 가난에 허덕이는 젊은이들도 있다. 내 딸과 손녀들이 미국에서 아르바이트를 한 경험담을 들으면 뜻밖의 사실에 접하기도 한다. 부모가 큰 목장을 두 곳씩이나 운영하면서도 자녀들이 아르바이트를 하는 것은 당연한 것으로 여긴다.

요사이는 우리 주변에서도 결혼식을 간소화시켜야 한다는 운동이 벌어지고 있다. 나는 네 딸을 결혼시킨 경험을 갖고 있다. 막내딸이 결혼할 때다. 아버지가 좀 도와주어야 하겠기에, 내가 많이는 도와줄 수 없고 언니들의 경우도 있으니까 무엇으로 도와줄 수 있을지를 물었다. 내 딸의 대답은 이랬다.

"아버지, 아무 걱정도 하지 마. 그동안 아르바이트해서 신랑 시계와 반지는 준비해두었고, 결혼식 비용의 반쯤은 내가 감당하기로 했어. 교회 결혼식이고 초청하는 손님도 30명 정도야. 신혼여행 비용은 신랑이 다 장만해두었어. 시부모님이 도와주시는 것은 결혼식 후의 만찬인데 30명 가까이 모여 식사를 함께하기로 했어. 시아버님이 의사이기 때문에 그쪽 손님들이 모이시는가 봐. 아버지 어머니가 결혼식에 참석하시는 비행기 값을 보내드리지 못해서 미안해. 나도 신랑에게 그 부탁은 안 했어. 아버지는 어차피 오시는 계획이 되어 있고 엄마만 따라오시면 되니까… 아무 걱정도 하지 마. 대학 공부까지 끝나게 해주신 것만 해도 감사한데…"

나와 아내는 빈손으로 다녀온 셈이고 미국에 먼저 가 있는 형제들도 결혼식에 참석하는 것으로 책임을 다하는 편이었다. 네 딸 중 셋이 그런 식으로 결혼해 미국에 살고 있다. 나머지 한 딸은 양가 가족 친척들이 모여 목사님 주례로 검소하고 경건하게 결혼식을 치렀다.

그런 결혼식을 했다고 해서 불만을 얘기하는 가족들도 없고, 그렇다고 해서 자녀들의 효심이 약해진 일도 없다. 오히려 그렇게 조촐한 결혼식을 통해 가난한 출발을 했기 때문이었을까. 지금은 모두가 중산층 이상의 생활을 하고 있다. 가진 것 없이 시작해서 여유가 있는 생활로 올라갔기 때문에 가족들은 더욱 사랑과 행복을 누렸고 과거의 가난했던 시기를 회상하면서 기쁨과 감사를 더해가는 것 같다.

미국에는 외손자가 다섯이나 있다. 넷이 의사가 되거나 의과대학에서 공부하고 있다. 외손녀는 컴퓨터공학 전문가로 일하고 있다. 가난을 체험하면서 자랐기 때문에 사치나 허영을 모르고 사는 것을 나는 감사히 여기고 있다.

나 자신이 누구보다도 가난을 겪으면서 살았다. 농촌에서도 제 집이 없이 지난 때가 있었다면 짐작이 갈 것이다. 중고등학교에 다닐 때도 가장 가난하게 고생했다. 대학에서는 옛날이지만 아르바이트를 했다. 신문 배달도 했고 식당에서 웨이터로 일하기도 했다. 노동으로 운동을 대신하기도 했다. 그러나 지금은 그 모든 일들과 과거에 감사하는 마음이다. 그 체험들이 내 인생을 풍요롭게 만들었고 가난한 사람들의 삶이 어떤 것인지도 공감할 수 있게 되었다.

해방 후에 고향에서 겨우 생활이 안정되어갈 무렵, 무일푼으로 38선을 넘어 탈북을 했다. 서울에서 교편생활로 전세방을 얻게 되었을 때, 6·25 전쟁으로 다시 가진 것 없는 경제생활에 뛰어들어야 했다. 전쟁 와중부터 나는 부양가족이 열 명이 넘었다. 여섯 자녀가 있고 모친이 계셨는가 하면, 중고등학교를 다시 다니거나 대학 진학을 뜻하는 동생 셋이 있었다. 모두가 전쟁 중에 고향에서 탈북해 왔기 때문이다. 지금 생각해보면 가난이 태산과 같이 앞길을 가로막고 있었다.

지금도 잊지 못하는 기억이 떠오른다. 연세대학에 전임강사로 부임했는데 다음 해에 봉급이 대폭 인상된다는 풍문이 돌았다. 나는 물론 다른 교수들의 기대는 컸다. 월급봉투를 받아들고 집에 와 계산해보았더니 내 봉급은 오히려 줄어든 것이었다. 재무과에 전화를 걸어 물어보았다. 봉급 계산이 잘못되었을 것으로 생각했던 것이다. 그러나 담당 직원의 대답은 뜻밖이었다. 본봉은 대폭 올렸는데 부양가족 수당은 폐지했기 때문에 내 봉급은 많이 줄었다는 것이었다. 그날 밤, 나는 아내와 걱정했다. 애들 교육이 난감했기 때문이었다. 그렇다고 누구에게 불평을 얘기할 수도 없었다.

그래도 궁하면 통한다는 말이 있다. 두세 대학에 시간강사직을 맡게 됐다. 한 학기가 지난 뒤에는 숭실대학에서 전임대우 제안이 왔다. 연세대학에서와 같은 강의를 하면 되는데, 두 대학의 봉급을 받게 된 것이다. 그리고 열심히 일을 했다. 정말 많은 일을 했다.

그 덕택으로 40 고개를 넘긴 뒤에는 작은 집도 마련하고 애들의 교육에도 큰 지장이 없을 정도가 되었다. 애들이 외국에 유학을 갈 때는 아들들에게는 가는 여비와 한 학기 학비를, 딸들에게는 가는 여비와 1년 학비를 약속했다. 그러나 고맙게도 애들이 가는 여비

외에는 더 요청해오지 않았다. 물론 고생했을 것이다. 애들이 고생하는 것을 지켜보는 아버지의 마음이 편할 리 없다. 그래도 눈을 감았다. 젊었을 때의 고생만큼 큰 선물이 없기 때문이다. 지금은 어느 애들도 그때의 고생을 탓하지 않는다. 행복은 고생과 더불어 자랐고 수고함이 행복의 전제조건임을 체험했기 때문이다.

나는 언제나 정신적으로는 상위층에 머물고 경제적으로는 중산층인 것이 좋다고 생각한다.

지금은 내 6남매 자녀들이 그렇게 살고 있다. 나도 그렇게 살게 된 것을 감사히 여긴다. 혹시 내가 사업을 해서 부유해졌다고 해도 나는 중산층을 좋아한다. 부(富)에 대한 지나친 관심과 부를 즐기는 생활은 정신적 상류사회에 머물 여건을 해치는 경우를 자주 보았기 때문이다. 어떤 부자보다도 행복하고 값지게 사는 것이 내 인생목표 중의 하나다.

언제부터인가 우리 주변에서는 부를 마땅히 여기지 않는 풍조가 생겼다. 예로부터 내려오는 청빈을 높이는 가치관이었을지 모른다. 혹은 많은 탐관오리를 보아왔기 때문에 그에 대한 반감이 있을 법도 하다. 공산주의적 가치관 때문에 부자를 원망하거나 배척했을 것 같기도 하다. 노동자와 농민이 사회의 주인이 되어야 한다고 주장해왔기 때문이다.

그러나 부가 부끄러운 바도 아니지만, 가난함이 자랑거리가 될 수도 없다. 누가 무엇이라고 말하든지, 자신의 경제력으로 생계를 유지하지 못해 도움을 받으면서 산다는 것은 잘못이다. 타인의 도움을 받고 살면서 정당한 부를 악으로 평하는 것은 잘못이다.

우리는 지금도 사회의 공직을 맡은 사람들의 재산의 다소를 평가

한다. 그리고 재산이 적을수록 유능하고 존경스러운 지도자로 보기도 한다. 또 그런 선입관념에 빠져 있는 이들도 있다. 그러나 반드시 그런 사고가 옳은 것은 아니다. 만일 가난해서 자기 가정경제도 이끌어가지 못한다면 어떻게 국회의원이나 장관의 직을 감당할 수 있겠는가. 어떻게 그것이 유능성이 되겠는가.

예로부터 부와 경제에는 윤리성이 따른다. 윤리적으로 사회질서를 해치며 치부한 부라든지, 공직을 이용한 축재는 악이다. 그러나 건전한 경제활동과 맡겨진 직업에 성실하게 노력해 부를 얻는 것은 인간의 선한 사회적 의무다. 오히려 국민경제의 성장을 위해서는 존경을 받는 기업인과 부자가 많아져야 한다.

부를 자랑하는 사람도 바람직스럽지 않으나, 가난 자체가 선한 평가를 받아서도 안 된다. 물론 일부의 종교지도자나 정신적 가치를 높이는 사람들이 청빈을 사랑하며 무소유의 삶을 가르치기도 한다. 재물이나 경제적 가치의 노예가 되지 않기 위해서이며, 부가 사치와 허영심을 높이는 예가 많기 때문에 청빈과 무소유를 선택할 수는 있다. 그러나 국민 전체나 절대다수의 사람들이 그렇게 산다면 경제적 퇴락과 후진성은 누가 책임질 수 있을지도 생각해보아야 한다.

경제활동은 우리 모두의 선한 의무다. 그래서 가난에 허덕이는 이웃이 없도록 노력해야 한다. 오히려 용납될 수 있는 가치관이 있다면, 정신적 부를 위하여 물질적 청빈을 택한다든지, 나를 위해서는 적게 소유하고 이웃을 위해서는 많은 것을 베풀면서 살 수 있다면 그것이 더 건전한 사회인의 선택일 것이다.

반성해보면 사회적 가치평가에는 정도(正道)가 있다. 학자는 학문을 통해 사회에 이바지하는 것이지, 그 학문을 자기가 소유하는 것은 아니다. 예술가는 예술작품을 사회에 주어 남김으로써 고귀한 삶을 누리게 되어 있다. 재산도 그렇다. 정직하게 노력하고 선한 경쟁을 통해 얻은 재산은 자기가 갖고 즐기는 것보다 가난한 사람들을 위해 이바지할 수 있어 기업인과 경제인의 소임을 다하면서 존경을 받도록 되어 있다.

그러나 공통점은 있다. 어떤 직업과 인생의 길을 택하든지 최선을 다해야 한다는 요청이다. 자신들의 소질과 능력을 묻어둔다는 것은 게으름이다. 게으름은 죄악이다. 게으른 사람들은 있는 것까지 잃어버리게 되는 것이 생활의 원칙이다.

열심히 최선을 다한다는 것은 수고와 고생스러운 노력을 동반한다. 더 많이 노력한 사람이 더 많은 것을 얻게 된다면 노력은 하나의 고생일 수도 있다. 우리는 때때로 존경하는 사람들의 동상이나 기념관을 대하는 때가 있다. 그때마다 떠오르는 생각이 있다. '우리들을 위해서 수고가 많으셨습니다. 감사합니다. 저희들도 그렇게 살아야 하겠습니다.' 이런 뜻이다.

나는 미국 LA를 방문하는 사람들에게 꼭 가보라고 권하는 곳이 있다.

LA 부근에 리버사이드시티라는 중소도시가 있는데, 그 시청 앞 공원에는 세 사람의 동상이 세워져 있다. 마틴 루터 킹 목사와 도산 안창호, 그리고 마하트마 간디의 동상이다. 킹 목사의 꿈은 이루어졌다고 보아 좋겠다. 흑인 대통령이 탄생했는가 하면, 천대받는 노예생활을 끝낸 많은 미국 흑인들이 사회지도자로 봉사하고 있다. 간디의 기원도 역사를 바꾸어가고 있다. 그는 '모든 거짓과 폭력은 사라지고 진실과 자비가 채워지는 세상'을 꿈꾸어왔다. 그의 조국이었던 인도보다도 세계적인 정신계가 그 길을 택해 전진하고 있다.

거기에 안창호의 동상이 세워진 데는 유래가 있다. 도산이 조국의 미래를 위해 독립운동의 꿈을 안고 미국으로 갔을 때, 그가 처음 머문 곳이 이 지역의 오렌지 농장이었다. 그는 말없이 농장에서 노동을 하면서 누구에게도 부끄러움이 없는 고매한 인생을 시작했다. 그래서 그 정신을 기리기 위해 그 도시와 시민들이 도산의 기념상을 염원했던 것이다.

지난 3월 9일은 도산의 순국 기념일이었다. 나는 머리를 숙여 기도를 드렸다. "선생님, 편히 쉬십시오. 지금 우리는 선생의 수난과 역사를 기억하면서 선진국 문턱에 도달하고 있습니다. 누군가가 후일에 조국의 통일을 알려드릴 때까지 저희들을 지켜보아 주시기 바랍니다."

사회악의 문제 해결을 위한 그 하나,
경제적 가치관을 위하여

1950년대쯤의 일이다.

한국학을 전공한 한 교수가 발표를 하고 있었다.

그 교수는 우리 선조들과 역사적인 지도자와 학자들을 소개하면서 우리 민족의 우수성을 (약간 지나치게) 강조하고 있었다. 발표가 끝난 뒤에 한 학생이 질문을 했다. 그렇게 우수한 민족이고 훌륭한 사상가들이 많았는데, 어째서 나라는 망하고 대단치 않았던 일본의 식민지로 전락했느냐는 것이었다. 일부 학생들은 웃음을 터뜨렸고 발표한 교수는 당황스러운 표정이었다.

60년 전의 일이다.

그러나 지금도 비슷한 물음을 던지는 사람들이 없지 않다.

경제적으로는 선진국의 문턱에 도달했다고 자부하며 아시아에서는 민주국가로 지목받고 있다. 대한민국에서 배우라는 소리가 세계 여러 나라에서 들려오기도 한다. 우리들 스스로도 대견스러운 민족이라는 자부심을 가져본다. 지난 반세기 동안 우리와 같은 국민적 시련을 겪으면서도 발전을 이루어낸 국가는 많지 않다.

그러나 안에서 우리 사회를 들여다보는 사람들은 이렇게 많은 사회악이 벌어지는데 선진사회나 민주국가라는 이름에 걸맞게 살고 있는 것인가를 의아하게 생각지 않을 수 없다. 국내에서만 그런 것이 아니다. 한국인들이 진출해 사는 사회에서는 우리가 퍼뜨려놓는 사회악의 폐습들을 크게 보도하면서 우려하고 있다.

국민들의 자부심이나 자존심을 폄하해서도 안 되지만, 지나친 자만심은 더욱 해로울 뿐이다. 농사를 잘 지은 농민은 내가 잘해서 결실이 좋았다고는 말하지 않는다. 내 노력은 대단치 않았으나 하늘이 도왔다는 감사한 마음을 갖는다. 사회도 그렇다. 나와 우리가 잘해서 그런 것이 아니라 밝혀지지 않은 어떤 선한 질서가 뒷받침해 주어서 성장하는 것이 역사의 교훈인 것 같다. 역사가들은 히틀러의 독재정치와 공산국가들의 전체주의를 떠나 자유와 선한 질서를 찾아 망명한 지성인들에 의해 미국이 제2차 세계대전 이후의 발전을 누리게 되었다고 말한다.

오래전 일이다.

아내가 아침 신문을 보다가 "나라가 이 꼴을 하고 있었으니까 일본 같은 나라에게 주권을 빼앗겼지…"라면서 신문을 내던지는 것이었다.

구한말의 일이다. 우리 임금이 덕수궁에 머물고 있을 때였다. 임금의 수라상에 어떤 독이 들어 있을지도 모른다고 의심스러워 임금이 마음 놓고 식사를 할 수 없어, 가까이 있는 러시아 영사관에서 음식물을 장만하고는 충성스러운 신하들이 날라다가 임금에게 바

210

친 일들이 있었다는 기사가 실려 있었던 것이다.

한 민족이나 국가가 자기결정권을 행사하지 못하면 그 정권은 무너질 수밖에 없다. 로마가 망한 것도 그런 결과였고 소련이 무너진 것도 같은 맥락에서였다. 그러기에 무엇보다도 급선무는 선한 정신적 질서가 붕괴되지 않도록 자기개혁을 소홀히 해서는 안 된다. 북한은 그것이 없었으나 우리는 그 책임을 감당했다. 전진하는 사회들의 필수조건이 바로 그런 정신적 가치의 구현이었던 것이다.

대단치 않아 보이나 두 가지 얘기를 추가하고 지나가자.

하나는 도산 안창호의 지도자론이다.

우리는 지도자가 없다고 걱정한다. 그렇다면 지도자는 어디서 구하는가? 외국에서 데려올 수도 없고 하늘이 만들어준 사람이 따로 있는 것도 아니다. 우리들 중에서 상대적이며 큰 차이는 없으나 앞선 사람을 뽑아야 한다. 그러고는 그 사람이 좋은 지도자가 되도록 돕고 협력해야 한다. 다시 말하면 지도자는 국민이 만들어가는 것이다. 그 방법밖에는 없다. 그렇게 한다면 지도자는 얼마든지 탄생할 수가 있다.

그런데 우리는 지도자가 지도력을 발휘할 수 있도록 협력도 하지 않고, 그 지도자가 잘못되거나 망하기를 바라기도 한다. 이기적인 욕망과 정권욕 때문이다. 그렇게 본다면 우리 사회에는 지도자가 없는 것이 아니라 지도자를 키워주는 지혜로운 국민이 없는 것이다. 우리의 불행을 우리 스스로가 만들고 있는 것이다.

또 하나의 이야기다.

먼저 우리는 한 민족과 국가가 자기결정권을 상실하게 되면 그 국가는 존립할 수가 없고 이전 같으면 다른 국가에 주권을 빼앗기게 된다고 말했다.

그런데 우리의 조국인 대한민국의 주권을 행사할 수 없도록 방해하며 파괴하려는 정치세력이 어디에 있으며 누구라고 생각하는가? 우리의 자유민주주의 국권을 거부하고 행사하지 못하도록 획책하는 사람들은 누구인가?

혁명을 일으키고 전쟁을 통해서라도 주권을 정지시키거나 빼앗으려는 세력은 해방 직후부터 존재해왔다. 북한의 공산정권이다. 70년 동안 그 암투는 계속되고 있으며 그 세력에 동조, 협력하는 사람들은 지금도 우리 안과 주변에서 자신들의 목적 달성을 위해 갖은 방법과 투쟁을 모색, 실천하고 있다.

그들의 일차 목표는 정권 장악이다. 정권을 장악하기 위해서는 어떤 수단과 방법도 가리지 않는다. 예를 들면 그들은 노동자와 농민의 권리를 위한다는 구실 아래 노동조합을 결성한다. 그러고는 파업을 감행한다. 처음 투쟁 상대는 자본주로 보이나 진정한 목표는 노동당 정권에 있다. 공산정권이 수립될 때까지는 파업으로 투쟁한다. 그러다가 공산정권이 수립되면 파업은 완전히 사라진다. 그것은 공산주의의 신앙이다. 공산정권이 들어설 때까지는 파업을 하지 않는 나라가 없으나 공산정권 이후에는 파업을 하는 공산국가는 없다. 대한민국의 좌파 노조는 파업이 주된 혁명과제로 되어 있으나 북한에서는 파업하는 노조는 존재하지 못한다.

노조만이 아니다. 수없이 많은 정치사회단체들이 대한민국의 정부가 주권을 행사할 수 없도록 정치 파동을 그치지 않는다. 그 대표적인 예의 하나가 MB 정부에 일어났던 광우병 파동이다. 선량한 민심을 가장한 촛불시위로 시작해 정권을 교체하려는 횃불로 발전시키는 정치운동이었다.

일부 야당의 정권주의자들도 이에 동조한다. 좌파 사람들은 정권을 빼앗아 공산정권으로 교체하려는 목적이다. 그러나 일부 야당 인사들은 자신들의 정권욕을 채우려는 방법과 일치하기 때문에 같은 정치활동에 참여하기도 한다.

물론 대한민국은 자유민주국가다. 다양한 국민과 정치세력이 공존할 수 있다. 그러나 우리가 걱정하는 것은 국민들이 선출해준 정권의 정부 기능을 마비시키거나 무력하게 만들어서 또 다른 목적에 이관하려는 반정부 시위나 운동은 용납할 수가 없다. 국가가 자기 결정권을 상실하거나 박탈당하면 우리 스스로가 구한말과 똑같은 자폭의 길을 초래하게 된다. 비민주적, 반민주적 방법을 통해 민주국가가 건설되는 법은 없다. 공산주의 국가들이 스스로의 종말을 초래한 것은 그 잘못된 신앙 때문이었다.

먼저 이야기로 돌아가도록 하자.

우리가 걱정하고 있는 국민적 과제는 사회 전체를 병들게 하고 있는 사회악의 문제를 어떻게 하는가에 달려 있다. 치유하기 어려울 정도의 중병을 앓고 있는 조국을 누가 치유해주는가? 개인의 병을 위해서는 의사가 있고 병원이 있다. 그런데 사회악을 치유하는 데는 의사나 병원이 따로 존재하지 않는다는 것에 더 큰 어려움이 있다. 우리의 병은 우리 스스로가 환자이면서 의사가 되어야 한다.

모든 사회악을 유발하는 질환의 뿌리는 어디 있는가? 인간적 생존을 유지하는 본능적 욕망에서 자라고 있다. 인간은 신도 못 되며 동물도 아니다. 그런데 신(神)적인 것으로 향하는 정신력이 있으며 동물로 돌아가려는 욕망이 있다. 그 중간에서 인간적 욕망의 노예가 되면 누구나 이기적 생존의 도구로 전락하게 된다. 즉, 이웃과 다른 사람들에게 고통과 불행을 가하게 된다. 그것을 우리는 범죄로 규정하며 그 죄의 근거를 악으로 치부하게 된다. 악은 죄의 근원이라고 볼 수 있고 죄를 저지를 가능성은 누구나 갖고 있다. 예수의 기도 마지막 부분은 "우리를 유혹에 빠지지 않게 해주시며 악에서 구해주소서"로 되어 있다. 인간이 호소할 수 있는 절정을 보여주는, 인간만이 할 수 있는, 인간이면 누구나 해야 하는 기도다.

그렇다면 인간적인 본성과 욕망은 무엇인가? 인간학의 선구자로 인정받고 있는 독일의 철학자 막스 셸러는 식욕(생명 보존의 기반이 되는)과 그에서 파생되는 경제문제, 성욕(종족 보존을 위한)과 그에 따르는 사회문제, 권력(지배함으로써 삶의 의미를 찾으려는)에의 의지와 의욕을 들고 있다. 따져보면 이 세 가지 기본과제는 인류가 존재하는 동안 불가피한 과제로 남게 될 것이다. 죄악의 가능성도 거기에 있으나 선한 가치의 추구를 위해서도 이 문제들의 해결은 필수적이다.

돈과 재물을 소유함에 따르는 만족과 행복을 마다할 사람은 없다. 그러나 그것이 인생의 전부가 되고 인생의 목적이 된다면 그 소유욕 때문에 고통과 불행을 초래하게 된다. 과다한 소유욕과 독점하려는 욕망에 빠지게 되면 사회악을 저지르는 과오를 범하게 된다. 정도에 따라서는 범죄자가 될 수도 있다.

말하자면 소유는 불가피하나 소유욕의 노예가 되어서는 안 된다는 뜻이다. 그렇다면 어느 정도의 소유가 인정될 수 있는가? 모든 소유는 그 사람의 인격의 그릇만큼이면 족하며 그 이상의 소유는 인격적 삶을 해치기 때문에 피해가 될 가능이 언제나 도사리고 있다. 많은 사람이 꿈꾸는 명예도 그렇다. 인기와 명예를 혼동해서도 안 되며, 아낌을 받는 것과 존경과 감사의 대상이 되는 것은 명예보다 더 귀하다.

복권에 당첨된 졸부가 행복해지는 경우도 없으며, 인기를 명예로 혼동하는 사람도 존경을 받지는 못한다. 가수나 탤런트가 누리는 인기를 정치가나 예술인들이 바란다면 그것은 웃음거리가 된다.

그렇다면 어느 정도의 돈과 재산이 필요한가? 인격이 40 정도면 40 정도의 돈이 적당하다. 인격이 80, 90까지 올라가 있는 사람에게는 그에 해당하는 부가 주어지더라도 본인과 가족은 물론, 사회적으로도 존경과 감사의 대상이 된다. 부를 누리고 싶은 욕심보다는 인격의 함양이 선행되어야 한다.

내가 아는 한 사람은 옛날 왕실로부터 많은 재산을 물려받았다. 그 재산을 자식들에게 나누어 준다면 자녀들도 불행해지며 재산도 없어지게 된다고 생각했다. 기업을 맡아 운영하는 자녀도 없었다. 그는 아들딸에게 중산층 생계를 유지할 수 있는 유산을 남기면서 각자 원하는 일들에 최선을 다하라고 권고했다. 그리고 그 재산으로 교육사업을 했다. 지금은 국가에 기여하는 대학으로까지 발전했다.

선진사회의 가정교육에서 찾아볼 수 있는 모습도 그런 것이다. 뉴질랜드에서는 자녀들에게 상속해주는 것은 법적으로 용납하지 않는다. 재산은 사회에 환원하는 것이 최선의 정책과 제도라고 믿고 있다. 그 세금이 후대들을 위한 복지 혜택으로 남겨지기 때문이다.

그러나 더 소중한 가치판단이 남아 있다. 재물을 소유함에서 오는 즐거움과 만족감보다 몇 배나 값진 행복은 일에서 온다는 인생관이다. 돈을 지킴으로써 얻는 만족보다는 일을 사랑하는 삶에서 오는 행복은 비교가 되지 않을 정도로 고귀한 것이다.

나는 신문에서 재벌들이 파티를 열면서 값비싼 와인을 즐긴다는 기사를 보곤 한다. 있을 수 있는 일이고 부럽기도 하다. 나도 돈이 생기면 마셔보고 싶다는 생각도 가져본다. 그러나 시인이나 예술가들이 모여 창작품을 감상하는 기쁨은 와인 못지않게 행복을 안겨준다. 와인은 미각에서 오는 것이나 창작물은 영혼의 선물이다. 시인은 돈을 벌어 와인을 마실 수 있으나 재벌들은 예술이 주는 행복은 누리기 힘들다.

예술을 비롯한 정신적 가치에 해당하는 일이 아니더라도 좋다. 내가 하고 싶었던 일에 열중하고 그 일에서 삶의 의미를 얻을 수 있다면 그 이상의 행복은 없다. 신나게 일한다는 말이 있다. 신나게 노래를 부른다는 것과 차이가 없을 것이다. 일을 사랑하는 사람은 일을 즐기게 되고, 일을 즐기는 사람은 누구보다도 행복해진다. 만일 우리 국민 전체가 돈을 사랑하기보다 일을 사랑하는 풍토로 바뀐다면 그 결과는 어떻게 되겠는가. 많은 사회악은 감소되고 사회적 행복은 배가될 수 있을 것이다.

그러나 생각을 좀 더 발전시켜보자. 재산은 독과점에서 그 가치가 있는가, 아니면 공유함이 더 중요한가? 나는 1961년에 뉴욕에 갔다가 뜻밖의 사실을 알게 되었다. 체이스맨해튼 은행 지하실에 가면 값비싼 보물을 가진 사람들이 보관료를 지불하면서 보석 등을 은행에 맡겨둔다. 그리고 보고 싶을 때면 두세 차례 검문 절차를 거친 뒤 맡겨둔 보물을 보고 다시 밖으로 나오곤 한다. 너무 사랑하고 아끼는 물건이며 도난의 위험이 뒤따르기 때문이다. 나만 보고 즐기면 행복하다는 생각일지 모른다.

만일 그런 물건이 나에게 있다면 어떻게 했을까? 박물관에 기증하거나 기념관에서 공개해 많은 사람이 감상할 수 있도록 하는 것이 어떨까? 유명한 그림이나 조각은 미술관이나 박물관에 전시해 원하는 모든 사람에게 즐거움을 주는 것이 당연하지 않을까? 로맹 롤랑은 소설 『장 크리스토프』를 탈고하고 스스로 너무 만족스러워서, 세상에 내놓지 않고 죽을 때 관에 넣어 갔으면 좋겠다는 농담을 했다고 한다. 만일 그의 농담대로 세상에 내놓지 않고 관에 넣었다면 어떻게 되었을까? 작품과 더불어 작가 자신이 사라지고 만다. 세상에 남겨주고 갔기 때문에 작품도 작가도 영광스럽게 살아남게 된 것이다.

재산도 그런 성격의 것이다. 일용할 양식이 되는 것은 누구나 갖도록 되어야 한다. 그래서 공정한 공유제도가 최상의 경제정책이라고 해서 유토피아 사상이 태어났고 마르크스주의 경제관이 보편화되기도 했다. 그렇다고 해서 소유욕을 근절한다든지 더 많이 소유하고 싶다는 의지 자체를 불식시킬 수는 없다. 일을 사랑하는 사람에게 주어진 혜택을 인정하지 않거나 몰수할 수도 없다. 소유 의지는 인간의 본능이기 때문이다.

공산사회도 의미가 있으나 자본주의 경제와 시장경제도 무가치한 것은 아니다. 그렇다면 더 많은 사람이 경제적으로 인간답게 생존을 누리는 길은 어디 있는가?

나 같은 사람은 기업의 경험도 없고 경제학자도 못 된다. 그러나 두 가지 사실은 믿고 있다. 그 하나는 사람은 소유함으로써 즐겁고 행복하다는 본능도 갖고 있으나, 줌으로써 행복하며 보람을 느끼는 정신적 가치도 갖고 있다. 어느 편이 꼭 더 강하다고는 말할 수 없다. 본능적일수록 소유에 치우치나 값있는 삶을 원할 때에는 베푸는 삶을 사랑하고 따를 수도 있다. 오직 그 수가 적은 것뿐이다. 그러나 이기심만큼 강한 것은 자비심이기도 하다. 욕심 많은 부자들도 자식에게는 물려주려 한다. 사랑하기 때문이다. 무엇을 더 사랑하는가가 문제다. 조국을 위해 재산을 바치는 일은 얼마든지 있었다. 힘으로 공유하는 사회를 강요하기보다는 줌으로써 행복의 가치를 높이려는 인생관도 얼마든지 가능하다.

또 한 가지 우리는 인정해서 좋을 가치판단이 있다. 흔히 과거에는 윤리적 가치로 보았고 종교적 교훈으로 받아들였으나, 지금은 휴머니즘의 정신으로 포괄하고 있다. 휴머니즘은 공산주의나 자본주의를 포함하면서도 이끌어갈 원동력인 것이다. 공산사회에 결핍되어 있었던 것도 휴머니즘이며 자본주의 사회가 찾아가는 길도 휴머니즘이어야 했던 것이다.

휴머니즘은 경제의 개인적 소유체제를 사회적 공유체제로 탈바꿈시켰고, 더 많은 공동 소유가 성취될 수 있도록 기여체제로 발전시켜가고 있는 것이다. 모든 정신적 가치가 그러하듯이 재물적 가치도 그 길을 따라야 하며, 휴머니티의 근원이 되는 인격적 가치는 더 많은 것을 창출해 사회에 기여하는 삶을 최고의 가치로 삼고 있다. 사랑의 뿌리를 이루고 있는 휴머니즘의 나무에는 재물의 공유와 더불어 기여에 따른 더 많은 행복의 열매도 맺을 수 있다.

뜻대로 안 되는 세상이기는 했어도

20대 초반에 모든 대학생들이 읽는 쾨벨 박사 수필집을 읽었다. 그는 1930년대에 일본에 와 있던 독일의 철학교수였다.

그때 나는 자유로운 지성인으로 살고 싶다는 뜻을 세웠다. 주로 나 자신을 위한 정신적 자유였다.

건방진 생각이기는 하나, 이전부터 심취되어 있던 톨스토이의 인생관은 고귀하기는 해도 정신적 부담을 주는 것 같기도 했고, 그것은 기독교 윤리관에서 온 것이라는 생각도 들었다. 예술인은 비교적 자유로울 수 있으나 신앙적 윤리관은 감당하기 어려운 무거운 짐이 되는 것이었다.

그런데 나는 철학도가 되기 이전부터 기독교 신앙을 갖고 자랐다. 어떻게 보면 자유인이 되기 전부터 정신적 자유를 구속하는 부담스러운 짐을 지고 있었을지도 모른다.

쾨벨은 자기가 따르고 싶은 참다운 자유인은 두 사람이 있다고 했다. 갈릴리의 예수와 그의 제자였던 프란체스코다. 십자가를 지고 사형장으로 끌려가는 예수가 자유인이었을까? 아무것도 소유하지 않고 겸손과 사랑만을 따른 프란체스코는 정말 자유로울 수 있었을까?

신앙인으로서의 나는 어떠한가?

사복음을 다시 읽었다. 신앙적 경전이라는 선입견 없이 한 고전을 읽는 마음으로 탐독했다. 예수 자신을 알고 싶었다.

그때 내가 깨닫게 된 것은, 예수는 구약적 전통의 율법과 계명을 배제함으로써 인간적 자유를 위해 한평생 애태웠다는 사실이었다. 그리고 예수는 오늘의 모든 교회가 주장하고 우리에게 믿고 따르기를 원하는 교리와 교리적 신앙을 원치 않았다는 확신을 얻었다. 예수는 인간적 삶의 진리와 역사적 사명을 가르치기 위해 싸우는 일생을 살았다. 그 혁명적인 투쟁 때문에 이스라엘 지도자들에게서는 반(反)신앙적 죄목으로, 세계국가였던 로마에 대해서는 반(反)가이사적 죄인으로 사형을 받았던 것이다.

예수가 현대사회에 다시 태어난다면 목사, 신부, 신학자로 오지는 않을 것임은 분명하다. 종교적 성의(聖衣)를 입지 않은 한 인간으로 올 것이다. 우리와 다름없는 한 사람으로.

그가 가르치는 "진리가 너희를 자유케 하리라"라는 뜻이 바로 그런 것이다. 예수는 악과 죄로부터 자유로워지기를 원했다. 죄나 악과 더불어 생존하는 동안은 자유로울 수가 없다.

지금도 나는 참 그리스도인이 되고 싶은 염원을 견지하고 있다. 그 노력은 내 인간적 자유를 신의 사랑의 제단에 바칠 수 있을 때 참 자유가 주어질 것으로 믿기 때문이다. 허무와 운명이 인간의 삶을 지배하고 있는 동안 인간은 참 자유를 누릴 수가 없다. 인간의 한계지어진 자유가 신의 사랑과 동화되었을 때 운명은 섭리가 되고 허무는 실재가 될 수 있다는 삶을 터득하고 싶었다.

그리고 20년쯤의 세월이 흘렀다.

대학에 몸담게 되면서는 교수로서의 삶과 인생의 문제를 생각지 않을 수 없었다. 한 직업인으로서의 사회적 삶을 영위하는 위치에 놓이게 된 것이다.

이제부터는 교수다운 교수가 되었으면 좋겠다는 욕심을 가져보았다. 교수는 가장 지성적인 직업이었기 때문이다.

내 주변에서 어떤 모범적인 선배가 있었으면 좋겠다고 찾아보기도 했다. 몇 사람의 선배가 있었다. 고맙게 생각했다. 그러다가 1년 동안 시카고대학과 하버드대학에 머무는 기회가 주어졌다.

내가 한국에서 대하던 교수들보다도 교수다운 교수가 많다는 사실을 깨닫게 되었다. 나도 한국에서 저런 교수들이 되어보고 싶다는 부러움을 느꼈다. 시카고에서는 학문하는 교수들을 보았고, 하버드에서는 대학의 울타리를 넘어 지성적으로 사회에 참여하는 교수들을 발견할 수 있었다.

물론 성숙된 사회였기에 그런 교수들이 탄생했고 지적 수준이 높은 전통을 지닌 나라였기에 교수들의 조용한 강의와 저술들이 사회적 울림으로 작용했을 것이다. 그렇다고 우리라고 해서 그것이 불가능한 과제일 수는 없다. 또 언젠가는 그런 대학과 사회로 발전하지 않으면 안 되는 것이 한국 교수와 대학사회의 사명이기도 하다.

내가 학생 시절 보았던 일본 대학 교수들이나, 봉직하고 있는 대학의 나를 포함한 동료 교수들보다는 한 차원 높은 교수사회를 발견한 것 같았다. 영국, 프랑스, 독일에서도 같은 선망의 대상이 되는 교수들의 모습을 볼 수 있었다.

나도 일찍 이런 대학에서 수학할 수 있었다면 얼마나 좋았을까 싶은 아쉬움도 있었다.

그런 부러움을 안고 있을 때 우리 대학에서 사회적 관심을 유발하는 큰 사건이 벌어졌다.

4·19 학생 의거가 혁명적인 성격을 타고 적지 않은 대학에서 민주화운동이 벌어지게 된 것이다. 우리 대학에서도 대학 운영의 민주화를 요청하는 기운이 움트기 시작했다.

그때 대학 이사회는 총장을 통해 다섯 명의 교수직을 박탈했다. 정당한 절차를 밟지 못했던 것 같다. 그즈음 나는 가정에 환자가 있어 병원에서 시간을 보내고 있었다.

문과대학의 원로 교수들이 대학의 부당한 처사에 항의해 농성을 했다. 나도 뒤늦게 농성에 합류했다. 해임당한 교수들의 복직을 요구했던 것이다. 대학은 교수들의 요청을 거부했다. 교수들은 수업을 거부했다. 농성은 장기화되고 졸업생들과 대학 관계자들은 중재에 나섰다.

결국 해임된 교수들은 대학을 떠나고, 교권을 보장받고 싶었던 교수들은 얻은 바 없이 상처만 남기고 사건은 봉합된 셈이 되었다.

그러나 그 후유증은 오래 계속되었다. 9월에 시작되었는데 12월 크리스마스를 앞두고 구치소에 수감되었던 학생들이 석방되면서 사태는 마무리되었다. 1960년의 사건이었다.

나는 그 한가운데 머물면서 여러 가지 교훈을 얻었다. 대학이 지성사회로 성장하기에는 길고 긴 세월이 필요하다는 생각을 했다.

왜 서울대학이나 고려대학은 겪지 않은 시련을 연세대학이 치러야 했는가? 사랑과 용서를 가르치는 기독교 대학이 아니었던가. 비슷한 과정을 밟은 대학 중에는 종교 대학들이 더 많았다는 점도 고려하지 않을 수가 없었다.

대학과 교수들의 사고방식에도 문제가 있었다. 어떤 사건이 벌어졌을 때 옳고 그름을 따지게 된다. 그때 100까지 완전하고 0으로까지 잘못되는 일은 없다. 아무리 옳아도 80 정도이고 크게 잘못해도 40 정도까지는 정당성이 있는 법이다. 그런데 우리는 어떤 문제에 대처하게 되면 나와 우리에게는 잘못이 없고 모든 잘못은 상대방에 있다는 양극논리를 벗어나지 못한다. 종교인들은 신앙적 평가와 요청이 강하기 때문에 이중적 가치판단을 내리기도 한다. 그래서 지성인들보다는 종교인들의 가치관이 더 폐쇄적인 경우가 많다.

나 자신이 신앙인이기 때문에 겪은 고민이 있었다. 많은 사람이 나에게, 신앙을 가진 사람이 어떻게 기독교 학교에서 대학의 정책에 반대할 수 있느냐며 불평을 했다. 그러나 신앙적 견해가 지성적 판단을 배제해서는 안 되는 것이 학문과 교육사회의 한 규범일 수도 있다.

더 놀라운 사태가 있었다.

처음에 분규가 시작될 때는 대학을 위한 견해와 주장의 차이에서 발단되었다. 그러나 대립이 심화되면서는 투쟁으로 변질되고 마침내는 승자가 살아남고 패자가 버림받는다는 극한 상황으로 격화되었다는 점이다. 심지어는 사회여론이 어느 편을 지지하며 학생들과 학교 주변 관계인들이 우리 편이 되는지 아닌지를 마음 쓰기에 이른다. 그것은 부부싸움을 하는 부모가 친척과 아들딸들이 누구 편을 드는가를 기대하는 것만큼이나 잘못된 생각이다.

그렇게 되면 대학을 위해 시작했던 정책 대립이 분쟁으로 대학을 해치며 곤욕스러운 역사를 남기는 과오를 범하게 된다. 그런 우를 나 자신도 범하고 있었던 것이다. 대학을 위해 스스로 반성하며 양

보할 줄 모른다면 교수다운 교수가 못 된다.

그런데 더 의외의 분위기가 조성되어 있었다. 대학을 위해 어느 편에도 가담하지 않았던 교수들은 학생들로부터 소외당하는 풍조였다. 극단적인 평을 하는 이들은 중립적 위치를 지키는 교수들을 자기 안일을 위한 무책임한 교수로 평하기도 하고 존경스럽지 못한 처신을 한다고 보기도 했다.

그런 중립적인 교수들도 나름대로의 판단과 선택을 한 것으로 받아들이지 않는다. 학교 측에서는 왜 대학을 위하지 않느냐는 아전인수적인 자세였다. 특히 교목실과 신과대학의 교수들은 무조건 대학의 정책에 따라야 한다는 침묵의 요청이었다. 농성 교수 측에서는 어째서 동료 교수가 부당하게 파면당했는데 교권을 위한 투쟁에 동참하지 않느냐는 마음들을 가졌던 것이 사실이다.

그러나 두 편의 선두에 선 사람들보다는 확신을 갖고 중립을 지키는 교수가 더 많아야 한다. 그 교수들의 다수 의견이 대학에 반영되어야 한다.

만일 대한민국의 전 국민이 여당과 야당의 당원이 된다면 어떻게 되는가. 중립적인 애국적 견해를 갖춘 국민들이 정권을 지지도 하고 견제도 해서 국정의 진로를 확정해야 하는 것이 민주사회의 정도인 것이다.

대학 분규가 끝난 뒤, 대학 측에서 나에게 중요한 보직을 맡아달라고 요청을 했다. 나는 받아들이기 힘들었다. 내가 농성 교수의 일원이 아니었다면 모르나, 그런 대학 전체와 교수직에 영향을 주는 보직은 그동안 중립을 지켜온 교수 중에서 맡는 것이 더 좋겠다는 생각이 들었다. 그리고 내가 평소에 적임자라고 생각했던 교수를 추천했다. 그는 나보다 더 합리적이며 객관적인 행정을 할 수 있는

교수였고 또 그 일을 잘 수행해주었다

그 뒤부터 나는 연구하고 강의하며 교수다운 분수를 지키면서 사회교육에 참여하는 20여 년을 보냈다.

교수는 자유로운 지성인이면서 대학과 사회에 기여할 수 있어야 한다. 그러나 무척 어려운 선택이었다.

내가 겪었던 몇 가지 흔한 사례를 소회하겠다.

교수도 하나의 직업이고, 대학도 성격의 특수성은 있으나 하나의 직장이다. 그런데 나를 비롯한 어떤 교수들은 직장인이 갖추어야 할 기본적인 자세를 갖추지 못한 사람들이 있었다.

성숙된 사회나 전통이 있는 직장에서는 윗사람에게 아부하거나 아첨하는 발언과 행위는 삼가야 한다. 또 상사는 그런 사람들을 가까이하지 않아야 한다. 그런 사람들은 상하 직책의 관계가 바뀌면 배반과 모함을 하기도 한다. 또 지성을 갖춘 사람들은 동료를 비방하거나 헐뜯는 일은 하지 않는다. 모든 사람에게는 장단점이 있으며 나에게도 부족한 면이 있기 때문이다. 특히 윗사람에게 동료를 비판하는 사람은 어느 직장에서도 존경받지 못한다. 지도자는 그런 부하를 잘 이끌어주거나 아니면 멀리해야 한다. 아마 이승만 대통령은 그런 과오를 이겨내지 못했던 것 같다. 그뿐만 아니라 한 직장에서 편 가르기를 하거나 그것을 일삼는 사람은 없어야 한다.

그런데 대학사회에 살면서 그런 동료 교수들을 간혹 보는 때가 있다. 그것은 지성인의 자세가 아니다.

한때는 대학의 민주화로 대학의 주인이 되는 교수들이 총장을 선출해야 한다는 풍조를 초래했다.

그것도 좋은 방법의 하나다. 그러나 그것이 언제나 최선의 방법은 아니다. 하버드대학 같은 데서는 총장 선출은 이사회가 전담하고 있었다. 그 대신 이사회는 2년 적어도 1년 이상의 기간에 걸쳐 각계각층의 여론을 듣고 추천을 받는다. 필요할 때는 교수 중에서 선출되기도 한다. 그보다 더 좋은 방법은 없을 정도의 정성과 노력을 기울인다. 그러니까 차선의 방법을 생각지 않는다. 시카고대학은 설립 당시에 록펠러 재단에서 28세인 허치슨 총장을 선출하였고, 그 총장은 50세가 될 때까지 총장직을 맡았던 것으로 전해 들었다. 허치슨 총장은 시카고대학을 세계적인 대학으로 성장시킬 수 있었다.

우리도 한때는 교수가 총장을 선출하는 방법이 민주화의 길이라고 생각했으나, 그것도 방법의 하나라는 방향으로 자리 잡혀가고 있는 것 같다.

나는 연세대학교의 후배 교수들에게 어떤 대학이 모범적이고 훌륭한 대학인가를 얘기하면서, 총장의 존경을 받는 교수가 많은 대학이 좋은 대학이라고 말한다. 총장은 교수들의 존경을 받을 수 있어야 하고.

세계적으로 유명한 대학의 교수들은 총장보다도 학문과 지성계의 존경을 받도록 되어 있다. 그런데 적지 않은 교수들이 대학에서 보직을 차지하기 위해 학문적 의무를 가벼이 여기는 것을 보는 때가 있다. 대학의 행정은 일차적 과제도 목적도 못 된다. 교수는 행정 때문에 학문적 피해를 입어서는 안 된다.

상식적인 이야기이지만, 대학이 사회를 위해 있는 것이지 사회가 대학을 위해 존재한다는 생각은 잘못이다. 적어도 대학인들은 학문과 사상적 봉사를 해치거나 외면해서는 안 된다.

한 가지 예를 들어보자.

미국의 대학들은 모교 출신의 학자들을 교수로 채용하는 일은 하지 않는다. 그렇게 되면 대학이 동질사회가 되어 질적 발전이 지연되기 때문이다. 학자들은 모교가 아닌 다른 대학의 교수가 되고, 학교들도 타 대학 출신의 학자들을 교수로 받아들이는 것을 당연시한다. 대학은 설립 때부터 사회에 봉사하기 위한 기관이지 우리끼리 도우면서 잘 사는 공동체가 아니기 때문이다. 정평 있는 대학에서는 교수를 국제적으로 선발하도록 노력하고 있다. 한때는 미국의 대학 교수들이 유럽 국가에서 뽑혀 오는 것이 일반적인 방법으로 받아들여지고 있었다.

나는 옛날 중앙고등학교에서 교감직을 맡은 일이 있었다. 그때 새로 부임하는 선생에게 한 번씩 해주는 이야기가 있었다.

"선생님이 우리 학교에 와서 머무는 동안에 두 가지 가운데서 한 가지는 꼭 하셨으면 합니다. 공부를 계속해서 학문을 성취하든지, 교육자가 되는 길을 선택해서 교육인이 되든지 해주세요. 이 두 가지 일을 다 포기하고 몇 십 년의 세월을 지나 나이 들게 되면 자기 자신이 공허해지고 후회하게 되는 노년기가 될지도 모릅니다."

고맙게 받아들이는 선생들은 후회스럽지 않은 결과를 얻은 것으로 안다. 교수가 되어 대학으로 진출한 이도 있고 교육자로서 봉사할 수 있었기 때문이다.

대학에 있을 때는 나 자신이 부족하기 때문에 내놓고 말은 못했다. 학위를 받고 교수가 되는 제자들에게는 이런 얘기를 해주곤 했다.

"학위를 끝냈기 때문에 이제는 됐다고 만족하는 사람은 교수로 성공하지 못한다. 이제부터는 학문을 할 수 있겠다고 다시 출발하는 교수가 교수다운 행복을 얻는다."

나도 한때는 동료 교수들과 함께 머물면서 잘하면 내 학문의 체계를 찾아 완성할 수 있지 않을까 싶은 욕심을 가져보았다. 그러나 세월이 지나면서 머리를 숙이기 시작했다. 대한민국이라는 영토 안에 커다란 철학의 나무가 자라 많은 열매를 맺어 사회에 기여해야 하는데, 아직도 나는 그 뿌리와 밑동을 굳건히 해주는 보이지 않는 책임을 감당해야 할 뿐이다. 전체 수목의 성장 과정의 한 부분을 돕는 것이 내 시대에 주어진 책임이라는 것을 깨닫게 되었다. 후배들의 먼 앞날을 위해 나에게 주어진 임무를 담당하는 책임인 것이다.

학문의 영역에 있어서도 그렇고 사회적 기여의 범위도 겸손과 성실의 자세를 갖고 재정리해보는 반성이 필요했던 것 같다. 지금도 비슷한 생각을 이어가고 있다.

철학의 영역과 전공에 대해서도 그렇다. 과학철학이나 인식론을 포함한 이론철학은 내가 감당할 수 없는 영역에 속한다. 폭넓은 사회철학도 내게는 버거운 분야다. 그래서 관심을 갖게 된 것으로서 윤리학, 종교철학, 역사의 철학적 고찰 등의 실천철학의 과제를 공부하고 얻는 바가 있기를 원했다.

그것이 선진국 철학자들을 소개해주면 부족하지만 나의 철학적 문제를 제시해주는 길이라고 생각했다.

모든 학문이 그렇지만 철학은 나 자신의 철학적 사유와 결론이 없이는 무의미하기 때문이다.

그러는 동안에 30여 년의 세월이 지나 학교를 떠나게 되었다.

고별 강의를 하는 날이 되었다. 그날은 우리 대학의 역사 이래 가장 격렬한 학생 데모가 벌어지고 있었다. 후배 교수들은 고별 강의를 연기하자는 제안을 했다. 그러나 9월로 가게 되면 새 학기가 되고 나는 외국으로 나갈 약속이 잡혀 있었다.

결국 강행하기로 했다. 후배 교수와 대학원 학생 몇 명은 참석해 줄 것으로 생각했다. 시간이 되어 강의실에 들어섰더니 큰 강의실에 학생들이 가득 차 있고 들어오지 못한 학생들은 복도까지 차지하고 있었다. 강의실은 최루탄 냄새로 가득 차 있어 재채기를 하는 학생들도 있었다.

약 70분의 강의를 끝내고 걸어서 집까지 발걸음을 옮겼다. 어려움도 없지 않았으나 나의 교수생활은 실패하지 않은 것 같다는 생각이 들었다.

재미는 없으나 걱정스러운 이야기

그는 강 저쪽에 살고 있다.

"당신은 어찌하여 나를 죽이려 하는가(나에게 무기가 없기 때문에 그대가 우세한데도)."

"그대는 강 건너편에 살고 있지 않은가. 친구여, 그대가 만일 강 이쪽에 살고 있다면 나는 살인자가 될 것이며, 그대를 죽이는 것은 죄악이 될 것이다. 그러나 그대가 강 저편에 살고 있기 때문에 나는 용사이며, 내가 하는 일은 정당한 것이다."

『팡세』에 나오는 파스칼의 글이다.

내 고향은 휴전선 북쪽에 있다.

두 차례 고향에 다녀올 계획을 가져보았다. 그러나 뜻대로 되지 못했다. 북에서는 나를 민족반역자로 낙인찍고 있기 때문에 73년 전에 탈북했어도 그 사실이 알려지게 되면 나는 감옥에 갇힐 수도 있다. 그러나 지금은 휴전선 남쪽에 살고 있기 때문에 자랑스러이 생애를 이어가고 있다.

우리의 강(江)은 휴전선이다.

북쪽에서는 선이 되는 것이 남쪽에서는 악이 된다. 서울에서는 정의가 되나 평양에서는 처벌받아야 하는 불의가 된다.

지금도 강은 세계 어디에나 있다.

때로는 국경선이 되기도 하며, 역사의 강은 정치이념이 되기도 한다. 20세기 동안 수많은 사람들이 이주를 했고 망명을 했다. 강 한편에서 살 수가 없어 반대쪽으로 목숨을 걸고 탈출하기도 했다.

지금도 탈북자들은 그 강을 건너지 못해 애태우고 있다.

우리를 더불어 살지 못하게 하는 강은 지리적 공간만이 아니다. 공간으로서의 강은 우리들의 정신적, 사상적 괴리에서 태어난 부산물이다.

어떤 강은 운명적이기도 하다.

백인과 흑인으로 태어난 것은 그들의 선택이 아니다. 그러나 죽을 때까지 지고 가야 할 운명의 강이다.

이슬람교도로 태어날 수도 있으나 기독교도로 태어날 수도 있다. 그러나 한평생 두 종교가 만들어준 강은 절대적이다. 지금도 강을 사이에 두고 싸움을 계속하고 있다.

그 나쁜 (놈의) 강이 형제를 원수로 만들기도 하고, 서로 위해주며 행복하게 살 수 있는 사회를 분열과 파국으로 이끌어가기도 한다.

어떤 때는 혁명을 일으키기도 하고, 전쟁의 원인이 되기도 한다.

마르크스는 계급의 강을 창안했다. 그 결과는 투쟁의 역사를 창출했다.

마호메트는 코란에 따르는 신앙을 가르쳤다. 그 때문에 종교적 신앙의 강이 태어났다. 많은 사람이 그 후유증을 앓고 있다.

물리적 공간의 강은 정신적 가치관의 결과다. 정신적 강이 공간적 강을 만든 것이다. 동물들에게는 인간이 치르고 있는 강의 고민은 없다. 정신적 강이 없기 때문이다.

그렇다면 이 정신적 강은 왜 태어났을까?

정신적 가치와 삶의 절대주의적 사고방식에서 비롯된 것으로 여겨진다.

영원불변의 진리가 있다고 믿는 사람들, 사회적 삶의 유일 절대의 방향과 목표가 있어야 한다고 믿는 사람들이 이념의 강을 만들었다. 흑백논리도 그에 가담했는가 하면, 모순논리를 창안하고 믿는 사람들이 저지른 악의 강이다.

그들은 아는 데 머물지 않는다. 지식은 더 새롭거나 높은 지식으로 바뀔 수 있다. 그러나 믿는 사람들은 변화하지 못하고 그 믿는 바를 실천에 옮긴다. 마르크스주의자들이 그러했고 유일신을 믿는 신앙인들이 절대주의적 강을 굳혀가곤 했다.

어떤 때는 독선적이며 폐쇄적인 민족국가주의가 위험한 절대주의의 강을 만든다. 그 역사적 해악은 우리가 본 그대로다.

절대주의적 사상은 누구나 지닐 수 있다. 그러나 그 사상이 행동화하며 힘을 동반할 때는 악을 범하는 계기를 만든다.

그러나 역사는 발전하며 사회는 변화하도록 되어 있다. 인간의 이성적 사고와 휴머니즘의 가능성은 이 절대의 장벽인 강을 용납하지 않는다. 그것이 인류의 고통과 불행을 가중시켜주고 있기 때문이다.

이러한 사회적, 역사적인 강을 거부하고 건널 수 없는 강을 공간의 시냇물로 변화시킨 것은 무엇일까? 우리는 그 정확한 해답을 찾기는 힘들다. 단지 절대주의에 대한 상대주의가 그 개념과 실제를 변질시켜준 개념이 아닐까 하는 생각을 해본다.

20세기가 마무리될 때 『타임』지의 표지에는 아인슈타인의 초상화가 실렸다. 백 년 동안에 가장 영향력이 컸던 인물로 선정되었던 것이다. 그러나 사실 우리는 그 과학적 이론을 잘 알지도 못하며 그 원리의 영향을 받았다고 인정하는 사람도 많지 않다.

무엇이 그의 위대성을 입증했는가? 뉴턴까지의 절대적 시간관을 과학적 실재의 상대적 시간관으로 전개시켜준 것으로 알고 있다. 말하자면 절대적인 가치와 사상을 배제하고 상대적인 공존의 가치로 발전시켰다는 변화다. 중간이 없던 가치관에서 양쪽 끝의 흑백을 배제하고 중간적 회색이 전부라는 생각을 갖게 해준 것으로 보아 좋을 것이다. 흑 자체와 백 자체는 존재하지 않으며 밝은 회색과 짙은 회색으로 가득 차 있는 것이 색의 실재라는 상대적이며 공존하는 현실을 일깨워준 것으로 보아 좋을 것이다. 흑백은 회색으로 공존하는 것이다.

이렇게 절대주의적 사고와 가치가 상대주의적 사고와 가치로 바뀌면서 우리 사회에는 큰 변화가 탄생했다.

20세기 전반까지 우리는 냉전체제 속에 살았다. 소련을 중심 삼는 좌파 세력과 미국을 주축으로 하는 자유주의 우파 세력의 대립이었다. 이 좌우의 절대주의적 이념 때문에 인류는 큰 불안과 공포의 세월을 겪어야 했다.

사람들은 둘 중 하나가 살아남아야 하는 것으로 생각했다. 그 때문에 38선이 생겼고 6·25 전쟁이 벌어지기도 했다. 베트남전도 그 죄과 중의 하나였다. 어떤 사람들은 정신적 제3차 세계대전 기간이었다고 평하기도 했다.

그러나 세월이 지나는 동안에 좌파는 진보의 정신으로 변화하고 우파는 보수라는 체질로 발전했다. 지금은 진보와 보수는 공존하는 것이 현실이며 타당하다고 믿고 있다. 불행하게 북한이 아직도 뒤처진 절대 유일의 사상을 믿고 견지할 뿐이다. 절대가 상대로 발전했다는 것은 유일한 체제는 불가능하고 공존의 질서가 역사의 정도라는 신념을 보편화시킨 결과가 되었다.

절대의 강이 사라진 셈이다.

그러나 역사의 강물은 멈추지 않는다. 좌와 우의 강물이 합쳐 진보와 보수로 공존하는 큰 하나의 강물이 되었으나 그 강물은 흘러 바다로 가도록 되어 있다.

사상의 선도자들은 그 발전적 변화를 열린사회와 닫힌사회의 길로 제시해주고 있다. 지금 중요한 것은 진보나 보수보다도 개방사회와 폐쇄사회가 달라지고 있다.

그 열린사회로 향하는 역사의 길을 열어준 사회는 20세기 말에서 21세기를 이끌어가는 미국이 개척해주었다. 우리는 그 사회를 다원사회로 평하고 있다.

미국이 열린 다원사회를 이끌어준 데는 몇 가지 원동력이 있다. 그중의 하나로, 절대주의의 강을 만들어준 히틀러의 나치 정권과 공산주의를 탈출한 지성인들이 대거 자유를 찾아 미국으로 망명, 이주해 왔고, 그들과 합세한 아메리카의 지성사회가 공존의 역사를 다원사회의 무대로 이끌어주었다. 유럽의 지성적 약화와 상실이 아메리카의 다원질서를 성취시키는 데 도움을 주었던 것이다.

다원사회는 열리는 공존사회다. 국적이 다른 다양한 민족과 인종이 공존하며 사상과 신앙의 구별을 묻지 않는다. 왜 너는 나와 같지 않느냐고 묻기 이전에, 상대는 나와 다를 것임을 인정하면서 공통된 더 높은 가치를 대화를 통해 창출해낸 사회가 아메리카였다.

지금은 유럽의 국가들이 또 하나의 다원사회를 형성하기 시작했다. 유럽연합(EU)이 바로 그 이상이다. 영국, 독일, 프랑스 같은 국가들이 아메리카와 대등해지기 위해서는 불가피한 선택이었을 것이다.

긴 역사가 지나면 세계에는 몇 개의 다원사회가 건설될 것이며, 마침내는 하나의 다원 공동체인 UN적 정신이 인류를 감싸게 되는 때가 올 것으로 기대해보게 된다.

이런 다원사회가 하나의 공동체가 되는 데는 몇 개의 절차가 있을 것 같다.

가장 먼저 하나의 세계를 지향한 것은 학문과 예술 분야가 개척해준 정신적, 문화적 운동이다. 정신적 가치로서의 문화, 즉 학문적, 예술적, 사상적 가치는 예로부터 국경이나 정치적 간극, 즉 강(江)이 없었다. 국가들이, 종교적 공동체들이, 최근에는 공산주의 사회가 그 강을 만들었으나 역사의 발전은 그 강벽을 허물어왔다.

한 가지 예를 들어보자.

1949년은 독일의 대문호 괴테의 탄생 200주년이 되는 해였다. 그러나 전쟁으로 철저히 파괴된 독일에서는 조국의 자랑인 괴테의 탄생 기념축전을 개최할 여유와 여력이 없었다. 그러자 온 인류가 애모해온 괴테의 기념축전을 갖지 못하는 안타까움을 애석히 여긴 미국이 괴테 탄생 200주년 기념축전을 세계적으로 개최했다. 미국은 독일과 적대 국가였다. 그러나 독일 국민 못지않게 괴테를 사랑했던 것이다.

학문과 예술에는 국경이라는 강이 없었던 것이다.

그 다음으로 하나의 다원사회를 육성하는 데 기여한 것은 경제적 교류다. 옛날에는 경제가 정치의 지배를 받아야 했다. 그러나 지금은 시장경제의 위력이 정치의 벽을 넘나들고 있다. 우리 제품이 세계시장으로 판매되고 있는가 하면, 한국 기업의 공장들이 미국과 유럽 시장을 통해 국제적 위상을 높여가고 있다. 최근에는 중국의 경제력이 아메리카, 유럽은 말할 것도 없이 우리 제주도에까지 진출하고 있다. 큰 기업체들은 이미 국경을 넘어 하나의 생활세계권을 만들어가고 있다.

이렇게 되면 정치도 과거의 경계선이었던 강들을 넘나들지 않을 수 없다. 개방사회로 가는 세계적 발전을 정치력으로 폐쇄사회로 되돌릴 수는 없다.

우리가 북한이 개방하면 살아남을 수 있고 닫힌사회를 고집하면 존립할 수 없다고 보는 이유가 여기에 있다.

개방사회를 끝까지 거부하는 세력은 남아 있다. 군사력이다. 무력으로 국가와 공동체를 지키기 위한 필요불선(必要不善)의 세력이다. 그러나 군사력은 정치의 수단이기 때문에 때가 되면 그 힘이 약화될 운명을 스스로 안고 있다.

우리가 신앙의 강을 만드는 종교적 근본주의와 내셔널리즘의 강을 우려하는 이유도 짐작할 수 있을 것 같다. 특히 유일신 신앙을 신봉하는 종교인들과 일부 국가의 정치인들이 민족주의로 되돌아

236

가려는 운동은 역사를 역행하는 폐쇄사회로 가는 과오이며 인류가
희망하는 인도주의, 즉 휴머니즘을 거부하는 길이 된다는 사실을
우리 모두가 경계해야 하는 것이다.

사랑이 있는 경쟁은 가능한가

예로부터 인간은 이성을 지닌 동물이라고 말해왔다. 생각하는 동물이라는 뜻이다. 그러나 사람은 자유를 누리는 동물이기도 하다. 이성은 자유를 뒷받침해주고 자유는 이성을 키워주는 상호작용을 하기도 한다. 마치 새가 두 날개를 갖고 있듯이 인간은 이성과 자유의 날개를 타고 창조의 하늘을 헤매는 것 같기도 하다.

개인은 언제나 더 큰 자유를 찾아 누리기 원한다. 그러나 사회는 그 자유를 도와주는 때도 있으나 개인의 자유를 제약하기도 한다. 한 사람의 지나치거나 잘못된 자유가 다른 사람이나 사회에 해악을 끼치는 경우가 허다한 때문이다. 악한 지배자가 태어나서는 안 된다는 것이 진정한 자유를 사랑하는 사람들의 염원이기도 하다.

개인의 자유는 자연히 사회적 경쟁을 유발하게 되어 있다. 그래서 개인의 사회적 삶은 경쟁을 거쳐 그 존재의미를 누린다. 경쟁에 지면 패배자가 되기도 하고 성공을 했다는 것은 경쟁에서의 승리를

238

뜻하기도 한다.

그런 경쟁에는 한계가 없다. 내가 한평생을 살았다는 것은 일생
동안 크고 작은 경쟁을 했다는 뜻이기도 하다. 그래서 요사이는 무
한경쟁이라는 개념을 쓰기도 한다. 개인과 개인 간의 경쟁만이 아
니다. 공동체와 공동체의 집단적 경쟁도 있고 국가 간의 경쟁도 치
열해지고 있다. 또 경쟁이 없는 사회보다는 어느 정도의 갈등과 경
쟁이 있는 사회가 성장과 발전이 빠른 것도 사실이다.

그러나 이러한 경쟁이 성장의 길이라고 해서 모든 경쟁의 결과가
행복을 동반하는 것은 아니다. 한 사람의 승리가 아홉 사람의 고통
과 불행을 가져다주기도 한다.

이런 경쟁의 마당에서 살아본 많은 사람들은 어떤 공통된 생각을
체험한다. 흔히 우리가 말하는 라이벌 의식이다. 비교하면서 경쟁
하는 것이 어떤 때는 추하고 다른 경우에는 아름답게 보이기도 하
는 다양한 모습들이다.

우리가 항상 느끼면서 체험하는 개인 간의 라이벌 의식을 음미해
보기로 하자.

우리가 가장 많이 접하는 경쟁과 라이벌 의식의 대부분은 이기적
경쟁심, 특히 누가 더 많은 것을 소유하느냐 하는 경쟁에서 발생한
다. 부와 재물을 소유하려는 경쟁, 명예를 쟁취하려는 라이벌 관계,
권력을 독점하려는 권력의지에서 발생하는 경쟁관계들이다.

만일 이러한 본능적인 경쟁에 빠지게 되면 그것들은 소유의 대상
이 된다. 그 소유의 대상은 제한되어 있기 때문에 소유욕과 소유 결
과의 다소에 따라 언제나 상대방의 상실과 불행을 초래할 수밖에
없다. 빼앗고 빼앗기는 대립과 싸움을 유발하게 된다.

그래서 사회는 법과 제재를 통해 그런 성격의 무한경쟁을 제약하

기도 한다. 법치사회의 의무와 역할이 필수조건으로 등장한다.

이런 경쟁관계가 객관적 비판과 제도적 규제를 벗어나게 되면 소유의 다소보다도 인간적 감정으로까지 전이된다. 그때 우리는 나 자신도 모르게 어떤 라이벌 관계에 몰입하게 된다. 원수 아닌 원수의 관계로까지 심화되기도 한다.

어떤 때는 상상하기 어려운 추태와 현상을 나도 모르게 범하기도 한다.

나는 학문 중에도 가장 지성적이라고 평가받는 철학계에 몸담고 살았다. 우리 주변에서도 때로는 그런 일이 벌어지곤 했다.

한 대학에 라이벌 관계에 있는 두 원로 교수가 있었다. 제자들의 존경을 받는 스승이었고 사회적으로도 널리 알려져 있는 학자였다. 두 교수 밑에 있는 후배들과 학생들은 자연스럽게 두 편으로 나누어지게 되었다. 그러는 동안에 철없는 학생들이 A교수에게 가서는 B교수 얘기를 하고 그 반대의 경우도 발생하곤 했다. 그런 아름답지 못한 관계가 결국은 두 교수 간의 다툼으로까지 발전한 것이다. 결국 어느 정도의 실수를 인정한 교수가 지방대학 총장으로 부임하면서 학생들 앞에 놓여 있던 불미스러운 사태가 마무리된 일이 있었다.

두 교수는 후에도 그 일을 후회하면서도 그 당시에는 어쩔 수 없었던 일로 회고하고 있다. 이와 비슷한 예는 어디에서나 벌어지고 있다. 지혜로이 해결되기를 누구나 바라고 있다. 생각해보면 인간적인 약점인데 그런 약점이 없는 사람은 없다.

학문과 학설적 주장은 달라야 하고 또 다 같을 수는 없다. 그렇다고 해서 그 다른 점이 인간관계로까지 번지며 마침내는 적대감으로까지 비화한다면 그것은 지성인의 자세가 못 된다.

철학자 중에서 칸트나 스피노자 같은 이들에게는 그런 과오가 없었을 것 같다. 학문과 인간관계를 혼동할 정도로 부족한 지성의 소유자가 아니었고 두 사람 다 소유욕이 거의 없는 인생을 살았기 때문이다.

헤겔을 모르는 사상가나 철학도는 없을 것이다. 나무가 크면 바람도 많이 받고 그림자도 크게 드리우는 법이라고 할까. 그는 살아있을 때도 대단한 인기와 존경을 독차지했을 정도로 명성이 높았다. 그만큼 헤겔 개인에 대한 라이벌들이 적지 않았다. 그의 철학을 수용하거나 반박하는 두 갈래가 철학의 역사를 바꾸어놓았을 정도였으니까. 헤겔과 같은 시대에 같은 학계에서 일한 철학자들은 헤겔과의 라이벌 관계에서 오는 많은 에피소드를 남겨주었다.

헤겔보다 다섯 살이나 연하인 셸링은 사실 철학에 있어서는 헤겔의 선배였다. 그의 저서와 학설이 일찍 철학계의 인정을 받았기 때문에 젊은 나이로 예나대학의 교수가 되었다. 대학에서 공부할 때는 동창생이었던 헤겔은 셸링의 철학을 이어받아 충실히 그의 학설을 연구하고 논문을 발표했다. 그 덕택으로 헤겔은 셸링의 추천을 받아 대학 강단에 서게 되었다. 동창이면서 연하인 셸링은 헤겔을 좋은 후계자로 인정하고 있었다.

그러던 헤겔이 『정신현상학』이라는 저서를 내놓으면서, 자신의 철학은 셸링을 극복하고 앞서는 학설이라고 주장했다. 또 철학계도 그 사실을 인정했고 학문 세계는 그런 발전을 거듭해가고 있었다. 그것이 당연한 추세임에도 불구하고 셸링의 라이벌 의식은 그 사실을 받아들이지 못했다. 죽을 때까지 헤겔을 비난하며 반박하는 일을 계속했다. 학문을 떠나서 원수 아닌 원수로 보았을 정도였다. 헤겔은 셸링을 학문적 선배로 대했으나 셸링은 끝까지 인간적 약점을 극복하지 못했다.

두 사람이 다 늙었을 때였다.

헤겔이 어떤 온천장 휴양지에 갔다가 셸링도 다른 숙소에 와 있다는 소식을 듣고 찾아간 일이 있었다. 인사를 나누기 위해 방문했던 것이다. 헤겔이 다녀간 후에 셸링은 부인에게 이렇게 말했다는 기록이 남아 있다.

"헤겔이 나한테 인사하러 찾아왔었다고. 내가 자기를 얼마나 싫어하고 만나는 것을 역겨워하는지도 모르는가 봐, 바보스럽게."

쇼펜하우어도 우리가 잘 아는 철학자다. 그도 헤겔의 유명세를 질투한 사람 중의 하나였다. 베를린대학의 사(私)강사로 취임하면서 헤겔과 같은 시간에 헤겔의 옆 강의실을 배정해달라고 청했다. 자기의 강의가 헤겔의 수강생들을 빼앗아올 것으로 믿었던 것이다. 독일에서는 수강생이 많은 교수가 대학과 사회의 인정을 받던 때였다. 그러나 그의 기대와는 어긋났다. 헤겔의 강의실에 들어가지 못한 학생들 몇 명이 수강하다가 자리를 떴을 정도가 되었다. 쇼펜하우어는 학생들의 무지를 나무라면서 강사직을 떠나 야인 저술가로 활동하는 길을 택했다.

철학자들이 이런 과거를 이끌어왔다면 정치인들이나 기업을 하는 사람들의 라이벌 관계는 어떠했겠는가?

그래서 사회적으로 등장한 것이 선의의 경쟁이다. 경쟁의 객관적 기준이 필요했고, 경쟁 때문에 야기되는 질서 파괴와 사회적 피해를 막아야 했던 것이다. 우리가 4년에 한 번씩 즐기는 올림픽도 그런 성격의 세계적 행사다. 규칙을 지키면서 최선을 다해 경기에 임한다. 깨끗이 질 줄도 알고 이기는 상대에게 박수와 칭찬을 보내는 선의의 아름다운 경쟁인 것이다. 우리가 때로는 국회에서 벌어지는 이기적이며 정권욕의 노예가 된 사람들의 싸움을 보면서, 운동선수들만도 못하다는 평을 내리는 것은, 이기적인 소유의 경쟁을 선의의 경쟁으로까지 끌어올리지 못한 상황을 보았기 때문이다.

소유를 위한 이기적인 경쟁이 있고, 사회발전에 원동력이 되는 선의의 경쟁이 있다면, 그보다 더 높은 차원의 경쟁과 라이벌 의식은 없을까? 만일 존재한다면 어떤 것이어야 하는가?

높은 수준의 인륜성과 종교적 가르침은 이런 무한경쟁에 대하여 어떤 해답을 주었을까? 예수는 원수까지도 사랑하고 그들을 위해 기도하라고 가르쳤다. 석가모니에 따르면 원수 자체가 존재할 수 없을 정도로 뜻을 높은 데 두라고 말한다. 만일 그 뜻이 가능하다면 그것은 소유욕을 초월한 경쟁으로, 라이벌 의식이 서로 위해주는 자세로 승화될 수도 있을 것 같다.

그것을 가능케 하는 것이 사랑이라면, 사랑이 있는 경쟁, 사랑의 경쟁이라는 명칭을 붙여도 좋을 것 같다.

어려워 보이지만 그럴 수밖에 없는 현실 속에 우리가 살고 있는 것도 간과하거나 부정해서는 안 된다.

나같이 부족한 사람에게도 존경하면서 사랑하는 친구 교수들이 있었다. 같은 분야에서 함께 일하는 우정을 나누는 교수들이다. 물론 우리들 사이에도 선의의 경쟁과 라이벌 관계가 없을 수는 없다. 그러나 그 친구들은 일 많은 국가와 민족을 위해 최선의 노력을 다

하고 있다. 내가 하고 싶어도 못하는 일까지 해준다. 그래서 나는 기도하는 마음으로 친구들을 대한다. 그 친구들이 오래 건강하게 이웃과 사회를 위해 일할 수 있기를 염원한다. 그것이 나라를 걱정하는 선배들이 남겨준 유지이기도 하다.

다행히 그 친구들은 90을 앞둔 나이까지 정성을 쏟아 일하다가 먼저 세상을 떠났다. 친구와의 이별은 아픔을 더해준다. 그러나 그분들이 많은 뜻 깊은 일을 할 수 있었음을 감사하고 있다. 나는 시간과 능력이 허락할 때까지 그들이 남긴 일을 마무리해주고 싶은 심정이다.

그것도 경쟁이었다면 사랑이 있는 경쟁은 소중한 것이며 역사와 사회의 기반을 다지는 경쟁일지 모른다.

IV

연애로부터 인간애까지

책에서 얻은 열매들

1950년대 중반부터 글을 쓰기 시작했기 때문에 나도 모르는 사이에 많은 저서를 남기게 되었다. 그것이 자랑거리는 되지 못하나 적지 않은 독자들이 호응해준 것을 감사히 생각하고 있다.

내 책들을 분류해보면 세 분야로 나누어볼 수 있을 것 같다.

그 하나는 대학에서 철학 강의를 했기 때문에 철학과 철학적 사상이 취급된 것들이다. 두 번째는 수상 및 수필에 속하는 삶과 인생의 이야기들이 담긴 책들이다. 그리고 세 번째는 수는 적은 편이지만 기독교 정신과 종교에 관한 문제들이 취급된 저작들이다.

지금 돌이켜 생각해보면 비교적 공들여 쓴 철학책들은 그렇게 많은 독자는 없었다. 학문과 관련된 영역에 속하는 것이기 때문에 우리 사회와 독서계에 비추어 영향력이 작을 수밖에 없었을 것이다. 수상 및 수필에 속하는 글들이 가장 넓은 독자층을 차지했고 반응도 컸던 셈이다. 학교에서는 철학교수로 알려지고 있는데 밖에 나가면 수필작가로 평가를 받는다. 옳은 길은 못 되는 것 같으나 그래도 그 때문에 철학적 관심을 높여준 것으로 스스로 위안을 삼고 있다. 학문 특히 철학은 철학도를 위한 상아탑적 의미보다는 사회에 공헌하기 위한 학문이기 때문이다.

그런데 몇 권 안 되는 종교적 저서는 독자는 많지 않았으나 읽은 이들의 인생관과 가치관에 깊은 영향을 남긴 것 같아 감사히 생각한다. 평소 종교인들 특히 기독교계에 있는 지도층들이 더 독서의 영역이 좁았나 싶은 생각을 갖게도 한다. 스님들이 쓴 저서에는 베스트셀러가 있으나, 신부나 목사가 쓴 책은 독자의 폭이 넓지 못한 것 같기 때문이다. 스님은 인생과 진리를 취급하지만 기독교계에서는 교리를 강조하기 때문인지도 모르겠다.

여기에 소개하는 세 편의 글은 내 종교적인 저서를 읽은 이들이 남겨준 이야기들이다.

1.

오래전 울산에 강연을 간 일이 있었다. 상공회의소 주관이었으나 일반 시민을 위한 강연이었다.

강연을 끝내고 응접실에 해당하는 방에서 강연 행사의 책임자 되는 이와 쉬는 시간을 갖고 있었다. 그가 차를 마시면서 말했다.

"저도 대학생 때와 젊었을 때 교수님의 저서를 즐겨 읽었습니다. 그때는 교수님 책 내용에 신앙적인 이야기가 자주 나오는 것이 좋게 느껴지지 않았습니다. 신에 관한 부분이나 그리스도에 대한 애기가 나오면 종교 이야기는 없었으면 더 좋겠다는 생각을 했었습니다.

그러면서 나이도 먹고 사회생활에 뛰어들면서는 주변의 여러 사람의 경우도 보면서 저 자신이 아무 신념이나 확고한 소신도 없이 살고 있다는 자기반성을 하게 되었습니다. 오늘도 말씀해주셨지만 일을 많이 해야 하는 장년기에는 굳건한 소신과 믿는 바가 있어야겠다는 생각이 강해졌습니다. 특히 인간의 선택과 노력에는 한계가 있다는 사실을 알게 되면서는, 사람은 어떤 경우에도 흔들리지 않는 믿는 바가 없으면 안 되겠다는 인격적 신뢰라고 할까요. 말하자면 내가 나 자신을 믿지 못하면 누가 나를 믿어주겠는가 하는 생각을 했습니다.

그러다가 다시 한 번 교수님의 책을 읽어보니까 그 신념은 내가 발견해 갖는 것이 아니라 모든 사람이 언제 어디서나 믿을 수 있고 믿어야 하는 가치관이라고 할까, 인생의 진리 같은 것이 있어야겠다고 생각했습니다.

그때 인간은 약하고 한계가 있기 때문에 믿을 수 있는 제3의 차원이 필요하다는 결론에 도달한 것입니다. 그래서 누구의 권고도 없이 교회를 찾았고 성경을 읽었습니다. 교회에는 인간적인 약점도 있고 성경 말씀을 받아들이기에는 어려운 점도 있었습니다. 그러나 확고한 믿을 바가 무엇인가는 알 것 같았습니다. 그리스도의 뜻을 따라 새로운 역사에 참여해야 한다는 교수님의 생각도 이해가 되었습니다.

지금은 제가 옛날과 달리 교회의 장로직까지 맡고 있습니다. 그것이 중요한 것이 아니라, 무엇을 위해 어떻게 살아야 하는가 하고 물었을 때는 부족한 나름대로의 판단과 선택을 내리면서 사는 것 같습니다."

나는 이렇게 이야기했다.

"잘되셨습니다. 너무 일찍 교회에 나가거나 아무것도 모르면서 신앙생활을 시작하면 나이 들면서 회의도 생기고 고민도 커지는 때가 있는데, 자신의 문제를 해결하기 위해 고민하다가 신앙에 들어오게 되면 인생문제 모두를 어떤 신념을 갖고 해결할 수 있게 되는 것이 신앙이 아닌가 생각해봅니다."

지금도 그가 짧은 시간이지만 나에게 남겨준 인상은, 교회생활을 하거나 장로가 되었다는 상황적인 내용이 아니라, 그리스도를 통해 자신의 인생관과 가치관을 확립할 수 있었다는 고백이었다. 또 그렇게 된 데는, 마땅치 않게 여겼던 내 글들의 내용을 철들면서 사회생활을 하는 동안에 깨닫게 되었다는 작은 고백이기도 했던 것이다.

그러면서 그는 이런 말을 남겼다.

"오늘 저희들에게 해주신 말씀에는 하느님이나 예수님 말씀은 하나도 없었습니다. 그러나 더 많은 사람이 인간답게 살았으면 하는 염원과 나라를 걱정하자는 말씀이 그대로 어디서 얻은 누구의 말씀인지 알 것 같았습니다."

그때 밖에서 노크 소리가 들렸다.

우리는 "감사합니다"라는 인사를 나누면서 옆방으로 자리를 옮겨갔다.

2.

대학에 있을 때였다.

내게로 온 몇 통의 우편물을 들추고 있는데 뜻밖의 두툼한 봉투를 발견했다. 미국 텍사스에서 노 교수가 보낸 편지였다.

노 교수는 중앙학교 때 제자 중의 한 명이었다. 한국에서 대학을 끝내고 일찍 미국으로 건너가 학위를 마친 뒤 텍사스주립대학의 정치학 교수로 있었다. 고등학교 때는 많은 시간을 함께 보내지 못했으나 내가 1972년 봄 학기를 미국에서 머물렀을 때 멀리서 다섯 시간이나 차를 몰고 찾아왔고, 다음 날은 또 여러 시간 드라이브 끝에 다른 대학에 있는 선배 서 선생 댁까지 가서 시간을 같이 보냈을 정도로 친분을 쌓았던 제자였다. 그러니까 나에게는 여러 제자 중의 하나였으나 노 교수의 입장에서 보면 내가 누구보다도 기억에 남는 은사였을지 모른다. 결혼과 가정 얘기를 숨김없이 털어놓곤 했으니까.

노 교수가 내가 머물고 있는 대학 숙소까지 찾아왔을 때는 그 사실이 주변에서 하나의 사건이 되기도 했다. 미국에서는 제자가 왕복 10여 시간이 걸리는 옛날 은사의 집을 찾아와 머무는 일은 상상도 할 수 없는 일이었기 때문이다. 그들의 사제관계는 공부나 학업 관계로 만났다가 헤어지면 그뿐이다. 정이 있다거나 인간적 사귐을 갖는다는 것은 특별한 소수의 경우를 제외하고는 이루어지지 않는다. 합리는 있으나 온정은 용납되지 않으며, 규칙과 법으로 사는 습관 때문에 개인 간의 인정은 부담스럽게 생각하는 것이 보통이다.

어쨌든 그 노 교수에게서 편지가 온 것이다. 사연이 있을 것 같아, 강의를 다 끝낸 조용한 시간에 봉투를 뜯었다. 물론 성격으로 보아 걱정거리나 부탁 같은 내용은 아닐 것이었다.

처음이면서 마지막으로 보내고 받은 사연은 이러했다.

그는 얼마 전 볼일이 있어 텍사스 주의 중심도시인 휴스턴에 간 일이 있었다. 시간을 내어 한국 서적을 취급하는 서점에 들렀더니 뜻밖에 내 책도 있었다. 『당신은 무엇을 믿는가』라는 책이었다. 지난날의 일들이 생각나 책을 사서 읽어보기 시작했다. 읽는 동안에 자신도 모르게 빨려들어 며칠 동안에 다 읽었다. 노 교수가 학교에 갔을 때는 부인이 읽었다. 시간을 바꾸어가면서 두 사람이 함께 읽은 것이다.

그 책을 읽는 동안에 자신도 모르게 깨달은 바가 생겼다. 그때까지 그는 자기가 미국이 아닌 한국 대학에서 교수가 되었다면 사랑하는 제자들이 생기고 그들과 따뜻한 사제관계의 정을 두터이 할 수 있었을 것이라고 생각했다. 여기 와서 미국 대학의 교수가 되었다는 자부심 비슷한 것도 없지 않았으나 제자들은 필요한 학점만 따서 떠나면 그뿐이다. 고맙다는 인사조차 제대로 받아본 바가 없고, 평생에 다시 만나는 일도 없을 정도다. 그래서 더 나이 들기 전에 한국 대학으로 옮겨볼까 하는 생각을 가져보기도 했다. 전공 분야가 자연계의 기초과학이라면 미국에 머무는 것이 또 하나의 혜택이 되기도 했으나 인문 계통이나 사회과학 분야는 꼭 미국이라야 할 여건도 아니었다. 한 해는 안식년을 영남대학에서 보내보기로 했다. 그러나 그 선택은 뜻대로 되기 힘들었다. 세 아들의 교육문제도 있고, 부인은 미국 사회에서 인정받는 직업을 갖고 있기도 했다.

그런 고민스러운 문제는 미국에 있는 한국 교수들 대부분이 갖는 과제 중의 하나이기도 했다. 그래서 많은 한국 교수들은 은퇴 후의 고독 비슷한 어려움을 겪기도 한다. 노 교수의 선배였고 연세대학의 원로 정치학 교수인 서 교수도 은퇴 후에는 한국인들과 사귀기 위해서라도 한인 교회에 나가야겠다는 얘기를 하고 있었다. 늙은 노부부의 고독을 미리 걱정하고 있었다.

그런 문제로 고민하고 있던 노 교수가 내 책을 통해 얻은 새로운 인생의 선택은 예상 밖이었다. 그때까지는 한국 제자들을 위하고 키웠더라면 그것이 조국을 위하는 책임이었을 것이라고 믿고 있었다. 그런데 지금부터는 생각을 바꾸어, 하느님께서 뜻이 있어서 자기를 미국 대학의 교수로 보내셨는데, 어떤 미국 교수들보다도 학생들을 사랑하고 위해주며 학문적 교류와 더불어 인간적 사귐을 돈독히 쌓아간다면 미국 제자들이 자기를 더 기억해주고 고맙게 여길 것이라고 생각하기로 한 것이다. 그래서 자기 클래스에서 강의를 듣고 정과 뜻을 같이한 제자들이 정말 학생들을 위해주고 아껴준 한국 교수가 있었다는 것을 알고 열심히 공부한다면, 자기는 최선의 교수가 될 수 있다는 각오를 굳히게 되었던 것이다.

노 교수의 새로운 각오에 접한 부인도 새로운 자세를 갖게 되었다. 지금까지는 미국인들과 함께 직장에 다니면서도 외지에서 온 외로운 유색인으로 자처하고 있었다. 그러나 이제부터는 어느 미국인보다도 성실하고 모범적인 자세로 일하고, 진정으로 회사와 동료들을 위해 헌신하는 일꾼으로 봉사해, 직장에서 중요한 위치를 차지할 자신이 있다는 희망을 갖게 되었다는 것이다.

그래서 그런 인생의 정신적 계기를 만들어준 선생님께 감사하다는 편지를 드린다는 사연이었다.

나는 연구실에서 노 교수의 편지를 받아 읽고 감사의 기도를 드렸다. 그것은 나의 소망일 수는 있으나 내가 했거나 도움을 준 것은 못 된다. 그 책을 읽는 동안에 어떤 섭리의 뜻이 그 변화를 일으켜준 것이다. 오래전 나에게서도 그런 변화가 있었던 것같이.

3.

내 외손자인 건이가 서울에서 고등학교 2학년을 끝내고 3학년에 진학했을 때였다.

한 해 동안 같은 반 학생들을 이끌어줄 담임선생을 처음 소개받게 되었다. 건이도 어떤 선생님인가 하는 호기심을 안고 담임선생의 자기소개의 말에 귀를 기울였다. 국어 선생님이었다.

선생님은 학생들에게 다른 담임선생과 다를 바 없는 이야기를 한 뒤에 이렇게 말했다.

"여러 학생은 내가 어떤 과거를 걸어왔고 앞으로 어떤 자세로 너희들을 대하게 될지 궁금할 것이다. 그러나 남과 다른 사실 한 가지는 얘기해야 하겠기에 잠시 내 소개를 추가한다.

사실 나는 대학을 졸업하고 여러 가지 번민스러운 문제로 고민하다가 선생이 되기 전에 두 차례 내 인생을 포기하기로 결심했었다. 자살을 시도했던 것이다. 그러나 두 번 다 실패했다. 그때 나에게 새로운 희망을 준 한 여인이 있었다. 그녀와의 사랑이 있었기에 인생을 다시 시작하기로 하고 교사의 길을 택해 지금까지 스승다운 교사도 못 되면서 여러 해를 보낸 셈이다.

나는 그녀와 결혼할 때 한 가지 약속을 받았다. 아내는 크리스천이었고 주일학교의 선생이기도 했는데, 우리 가정은 불교에 가까웠다. 물론 나는 종교를 좋아하지 않는 무신론자였고, 그래서 아내에게 나와 결혼하려면 교회에 나가는 일은 끝내야 한다고 무리한 요청을 했던 것이다. 아내는 교회에는 나가지 않겠다고 약속했고 또 그 약속을 지켰다.

그래서 우리는 행복한 신혼생활을 시작했다. 나는 교사가 되어 가르치고 월급을 받아 가정을 꾸려왔다. 다른 선생들과 차이가 없는 교직자의 생활을 이어왔다.

그런데 불행한 사건이 벌어졌다. 아내가 병을 얻어 종합병원에서 진찰을 받았는데 그 결과는 치유의 가능성이 낮다는 진단이었다. 아내는 끔찍이 나를 사랑했기 때문에 어떻게 해서든지 건강을 회복하려고 노력했으나 몸은 점점 쇠약해져 갔다. 나는 더 깊은 좌절과 절망 상태로 빠져들지 않을까를 스스로 걱정하면서 하루하루를 보냈다. 아내가 건강을 회복할 수 있다면 어떤 희생을 치러도 아깝지 않다고 생각했다. 너희들은 그런 역경에 빠지지 않기를 바란다. 산다는 것이 말할 수 없이 고통스러웠다.

어느 날 학교 수업을 끝내고 집으로 돌아가려는데 비가 계속 쏟아지고 있었다. 우산을 받고 교문 밖으로 나서 그대로 정처 없이 걷기 시작했다. 물론 집으로 가는 것이었지만 그저 걷고 싶었던 것이다. 한참 걷다가 어떤 서점 앞에 이르게 되었다. 비는 계속 내리고 있었고….

서점에 들어서서 무슨 책을 사야겠다는 생각은 없었는데『예수』라는 책이 눈에 띄었다. 아내가 교회를 다니다가 나 때문에 그만두었다는 생각이 들어 꺼내 보았더니 연세대학교 김형석 교수의 저서였다. 목사나 신학자가 아닌 철학자의 책이구나 싶어 사 가지고 서점을 나섰다. 아내에게 주고 싶었던 것이다.

힘들게 투병하고 있는 아내를 보는 것이 두려울 정도였는데 그날은 그렇지 않았다. 이 책도 주고 아내가 원하면 힘들겠지만 교회도 나가도록 해야겠다는 생각이 들었던 것이다.

집에 들어서면서 '당신, 이 책은 읽지 못했지? 김형석 교수가 예수에 대한 책을 쓴 줄은 나도 몰랐어'라면서 아내에게 주었다. 아내는 무척 반기면서 그날 저녁부터 읽기 시작했다. 2, 3일 동안에 다 읽었다. 그래서 내가 '나 때문에 교회도 중단했는데 가고 싶으면 내가 도와줄 테니까 나갈까?'라고 물었다.

아내는 교회에 나가고 안 나가는 것이 중요하지 않고 예수님이 정말 나와 우리를 사랑해주시면 좋겠다는 생각이 든다고 말했다. 그리고 기도를 드리기도 했다. 얼마가 지난 다음부터 나는 아내를 부추겨 함께 교회를 나가기 시작했다. 아내가 읽은 다음에는 나도 그 책을 경건한 마음을 갖고 읽었기 때문이다.

그렇게 지내는 동안에 놀랍게도 아내는 건강을 회복했고 나도 크리스천이 되었다.

문제는 내가 그렇게 크리스천이 되었다는 사실이 아니다. 그 다음부터는 내가 예수의 뜻과 사랑을 이어받았기 때문에 정말 스승다운 스승이 되겠다고 다짐한 것이다. 솔직히 말하면 이전에는 가르치고 행정적인 사무를 정리하고 봉급을 받는 직업적인 교사에 지나지 않았다. 그러나 그 뒤부터는 참 스승이 어떤 것인가를 생각하게 되었고 가르치는 것보다 너희들을 사랑하고 위해주는 것이 더 중하다는 것을 깨닫게 된 것이다. 부족하겠지만, 너희들의 아픔과 고통을 위해 기도하며 내가 베풀 수 있는 모든 정성과 사랑을 아끼지 않는 선생이 되기를 원하고 있다.

너희들도 1년 동안 나를 그저 가르치는 선생으로만 대하지 말고 서로 대화할 수 있고 도움이 될 수 있는 선배나 스승으로 대해주었으면 좋겠다. 나는 힘이 미치는 데까지 너희들을 위해주고 돕고 싶은 마음이다. 너희들이 나를 믿어주면 나도 너희들을 믿고 지내야 하지 않겠니?"

학생들은 선생의 심각한 말에 귀를 기울였다.

집에 돌아온 건이가 엄마에게 그 장면과 이야기를 전해주었다. 내 딸은 "김형석 교수가 네 외할아버지라는 것은 모르지?"라고 물었다. 건이는 "내가 얘기하지 않을 테니까 앞으로도 모르실 거야"라고 대답한 모양이다.

내 딸을 통해 그 얘기를 전해 들은 나는 그저 고마운 생각이 들었다. 그 책이 좋아서가 아니다. 마음의 준비를 갖춘 두 내외에게 희망과 인생의 변화를 준 뜻은 따로 있었던 것이다.

신앙은 그렇게 전달되어 희망의 역사를 계승해가는 것이다.

춤 이야기

『타이타닉』이라는 영화가 있었다.

그 영화의 남자 주인공은 타이타닉 호의 조난과 더불어 세상을 떠났고, 세월이 흘러 여자 주인공은 할머니가 되었다.

기자가 그 할머니를 찾아가, 만일 지금 다시 그 옛날의 연인을 만난다면 가장 하고 싶은 것이 무엇이냐고 물었다. 그 할머니는 서슴지 않고 이렇게 말했다.

"함께 춤을 추어보았으면 좋겠어."

얼마 전 『제독의 연인』이라는 러시아 영화가 서울에서 상영된 일이 있었다.

남자 주인공인 제독은 제1차 세계대전 때 혁혁한 무공을 세운 해군의 지휘관이었다. 전쟁이 끝난 뒤, 그는 국가적인 영웅 대접을 받으면서 모스크바로 돌아온다. 그러나 곧 공산혁명이 일어나면서 그는 이름 없는 한 과거의 인물로 전락되고, 제정 러시아의 기득권자들은 모두가 추방을 당하는 신세가 된다.

설상가상으로 기독교도들은 반혁명 세력으로 몰리면서 생존의 위험까지 겹치게 된다. 제독은 철저한 크리스천이었기 때문에 안전한 곳을 찾아 동쪽으로 이주해 가는 운명에 빠진다. 시베리아 쪽에 있는 한적한 작은 도시에 정착하기 위해서였다. 자연히 그곳에는 신앙을 같이하는 이주자들이 모여들고 제독은 그 지역 사람들을 위해 이름 없는 지도자이면서 후원자로 여러 가지 일에 동참하게 된다.

신앙을 같이하는 이주자들이기 때문에 서로 위해주고 협조하는 행복한 삶을 꿈꾸면서 얼마의 세월을 보낸다. 그러나 혁명정부의 통치력이 점차 강화되면서 그 한적한 지방까지 공산정권의 세력이 지배하는 처지로 바뀐다.

그러는 동안에 이 제독의 일을 도우면서 사랑에 빠지는 한 간호사 여성이 생긴다. 그 여자도 독실한 크리스천이면서 많은 환자로 곤경에 처해 있는 이들을 돕는 봉사활동에 헌신하고 있었다. 두 사람의 사랑은 깊어갔으나 공산정권의 감시와 숙청은 날로 심화되는 판국으로 변한다. 불행하게도 제독은 반정부 집단의 주모자로 몰려 몇몇 동지들과 더불어 공개처형을 당한다. 총살이었다.

그곳에 모여 있던 사람들은 흩어져 더 동쪽으로 가는 기차에 몸을 의탁하는 신세가 된다. 제독의 애인이었던 간호사도 신변의 위험을 느끼면서 그곳을 등지게 된다. 제독의 무덤을 뒤로한 채로 떠나야 했던 것이다.

그때 누군가가 그 여인에게 물어본다. 만일 사랑하는 제독을 다시 만난다면 무엇을 하겠느냐고. 그 여인은 이렇게 대답한다.

"서로 너무 바쁘게 살았기 때문에 충분히 사랑할 여유가 없었다. 다시 만나는 시간이 주어진다면 춤이라도 힘껏 추었으면 좋겠다."

두 영화의 주인공들은 주어질 수 있는 가장 소중한 기회가 온다면 사랑하는 사람과 함께 춤을 추는 것이 소원이라고 했다.

만일 우리 주변에서 그런 경우가 생긴다면 우리는 사랑하는 사람과 무엇을 하기 원했을까? 춤은 아니었을지 모른다. 우리 선조들은 불교와 유교의 전통을 이어받았다. 사대부들은 춤을 춘다는 것은 혐오스럽다고 여겼을지도 모른다. 최근에는 크리스천들의 수도 많아졌다. 그러나 우리나라 기독교 사회에서는 춤을 추는 전통은 주어지지 않고 있다.

그렇다고 해서 춤을 모르거나 즐기지 않는 민족은 아니었을 것 같다. 민속무용의 우수성을 보아서도 그렇다.

만일 나에게 그와 같은 경우가 생긴다면 무엇을 선택할까? 생각해보지만 쉬 대답이 나오지 않는다. 내 주변 사람들도 비슷할 것 같다.

몇 해 전 중국을 여행한 일이 있었다. 항주는 중국의 큰 도시 중의 하나이면서 송나라 때의 수도이기도 하다.

항주에 가면 우리나라 민속촌에 해당하는 곳이 있다. 송나라 시대의 생활풍습을 그대로 보여주는 곳이다. 넓은 지역은 아니나 그 옛날에는 저렇게 살았구나 싶은 장면들을 재연해주고 있다.

그 민속촌 한쪽에 가면 상당히 큰 규모의 옥외 극장이 있다. 옥외 극장이기는 해도 벽과 지붕은 갖추어져 있고 많은 청중이 앉아 즐길 수 있는 규모와 시설을 지니고 있다.

나는 피곤도 했기 때문에 별로 관심도 없이 민속극들을 바라보고 있었다. 대부분이 무용이었다. 일본과 한국 춤도 소개되었다. 부채 춤이 인상 깊었다. 역시 춤은 동서양에 공통된 정서예술의 하나인 것 같았다.

그 춤 가운데 '나비의 춤'이라는 주제의 무용이 있었다. 고전적 무용이 아닌 현대무용의 소재와 율동이었다.

나는 무용예술은 모르는 편이다. 그런데 이상하게도 그 춤에 매료되는 것 같은 인상을 받았다. 슬픔과 사랑, 아름다움과 애수에 잠겨 있는, 채워지지 못한 사랑 같은 것을 느끼게 했다. 끝나고 난 뒤에는 왜 그런지 서글퍼지기도 했다.

나머지 것들은 더 보지 않았다. '나비의 춤'이 뇌리를 차지하고 있는 것이었을까.

귀로에 올랐다. 안내를 맡았던 젊은이에게, 지금 보았던 무대극들의 내용을 소개한 프로그램 같은 것이 있느냐고 물었다. 안내원은 가방 속을 들춰보더니, 공연 순서와 무대극 내용을 설명한 몇 장으로 된 서류를 넘겨주었다.

나는 그 가운데서 '나비의 춤'에 관한 부분을 읽어보았다. 송나라 때부터 전해져 내려오는 전설을 무용으로 표현한 내용이었다.

송나라 때 한 성주가 있었다. 우리나라에 견준다면 팔도 중의 하나쯤에 해당하는 지역의 봉건주였다. 그보다 더 큰 지역과 인구를 차지했을지도 모른다.

그 성주에게는 무남독녀인 딸 하나가 있었다. 그 성주는 하나밖에 없는 딸을 잘 키워 대를 이어가야 하는데 여아였기 때문에 공교육을 받게 할 길이 없었다. 옛날에는 관학에 가서 학업을 닦는 것은 남자에게만 주어진 특권이었다.

생각하던 나머지 성주는 딸에게 남장을 하고 학교에 가서 교육을 받고 돌아오라는 지시를 내린다. 여자라는 사실이 알려지게 되면 학업의 중단은 물론 사회적 비난을 면치 못하니까 엄중히 남아로 처신하라는 당부를 했다.

성안에서는 공주로 불리는 딸은 남장을 하고 학교로 간다. 몇 해가 지나는 동안에 공주는 남자 친구들을 사귀게 되었고, 그중에서도 존경스럽고 사랑하고 싶은 친구를 갖게 된다. 둘은 서로가 깊은 사랑에 빠져든다. 그러나 서로는 남자 친구로서의 사귐을 가졌을 뿐이다. 둘의 사랑은 성장과 더불어 굳어져 서로 목숨을 나누어도 좋을 정도의 우정을 갖는다. 그러나 그 우정은 상대방 남자의 것이었을 뿐, 공주는 벌써부터 그 사랑이 연정으로 바뀌어 자랐다. 공주는 그렇다고 해서 자기가 여자라는 고백은 하지 못한다. 학칙을 어긴 처벌이 뒤따르며 부모와의 약속을 지켜야 하기 때문이다.

두 젊은이들의 사랑은 하늘만큼 높아졌고 땅만큼이나 두터워졌다.

이윽고 학업을 끝내는 졸업식 날이 되었다. 졸업식이 끝나면 모두가 고향으로 돌아가야 한다. 그 후에는 인연이 있는 소수를 제외하고는 다시 만날 기회가 주어지지 못한다.

공주는 남자 친구를 조용히 찾아 작별 인사를 하면서 비로소 자신이 여자임을 고백한다. 그리고 숨겨두었던 사연을 실토한다. 남자 친구는 처음에는 크게 놀라는 표정이었다. 그러나 자신도 모르게 공주를 사랑하고 있었음을 깨닫는다.

남자는 공주의 손을 꼭 잡고, 자기가 고향에 가 부모님을 뵙고 결혼을 허락받은 뒤 공주의 성으로 찾아가 성 밖에 머물면서 기다릴 테니까, 공주도 부모의 허락을 받도록 하라고 간곡히 약속했다.

학업을 끝냈기 때문에 이별은 주어진 운명이 되었다.

몇 달이 지났다.

공주는 성채 높은 곳으로 올라가 창문을 열고 바라다보는 일과를 보내면서 친구를 기다렸다. 하루는 성에서 멀지 않은 큰 나무 밑에 남자 친구가 나타나는 것을 보았다. 공주는 손을 흔들었다. 남자 친구도 손을 저었다. 부모의 허락을 받고 와서 기다리겠다는 약속이 이루어진 것이다.

그러나 공주의 사정은 어려워지기만 했다. 아버지는 학업을 끝낸 딸을 더 잘 가꾸어 왕세자의 배우자로 간택되게 하려는 꿈을 안고 있었다. 왕실에서도 그 성주의 딸이 모든 것을 갖춘 미덕의 주인공으로 여겨지고 있었던 것이다.

공주는 성 밖으로 나오는 것조차 쉽지 않았다. 두 명의 하녀들이 항상 동반하고 있었으며 음식과 가사에 이르는 교양과 학습도 게을리할 수가 없었다. 공주는 혼자 있는 시간이 생기는 대로 성채 높은 곳까지 올라가 창문을 열고 아무도 모르게 친구를 바라다보는 것이 전부였다.

그 실정을 알게 된 남자 친구는 할 수 없이 그 자리에 초막을 짓고 살면서 사랑하는 애인을 기다리는 하루하루를 보내며 긴 세월이 흘렀다.

모든 비밀은 결국 밝혀지는 법일까?

공주의 아버지는 성 밖에서 벌어지고 있는 사실들을 비서와 일꾼들을 통해 짐작하게 되었다. 그 다음부터는 더 엄격히 공주를 감시하기 시작했고 마침내는 딸에게 먼 장래의 영화를 위해 그 남자 친구를 돌려보내도록 하라는 권고를 하기도 했다. 그러나 공주는 차마 그럴 수는 없었다. 공주는 그리움을 이기지 못해 눈물의 세월을 보냈다.

애타는 사랑이 채워지지 못하면 병으로 바뀌는 것일까? 남자 친구는 자신도 모르게 상사병을 앓고 있음을 감지하기 시작했다.

남자 친구는 어떤 날은 약속보다 늦게 나타나는 때도 있었고, 공주를 바라보다가 힘없이 주저앉아버리는 일도 생겼다. 입은 옷도 이전보다 해어져 있었고 제대로 식사를 못한 까닭인지 멀리서 보아도 여위어가는 모습이 역력했다.

공주는 밤마다 혼자가 되면 눈물로 지새우는 것이 보통이었다.

며칠이 지났다. 남자 친구가 종일 나타나지 않았다. 공주는 아버지에게 용서를 빌면서, 앞으로의 모든 일은 아버지의 뜻에 따르겠으니 병들어 있는 남자 친구를 만나게 해달라고 애원했다.

아버지는 그러마고 약속했다. 그리고 이삼일이 지났다. 아버지는 딸에게 조용히 말을 건넸다.

"네 남자 친구가 병이 심해 사흘 전에 세상을 떠났다. 그래서 내가 예의를 갖추어 가까운 양지바른 곳에 장례를 치르게 했으니, 이제는 지난 모든 일들을 잊고 새 출발을 해다오. 오랜 우리 가문의 전통을 지키기 위해서라도 내가 너를 키울 때의 미소와 아름다움을 되찾아 보여주기 바란다. 그리고 봄이 되면 너는 나와 같이 도성으로 가 세자빈 간택 예식에 참여하게 될 것이다. 세월이 약이라는 교훈을 잊지 말아라. 우리 모두가 너와 다름없는 과거를 살아왔다는 사실도 알아주기 바란다."

공주는 아버지의 두 뺨에 흘러내리는 눈물을 보았다.

그러겠다고 약속을 했다.

다음 해 봄이 되었다.

성채의 대문이 열리고 공주는 말들이 이끄는 마차를 타고 길을 떠났다. 일행이 숲이 우거진 길을 지나게 되었을 때였다.

공주는 아버지에게, 잠시 내려서 남자 친구의 무덤을 들러보는 시간을 허락해달라고 간청했다. 이 길이 마지막이라는 사실과 사랑하는 딸의 심정을 헤아린 성주는 두 여종과 더불어 다녀올 것을 허락했다.

안내를 받아 가던 공주는 무덤에 도착하기 전 두 여종에게 여기서 기다리라고 지시했다.

혼자 무덤 앞에 엎드린 공주는 하염없이 울었다.

잠시 후 여종들은 더 기다릴 수가 없어 공주를 찾아갔다. 그런데 놀라운 일이 벌어졌다. 공주는 이미 목숨이 끊어져 있었다.

성주와 일행은 놀라움을 금치 못했다. 성안으로 되돌아온 아버지는 딸을 사랑했던 남자 친구의 무덤 옆에 묻어주라고 허락했다.

그래서 성 밖에는 이루어지지 못한 사랑의 꿈을 간직한 채로 이 세상을 하직한 두 무덤이 생겼다.

그런데 이상한 일이 아닌가.

다음 해 봄부터였다. 계절이 되면 두 무덤에서 한 마리씩의 나비가 태어났다. 두 나비는 쌍을 지어 무덤 주변과 동산을 날아다니면서 춤을 추는 것이었다. 이 세상에서 이루지 못했던 사랑을 이별이 없는 저승에서 함께하는 사랑의 춤이었을까.

내가 본 '나비의 춤'이 그 전설에서 유래한 것이었다.

'거미줄 이야기'에서

　연꽃이 화려하게 피어 있고 햇볕이 따뜻하게 전원을 감싸고 있는 아침이었다.

　극락세상을 거닐고 있던 부처님에게 문득 한 가지 생각이 떠올랐다. '내가 거닐고 있는 바로 이곳 아래쪽이 죄인들이 벌을 받고 있는 지옥일 텐데, 혹시 그 죄인들 가운데 바늘 끝만큼이라도 좋은 일을 한 사람이 잘못되어 지옥 속에 들어가 있지 않을까?'

　그렇다면 그 작은 선행을 보아서라도 지옥에서 구출해야겠다는 마음이 들었다.

　부처님이 연꽃 사이로 구멍을 뚫고 지옥을 내려다보면서 살폈더니 칸다타라는 죄인이 있었다. 그는 세상에 있을 동안 단 한 가지 좋은 일을 한 적이 있었다.

　어느 날 아침, 살인강도 죄를 저지르고 도망을 가던 때였다. 숲속 오솔길을 지나고 있는데 거미가 한 마리 발밑에 나타났다. "이놈의

거미, 아침부터 재수 없게…" 하면서 밟아버리려고 하다가 마음을
가다듬고 네 놈이나 하나 살려주자고 생각했다. 그래서 밟아 죽이
지 않고 살려준 일이 있었다.

부처님은 그 작은 착한 행동을 보아서라도 칸다타에게 자비를 베
풀어야겠다고 생각했다. 그래서 한 사람쯤은 끌어 올려도 끊어지지
않을 거미줄을 지옥 쪽으로 내려 보냈다.

지옥의 모습은 너무나 처참했다. 큰 호수와 같이 파인 곳에는 물
이 아닌 피가 진하게 고여 있고 그 속에는 죄인들이 허덕이고 있었
다. 구렁이와 독사가 돌아다니면서 죄인들을 물어 고통을 주는가
하면, 전갈과 같은 독충들이 죄인들의 피를 빨아 먹으면서 서로 싸
움을 벌이고 있었다.

호수 주변은 송곳과 쇠바늘이 빈틈없이 솟아 있는 언덕과 산으로
되어 있었다. 죄인들이 도망을 칠 수 없도록 칼날이 번쩍이기도 했
다. 그리고 그 언덕 위에는 악귀들이 쇠뿔이 솟아 있는 몽둥이를 들
고 돌아다니면서 죄인들이 나오지 못하도록 감시하고 있었다.

부처님은 조심스럽게 거미줄이 칸다타의 머리 위로 내려가도록
드리웠다. 피의 못 속에서 허덕이던 칸다타가 머리를 쳐들고 보았
더니 반짝이는 거미줄이 바로 자기 머리 위로 내려오는 게 아닌가.
칸다타는 저 꼭대기 아득한 곳은 틀림없이 극락세계일 것이고, 저
거미줄을 잡고 올라가면 극락세계에까지 올라갈 수 있을 것이라고
생각했다.

거미줄이 머리 위까지 내려왔다. 칸다타는 그 끝을 잡고 얼마나
튼튼한가를 시험해보았다. 거미줄 끈은 가늘기는 해도 쇠로 된 줄
보다 단단했다. 그 끝을 움켜잡은 칸다타는 거미줄을 잡고 올라가
기 시작했다. 강도질을 할 때의 솜씨가 대단했던 칸다타는 단숨에

높은 곳까지 올라갔다.

그러다가 밑을 내려다보았다. 그는 큰 실수를 했던 것이다. 거미줄 끝을 붙잡아 혼자 올라왔어야 했다. 같은 지옥에 있던 놈들이 자기 밑으로 드리워진 거미줄을 잡고 자기 못지않게 열심히 따라 올라오고 있지 않은가.

칸다타는 큰일 났다고 생각했다. 혼자 올라오기에 알맞은 거미줄이었는데 저렇게 수십 명이 매달리게 되면 거미줄은 끊어지고 말 것이다. 칸다타는 있는 힘을 다해 위로 올라가면서, 다시 내려다보았다. 더 많은 놈들이 거미줄에 매달려 개미 떼같이 줄지어 오르고 있었다.

참을 수 없었던 칸다타는 고함을 질렀다. "이놈들아, 이 거미줄은 내 것이다. 당장 내려가라. 그렇지 않으면 내가 너희들을 발로 차버려 못 올라오게 할 것이다."

그러면서 한 발로 발밑까지 따라 올라온 놈을 차서 떨궈버렸다. 바로 그 순간이었다.

거미줄이 칸다타의 손목 위에서 끊어지고 말았다. 칸다타를 비롯한 모든 죄인들은 다시 지옥 연못으로 떨어지고 말았다.

그 모든 것을 지켜본 부처님의 마음은 아팠다.

지옥으로 뚫렸던 구멍문을 닫고 다시 산책을 계속했다. 전보다 무거운 발걸음이었다.

이 이야기는 일본의 한 저명한 작가가 남겨준 것이다.

우리 주변에서도 부처님도 어떻게 할 수 없는 죄인이라는 말이 있다.

TV나 신문을 통해 그런 소식이 전해지면 사회악이 이렇게 만연

해도 되는가 하는 걱정을 금치 못한다. 그러나 차분히 현실을 정리해보면 그런 사람들이 특정된 인물이 아닌 우리 자신이 아닌가 하는 반성도 하게 된다.

어떤 사람들인가?

나 자신에게는 아무런 잘못도 없다고 생각하거나 믿고 사는 사람들이다. 오랫동안 흑백논리를 이어받아온 때문일지도 모른다. 과학자들에 따르면 흑과 백 자체, 즉 백 퍼센트의 흑과 백은 존재하지 않는다. 있는 것은 흑과 백을 연결 짓는 중간의 회색이다. 밝은 회색과 짙은 회색이다. 중간색이 전부다. 그런데 우리가 가장 혐오하는 사람은 회색분자다. 중간을 배제하는 모순논리를 따르고 있다.

어떤 지도자를 대할 때도 그렇다. 흠이 없이 완전한 지도자는 없다. 좋은 점과 부족한 면 중에 어느 편이 더 비중이 크고 작은가를 물어야 한다. 선과 악의 비중이 다를 뿐이다. 결함이 없는 선도 없고 백 퍼센트 악만을 지니고 있는 사람도 없다.

그런데 나에게는 잘못이 없다고 믿고 사는 사람이 있다면 크게 잘못된 위험스러운 인물이다. 나 자신에게도 좋은 면과 부족한 부분이 있기 마련인데 어느 편이 더 많은가를 물어야 한다. 그런데 흑백논리는 절대적 가치관과 통하기 때문에 그런 사고와 가치관의 전통을 이어받은 사람들은 스스로의 부족과 잘못을 시인하지 않으면 위험하다.

예를 들면 공산주의자들은 자신들의 잘못을 대외적으로는 인정하지 않는다. 북한 정권은 자신들의 과오를 자인하는 모습은 보이지 않는다. 잘못을 시인하더라도 더 고귀한 목적을 위한 수단과 방법이었기 때문에 악은 아니라고 항변한다. 그래서 그들은 투쟁을 하더라도 기득권을 차지했거나 점령한 것은 양보하거나 후퇴하지 않는다. 잘못은 언제나 상대방에만 있다고 주장한다. 그런 성격을 이어받은 정치인들은 스스로의 잘못을 인정하지 않기 때문에 부처님도 어떻게 할 수가 없다. 정치인의 대부분이 그런 습성을 지니고 있어 스스로의 종말을 초래한다. 역사가들은 공산주의가 백 년을 가지 못한다고 예언하기도 했다.

비슷한 사고와 가치관을 신봉하는 사람들 중에는 종교인들이 다수 포함되어 있다. 종교 중에서도 유일신을 믿는 유대교, 이슬람교, 기독교가 그렇다. 기독교가 유대교나 이슬람교와 다른 점은 예수의 신약신앙이 절대주의 교리를 극복했다는 것이다. 나 같은 사람에게 신약이 없는 구약신앙만을 요청한다면 거부할 수밖에 없다. 종교적 재앙을 앞으로도 계속 저지를 수 있기 때문이다. 그래서 기독교는 신앙의 첫째 조건을 회개함에 두고 있다. 자기 잘못을 뉘우치고 개선할 의무를 모르는 사람은 신앙인으로서의 자질을 상실한 것이다.

정치인들은 남을 탓하기 전에 자신의 과오를 인정하며, 종교지도자들은 일반 신도들보다 먼저 스스로의 과오를 고백하고 뉘우치는 모범을 보여주어야 한다. 솔직히 말하면 자기에게는 잘못이 없다는 신앙을 갖고 사는 지도자들이 부처님도 어떻게 할 수 없는 사람들인 것이다. 이런 지적을 하고 있는 나 자신을 포함해서 말이다.

가장 비근한 예를 들어보자.

박정희 정부가 경부고속도로 건설을 강행할 때, 당시의 야당 지도자들이 얼마나 크게 반대했는가. 나도 그랬다. 그런데 지금의 나는 내 판단보다는 박 대통령 선택이 옳았다고 인정하며 그렇게 말하곤 한다. 그런데 국민들보다 몇 배나 정치 생명을 걸고 반대했던 사람들은 자신들의 생각이 미흡했다고 인정하지 않는다. 그것이 잘못이다. 그래서 국민들의 신뢰를 스스로 거부하는 것이다. 문제가 되는 것은 그런 사고방식과 정신적 자세인 것이다.

KAL기 폭파범의 경우도 그렇다. 천주교의 신부들이 자기 이름을 밝혀가면서 김현희는 조작된 가짜 범인이라고 성명을 발표했다. 노무현 정부 때는 그들의 요청대로 진상을 재조사했다. 결과는 김현희가 진범으로 밝혀졌다. 국민의 절대다수가 그렇게 믿고 있었다. 국제적으로도 인정받는 사건이었다. 그것을 허위라고 선동했다면 양심적 사과나 발언이 있어야 할 것이 아니겠는가. 그것에 대한 대답은 간단했다. 이제 그 얘기는 그만두자는 것이었다. 성명을 발표했던 성직자의 답변이었다. 회개나 고해성사는 신도들에게만 요청되고 당사자들에게는 해당되지 않는 것 같다.

자기 자신의 과오와 잘못을 인정하는 뉘우침과 개선의 여지가 없다면, 우리 사회의 장래는 어두워질 것이다.

문제는 그것으로 그치지 않는다.

그런 과오를 저지른 사람들이 그 원인과 책임을 상대방에게 돌린다. 불은 자기네가 지르고 불탄 손해는 상대방에게 떠넘긴다. 그래서 여당에 있을 때는 악이라고 떠들던 사람이 야당이 되면 정당하다고 주장한다. 언제나 잘못은 상대방에 있다고 말한다. 국민들은 청문회가 벌어질 때마다, 저렇게 상대방을 공격할 정도로 자신들은 잘못이 없는지 의심한다. 법에만 걸리지 않으면 정의롭다고 믿는다. 그러나 자신들의 양심의 고발은 어떻게 할 것인지 모른다.

한 보 더 나아가 자신의 정치적, 경제적 명예를 위해 다른 사람과 국민들을 수단과 방편으로 이용하는 일도 삼가지 않는다. 그것은 죄악 중의 죄악이다. 히틀러가 그러했고 공산주의자들이 그 방법을 정당시했다. 인간을 정치적 수단으로 삼는 것은 있을 수 없는 일이다. 어떤 신앙과 정치적 이념도 인간수단화는 용납해서는 안 된다.

그럼에도 불구하고 그러한 범악의 가능성은 어디에나 있다. 우리들의 일상생활에도 자리 잡고 있다.

이런 걱정스러운 생각을 왜 해야 하는가? 사회악이 용서받을 수 없을 정도로 번져나고 있지 않은가. 그런데 그 암과 같은 사회병은 지도자들의 뉘우침과 새로 태어남이 없이는 치유될 가능성이 보이지 않기 때문이다.

죽음에도 의미가 있는가

90을 넘기는 나이가 되면서부터는 나도 모르는 사이에 죽음에 대한 관심이 높아지고 있다. 아는 사람이나 신문에 발표되는 사람들의 사망 소식이 전해지면 몇 살인지를 살피곤 한다. 다가올 나의 죽음과 견주어보는 잠재의식이 깔려 있었던 것 같다.

죽음은 누구에게나 찾아온다. 그러나 죽음을 체험해본 사람은 없다. 죽음은 순간적일 것이다. 그러나 그 순간 후에는 삶이 끝났기 때문에 죽음도 사라진 뒤일 것이다.

그러나 이상스럽게도 죽음은 관념적으로 삶과 더불어 있다. 죽음이 있는 곳에는 삶이 없으나 삶이 있는 곳에는 언제나 죽음의 그림자가 드리워져 있다.

죽음에 관한 상념은 건강과 직결되어 있는 것 같다. 건강할 때는 죽음을 생각지 않는다. 그러나 건강이 악화되었을 때는 죽음에 관한 생각도 절박하게 느껴진다. 의사로부터 "당신은 암 말기에 이르고 있습니다'라는 진단을 받았다고 상상해보라. 누구나 죽음이 가까이 왔다는 생각을 떨쳐버리기 어려워진다.

많은 사람들은 젊고 건강한 동안에는 죽음과 상관이 없는 것같이 행동한다. 죽음은 마음의 시야 안에서는 보이지 않는다.

그러다가 40대 후반이 되면 신체적 노쇠현상이 나타나며 성인병이 발견되기 시작한다. 그때부터는 죽음이 길손의 동반자와 같이 가까이 온다. 그래도 나와 죽음의 거리는 살펴보아야 할 정도로 멀게 느껴진다.

60대가 된다. 그러면 가까운 친지나 친구들 중의 하나둘이 세상을 떠난다. 보이지 않던 죽음의 그림자가 내 옆에 와 동행하는 모습을 발견한다. 몇 차례 선배나 동료는 물론 후배의 조문에 참여하기도 한다.

70대 후반이나 80대 초반이 되면 우리나라의 평균수명이 되었는데 그래도 나는 건강한 편이라고 생각해본다. 체내에 병의 요소를 안고 사는 것같이 내가 걸어가는 뒷그림자가 곧 삶의 종말로서의 죽음을 예고해준다.

죽음은 다른 누구의 것이 아닌 나 자신의 운명이 된다.

그래서 사람들은 자신의 죽음과 더불어 모든 사람의 문제를 숨기지 않고 드러내 보이면서 함께 반성해본다. 노령 인구가 많은 사회에서는 오래전부터 그러했다. 우리도 같은 상황에 처하고 있다.

호스피스 활동이 활발해지면서 죽음은 서로 돕고 도움을 받아야 한다는 사회적 공감대가 확산된 지 오래다. 종교단체나 대형 병원을 중심으로 그 운동이 시작되었는데 지금은 사회적 관심사로 여겨지고 있다.

요사이 많이 언급되고 있는 웰다잉(well-dying) 운동이다.

생각해보면 웰다잉은 행복한 죽음은 못 될 것 같다. 죽음은 모든 행복을 종식시켜주는 것으로 믿어지기 때문이다. 그보다는 '웰(well)'이라는 뜻과 같이 나쁘지 않은 죽음 또는 그만하면 좋은 죽음을 말하는 것 같다. 죽음이 필연적이라면 그만한 죽음은 받아들일 수 있는 것이다.

그 웰다잉이라는 생각 속에 깔려 있는 첫째 조건은 무엇인가? 솔직히 말해서 고통이 적거나 없는 죽음이다. 죽음은 우리에게 주어진 마지막 고통이기 때문이다. 사람은 태어날 때에는 다 비슷한 고통의 소리를 지르며 태어나지만 죽을 때에는 그 고통이 천차만별의 성격을 갖는다. 내가 잘 아는 선배는 너무 심한 고통을 오래 겪었다. 옆에서 지켜보는 가족들과 친지들까지도 견디기 어려울 정도의 고통을 치르고 있었다. 그의 아들은, 우리 아버지가 무슨 죄를 지었기에 저렇게 심한 고통을 받아야 하는지 모르겠다며 괴로워했다.

내 친구 한 사람은 89세 때 갑자기 노쇠현상이 나타나기 시작했다. 작고하기 2개월 전부터는 거동을 못하더니 2주 동안 병원에 머물다가 촛불이 사라지듯이 숨을 거두었다. 나도 문상을 갔다. 영정 앞에는 십자가가 걸려 있고 '성도 김○○'라는 이름이 적혀 있었다. 가족들과 더불어 있다가 눈을 감았는데 밖에서는 성가대가 불러주는 찬송가 소리가 들려왔다는 한 친구의 설명이었다.

80대 중반이 넘으면, 신체에는 큰 변화가 없는데 치매와 같은 정신적 질환으로 세상을 떠나는 경우도 있고, 정신적 활력과 사고는 좋은 편인데 암과 같은 불치의 병으로 신체적 종말이 먼저 찾아오는 경우도 있다. 그런데 내 친구 김 교수는 정신과 신체가 고르게 노쇠하면서 숨을 거두는 고통 외에는 신체적 고통을 호소하지 않았다는 것이다.

복 받은 죽음의 길이었다.

웰다잉의 기본이면서 첫째가 되는 조건은 고통이 적거나 없는 죽음을 뜻하는 것 같다.

생리적인 죽음, 사실로서의 죽음은 모두가 같다고 보아서 좋을지 모르겠다. 그러나 모든 사람의 죽음의 의미와 (찾아본다면) 가치는 다 같은 것일까? 고통의 대소가 있을 뿐 죽음이 삶의 종말이라면, 그의 삶의 내용과 의미가 달랐듯이 죽음의 의미도 같을 수는 없지 않을까? 그렇다면 인간의 죽음은 동물의 죽음과 다를 바가 없지 않을까? 그 사람의 삶이 달랐다면 삶의 한 끝인 죽음의 의미도 다를 수밖에 없을 것이다. 또 우리는 모든 사람의 죽음을 다 같이 보지도 않으며 대하지도 않는다. 삶이 죽음의 한 부분이 아니라, 죽음이 삶의 지극히 작은 한순간의 끝자락일 뿐이다.

영결식에 가보면 그때마다 꼭 알려지는 식순이 있다. 그 사람의 태어남부터 죽음까지의 경력이다. 그것이 그 사람에게 주어졌던 유일하면서도 전체적인 삶과 그에 대한 평가다. 그 안에는 두 가지가 들어 있다. '무엇을 위해 어떻게 살았는가'와 '우리에게 무엇을 남겨주었는가'다. 그 내용에 따라 그의 일생이 나타나며 평가된다. 동물에게는 죽음의 의미가 없듯이 생존에 대한 평가도 없다. 인간이 동물과 다른 점이 거기에 있다.

어떤 때는 가장 불행하고 무가치한 삶으로 평가되기도 한다.

예수는 사랑했던 제자 유다에게 "그는 태어나지 않았으면 좋을 뻔했다"라는 마음 아픈 말을 남겼다. 많은 독일 사람들은 히틀러는 없었으면 좋았을 것이라고 여긴다. 프랑스의 콩트라는 철학자는 많은 프랑스인들의 자랑거리가 되는 나폴레옹을 태어나지 않았으면 좋았겠다고 평가했다.

나는 한 어머니가 싸움을 하다가 친구를 죽인 아들 때문에 재판정에 가면서 "내가 그 애를 낳지 않았으면 얼마나 좋았을까"라고 탄식하는 독백을 들은 적이 있다. 사랑하는 아들의 불행스러운 삶을 자기 책임으로 느끼는 어머니의 마음이었다. 그러나 생각해보면 그런 일들은 누구에게나 주어질 수 있는 인생의 한 고뇌스러운 운명의 길일 수도 있다.

예수는 왜 유다가 태어나지 않았으면 좋을 뻔했다고 말했을까? 그가 자살을 선택했기 때문이기도 하다. 죽음 이전에 회개와 새로운 삶의 길을 선택하고 죄의 자백으로 개인적, 사회적 기여를 줄 수도 있는데 그 가능성마저 거부했기 때문이다. 자살은 선에의 가능성까지 거부하는 악을 범하는 최후의 길인 것이다. 회개 또는 뉘우침이라는 하나의 희망까지도 스스로 끊어버리는 악의 유혹인 것이다.

그래서 예수는 인간이 드릴 수 있는 궁극적인 기도를 가르쳤던 것이다.

"우리를 유혹에 빠지지 않게 하시고 악에서 구해주소서."

인생의 길이 얼마나 험난한가를 엿보게 하는 사례들이다.

동양철학을 전공한 배 교수의 이야기가 생각난다. 학생들이 특강을 요청해왔을 때 '인생, 공수래공수거(空手來空手去)인가'라는 주제를 주었더니 학생들의 반응이 괜찮았다는 얘기였다.

옛날부터 많이 들어온 글귀다. 빈손으로 왔기 때문에 누구나 빈손으로 가게 되어 있다는 뜻일 수도 있다. 그러나 그가 무엇을 남겨주었는가라고 묻는다면 모두가 빈 그릇과 같이 간 것은 아니다. 남겨준 것은 하나도 같을 수가 없다.

내 외조부는 옛날 시골에서 애써 노력해 적지 않은 재산을 모았다. 그러다가 위암에 걸려 세상을 떠나기 전에는 심한 고통으로 식사도 제대로 하지 못했다. 그때마다 여러 번 같은 말을 남겼다. "이 많은 재산을 어떻게 하나? 갖고 가지도 못하고…"라는 독백이었다. 결국은 빈손으로 떠났다. 먹고 싶은 음식을 마음껏 먹지도 못하고.

어떤 사람이 빈손으로 가는가? 소유가 목적이어서 산 사람은 누구나 빈손으로 떠나게 되어 있다. 죽음은 모든 소유물을 놓고 가도록 운명 지어져 있기 때문이다. 어떤 사람들은 돈과 재산을 소유하는 데 생애를 바친다. 또 어떤 사람들은 권력을 소유하기 위해 온갖 노력을 쏟는다. 또 비교적 잘났다고 자인하는 이들은 명예욕의 노예가 되기도 한다. 같은 재산, 권력, 명예라고 해도 그것들이 소유와 향락의 대상이라고 믿고 사는 사람들은 빈손으로 가게 되어 있다.

그러나 소유적인 욕망을 초월한 사람은 사업체와 경제적 기여의 유산을 남긴다. 권력을 통해 정치나 사회적 업적과 봉사를 하는 사람은 권력을 소유의 대상이라고는 여기지 않는다. 명예는 찾아 갖는 것이 아니다. 사회적 섬김과 희생의 대가로, 감사와 존경심에서 주어지는 정신적 반응이다.

만일 빈손으로 태어났으나 공허한 인생을 살지는 않겠다는 뜻이 있다면, "나는 더 많은 것을 이웃과 사회에 남겨주고 열심히 살았다"라고 고백할 수 있는 삶을 선택해야 할 것이다.

소유욕이 모든 악의 근원이 되기 때문에 무소유의 삶을 예찬하기도 한다. 그러나 아무것도 남겨주지 못하고 빈손으로 간다면 그것도 소망스러운 선택은 아니다. 나는 적게 소유하고 많은 것을 남겨주는 인생이 타당한 삶이 되는 것이다.

무엇이 그 선택과 노력을 뒷받침하는가? 삶의 목적이 나의 소유가 아닌 더 많은 사람의 행복에 있다는 인간애의 자각과 의무다.

정신적 유산의 경우는 성격이 다르다.

어떤 잡지에서 읽었던 기억이 있는 얘기다. 프랑스의 로맹 롤랑이 『장 크리스토프』 집필을 끝냈다. 대단히 만족스러웠던 모양이다. 찾아왔던 친구가 기분이 어떠냐고 물었더니, "이렇게 만족스럽고 사랑스러운 작품을 누구에게도 주고 싶지 않은 심정이다. 죽을 때 관에 넣어 가지고 갈까 보다"라는 농담을 했다고 한다.

만일 그렇게 했다면 그는 노벨상도 받지 못했을 것이며, 그의 작품과 더불어 그 자신의 삶의 가치도 사라지고 말았을 것이다.

정신적 유산의 가치는 소유의 대상이 아니다. 되어서는 안 되며 될 수도 없는 것이다.

내 선배 한 사람이 이탈리아를 여행하고 돌아왔을 때 한 얘기가 있었다. 그 당시 이탈리아는 관광 수입으로 50억 달러를 헤아리고 있었다. 그 선배는 그 관광 수입의 적지 않은 부분은 미켈란젤로가 베풀어주는 혜택인 것 같다고 했다. 그림만 해도 그렇다. 라파엘로의 그림은 이탈리아 국내보다도 외국에 더 많이 나가 있을 정도다. 레오나르도 다 빈치의 대표작은 프랑스에 가야 볼 수 있다. 그런데 미켈란젤로의 대표작은 교황청 시스티나 성당의 벽화다. 벽화는 다른 곳으로 옮겨지지 못한다. 그보다도 많은 수의 조각품들은 건축물과 함께 자리를 잡고 있기 때문에 이탈리아 밖으로 나간 것이 없다. 그의 유작을 보기 위해서는 이탈리아를 찾아야 하며 그 때문에 오는 관광객은 헤아릴 수 없이 많다.

사실 이탈리아의 어떤 사업가가 그렇게 엄청나게 많은 수입을 후손에게 물려줄 수 있겠는가.

예술의 가치는 경제와 비교가 될 수 없다. 그러나 미켈란젤로 자신은 생전에 소유한 것이 없었다. 창작자는 자신의 창작품을 다른 사람들에게 주기 위해서 고뇌의 촛불과 같은 자기 연소의 길을 걸어야 한다.

한 가지 얘기를 더 추가하자.

제2차 세계대전이 끝난 후인 1949년은 독일의 대문호 괴테의 탄생 200주년에 해당하는 해였다. 그러나 전후의 독일은 그의 200주년 축전을 개최할 여유가 없었다. 모든 것이 남김없이 파괴되어 있었다. 그러나 그 행사를 중지할 수가 없어, 전쟁 때는 적국이었던 미국에서 200주년 기념축전을 열기로 했다. 화려하기보다는 뜻 깊은 세계적인 축하 행사였다. 250주년이 되었을 때는 한국에서도 기념축제가 개최된 일이 있었다.

이런 정신적 유산은 개인이나 국적을 가리지 않는다. 전쟁 기간의 정치적 장벽도 사라졌던 것이다.

우리가 경제적, 정치적인 지도자들보다도 학자나 예술가의 유산을 높이 평가하고 찬양하는 것은 그 개인들의 유산이 인류 전체의 소유로 남겨졌기 때문이다. 그들도 우리와 같은 죽음을 맞이했다. 그러나 그들의 유산은 지금도 우리들의 정신적 삶의 의미와 가치를 높여주고 있다. 개인을 통해 주어진 인류의 소유로 남겨진 것이다.

마라톤에 임하는 선수는 목표인 골인 지점에 도착하는 것이 목적이다. 그렇다면 인생의 마라톤에 도전하는 우리들의 목표도 종착점인 죽음이 될 수 있을까? 그렇지는 않다. 선수가 목표를 향해 뛰는 공간적 목적은 완주인 것 같아도 그 결과로 얻어지는 우승의 영광이 더 고귀한 목적인 것이다. 인생도 그렇다. 생리적 죽음이 목표나 목적은 아니다. 그 죽음을 통하여 얻어지는 일생에 걸친 삶의 의미와 가치가 목적인 것이다.

소크라테스는 죽음을 피해 아테네를 탈출할 수도 있었다. 그러나 자진해서 죽음의 독배를 기울였다. 죽음보다 더 귀한 삶의 의미와 가치를 위해서였다. 예수는 사형의 십자가를 예견하고 있었다. 그런데 그 죽음을 향해 가는 발걸음은 다른 때보다 빨랐다. 제자들이 놀랄 정도라고 기록되어 있다. 빨리 가서 삶의 완결을 성취해야 한다는 절박감 같은 것을 안고 있었다. 마치 죽음이 목표와 목적인 것 같은 인상을 준다. 그러나 그 죽음 자체가 목표는 아니었다. 죽음을 통해 완성해야 하는 삶의 의미와 가치였던 것이다. 목적이 있어 죽음을 택했다고 보아야 하겠다. 죽음은 더 높은 목적을 위한 하나의 과정이었던 것이다.

미국 LA 부근에 리버사이드시티라는 중소도시가 있다. 그 시청 앞에 있는 공원에는 마틴 루터 킹 목사의 동상이 있다. "나에게는 꿈이 있습니다"라는 그의 유명한 명언이 새겨져 있다. 그 뒤에는 도산 안창호의 동상이 서 있고 끝에는 마하트마 간디의 동상이 서 있다.

나는 그 동상들을 보면서, 저 사람들은 자기 목숨과 삶보다도 더 존귀한 목적이 있어 생애와 목숨을 바친 지도자들이라는 생각을 했다. 킹 목사는 수많은 흑인들의 인권을 위해 용감하게 투쟁하다가 암살당했다. 도산은 젊어서 그곳 오렌지 농장에서 일하면서 우리 민족의 독립과 자유를 위해 모든 것을 희생할 각오를 굳히고 살았다. 한국을 위해서는 자기 한 사람의 희생은 조금도 아깝지 않았던 것이다. 간디는 인도와 영국은 물론 인류 전체가 거짓과 폭력을 버리고 진실과 사랑을 위해서 살아야 한다는 믿음을 위해서는 자기 한 사람의 희생은 당연하다는 생각을 갖고 살았다.

그렇다. 사람은 자기 목숨이나 삶보다도 더 소중하고 영원한 것이 있다면 죽음은 기꺼이 맞고 보내야 하는 과정에 지나지 않는다.

썩어서 열매를 맺는 밀알의 교훈이 바로 그런 것이다. 썩지 않으면 한 알의 밀로 남아 있다가 사라지고 만다. 그러나 썩어서 수많은 밀알로 다시 태어나는 것이다.

죽음의 의미도 그런 것이어야 할 것이다. 그 뜻을 깨닫는다면 우리는 주어진 삶을 다 바치고 싶은 무엇을 사랑해야 한다. 그것이 죽음을 극복하는 참되고 영원한 삶의 길이 되는 것이다.

그런 이들의 죽음의 뜻은 그들 자신의 유언으로 남겨지기도 한다. 요한 바오로 2세는 "나는 행복했습니다. 여러분도 행복하십시오"라는 기원을 남겼다. 예수는 "다 이루었다"는 감사의 뜻을 전해 주었다. 지극한 인간애를 목적으로 산 사람들의 대표적인 고백이다.

예수의 고향 이야기

어렸을 때부터 지녀온 소원이 있었다. 성지를 순례해보는 꿈이었
다. 기독교 신앙을 가진 사람이라면 누구나 갖는 염원이었을 것이
다.

그 꿈이 이루어진 것이다. 1962년 여름이었다. 미국을 떠나 유럽
과 중동 지역을 거쳐 한국으로 돌아가는 여정 중에 성지를 찾아보
기로 뜻을 세운 것이다. 여러 가지 어려움은 있었다. 요르단과 이스
라엘의 국경이 폐쇄되어 있었고 그 지역에는 우리나라의 대사관이
나 영사관이 없었다. 함께 여행을 하던 두 친구도 카이로에서 귀국
해버리고 객지에 혼자 남은 외로움도 겹치고 있었다.

뜻이 있으면 길이 열린다는 말이 있다. 적지 않은 난관이 있었으
나 카이로에서 요르단으로 입국할 수 있었고, 요르단에서는 휴전선
벽을 돌아 이스라엘까지 입국하는 데 성공한 셈이다. 동행하던 미
국인들이나 스페인 신부, 일본 목사들이 모두 내 모험적인 여행에

감동했을 정도로 고달픈 일들이 겹치곤 했다.

그렇게 내 여행을 성공적으로 끝내기는 했으나 마음은 무거웠고 신앙적인 회의는 더욱 심각해졌다.

요르단왕국에서는 예루살렘을 비롯한 여러 지역을 탐방했다. 구약에 나오는 고장들은 물론 예수님과 관련이 있는 곳은 빼놓지 않고 찾아본 셈이다. 주로 그리스정교의 신부들이 성지를 주관하는 편이고 관광객을 상대로 하는 사람들은 요르단의 원주민들이었다. 그리스정교의 신부들까지도 관광 수입으로 생계를 유지하고 있었기 때문에 이 지역 일대는 완전히 돈벌이의 시장 같았다.

수없이 많은 성당과 예배소가 생겼으나 예배다운 예배나 성지다운 역사적 근거는 사라진 지 오래다. 세계에서 가장 미신적인 행사가 자행되고 있었으며 성지를 팔아 수입을 올리는 일에만 열중하고 있었다.

그 한두 가지만 예를 들자.

베다니는 마리아 일가가 살았던 곳이며 마리아의 동생 나사로가 죽었다가 예수의 권능으로 다시 살아난 곳으로 되어 있다. 어디에나 기념성당이 세워져 있고 나사로의 부활 기념교회도 작지 않은 규모의 건물이다. 마침 일요일이었기 때문에 수많은 순례자들이 줄지어 교회 입구에 서서 대기하고 있었다. 안내하는 신부는 여기가 예수님이 "나사로야, 일어나라"라고 외친 장소라면서 그 당시의 모습을 재연했다. 많은 순례자들이 감격스러운 그 장소와 촛불이 켜져 있는 곳을 향해 합장하고 기도를 드렸다. 그러나 신부는 헌금함에 얼마나 많은 돈이 들어가는지에 더 큰 관심을 모으고 있었다. 그리고 수고와 고마움의 대가로 팁을 주는지를 더 기대하는 모습이 역력했다. 모두가 조작된 건물이며 행사다.

올리브산 위에는 예수께서 승천하실 때 마지막으로 섰던 발자국 자리가 있다면서 헌금을 요구한다. 바위 위에 발자국 자리 같은 모양이 있기 때문에 상품가치를 평가해 차려놓은 곳이다.

요르단을 지나 이스라엘에 가면 상황은 달라진다. 그 지역에는 기독교회도 별로 눈에 띄지 않으며 교육수준이 높은 곳이기 때문에 역사적 상식과 어긋나는 조작물들은 없는 편이다. 눈에 띄는 곳은 역사의 유적들이며 성경을 읽은 사람들은 누구나 짐작할 수 있는 사적들이 이름 없이 남아 있다. 이상스러울 정도로 교회나 크리스천들은 찾아보기가 힘들었다. 구약을 믿고 따르는 유대교 지역이기 때문이다.

요르단 지역보다도 마음 편하게 성경의 고장들을 찾아볼 수 있어 좋았다. 가장 인상 깊었던 지역들은 예수의 고향이었던 갈릴리 지방이었다. 나사렛 마을도 그대로 남아 있었고 나사렛에서 갈릴리 바다로 가는 지역들은 예수 시대와 달라진 곳이 없을 것이었다.

내 여행은 갈릴리 호수 옆 호텔에서 끝내기로 했다.

떠나기 전날 밤, 나는 호텔 앞에 있는 밭에서 기도를 드렸다.

"주님, 오랫동안 사모했던 성지를 순례했습니다. 그 어디에도 주님의 모습은 없었고 기대했던 주님의 음성도 없었습니다. 예루살렘은 주님 당시와 마찬가지로 돈벌이의 굴혈로 변해버렸고 성직자나 성도로 자처하는 사람들은 주님의 가르침과는 상반되는 사고와 생활에 빠져버리고 말았습니다. 차라리 성지를 찾아오지 말았어야 했습니다."

그때였다. 나는 갈릴리 바닷가에서 들려오는 것 같은 음성을 느꼈다.

"어째서 너는 나를 여기서 찾고 있는가? 나는 지금 여기에 머물지 않는다. 서울의 젊은 학생들 속에 있으며, 병석에 누워 애타게 도움을 기다리는 사람들과 함께 있다. 굶주린 형제들과 같이 지내고 있으며 희망을 잃은 북한의 이웃들과 머물고 있다. 너는 나를 여기서 찾지 말고 돌아가 나와 더불어 일하는 곳에 머물러야 할 것이 아니냐."

그 마음의 소리를 들은 나는 울었다. 눈물을 닦았다. 그리고 무엇인가 중요한 것을 깨달았다.

기독교에는 성지는 없다. 공간으로서의 성지는 존재해서는 안 된다. 불교나 이슬람교에는 있을 수 있다 하더라도 기독교에는 성지가 없다.

그 다음부터 나는 성지라는 관념을 버렸다. 있는 것은 예수의 고향이다. 예수의 고향은 우리의 고향과 다름이 없다. 성지 관념을 버리고 예수님의 고향에 다녀왔다고 생각했을 때 내 얼굴에는 미소가 가득 찼다.

그리고 더 중요한 것은 예수님의 고향은 비어 있다는 사실이다. 예수님은 지금도 우리와 더불어 일하고 계시기 때문이다.

성지는 없고 예수님의 고향은 비어 있었다.

교리적인 신앙보다 인간적인 진리를

오래전 일이다.

부산에 있는 한 장로교회의 장로들과 송도에서 점심식사를 하게
되었다.

그때 한 장로가 얼마 전에 있었던 가정문제로 상의를 해온 얘기
가 있었다. 그는 약국을 경영하고 있는데, 가급적이면 성경 말씀대
로 살고 자녀들도 열심히 신앙생활을 하도록 권유하면서 살았다.
자녀들도 아직 어렸지만 아버지의 뜻과 목사님의 가르침을 잘 따르
고 있었다.

그런데 어느 날, 학교에서 돌아온 아들애가 다음 주일부터는 교
회에 안 나간다고 결심한 듯이 선언하는 것이었다. 아버지가 왜 그
러느냐고 물었더니 아들의 대답은 뜻밖이었다. 아무리 성경 말씀대
로 살려고 노력해도 그렇게 살 수도 없고, 목사님 말씀대로 살아서
는 안 되겠다는 결심을 했다는 것이다.

앞뒤 사연은 그러했다. 예수님 말씀은 한쪽 뺨을 때리는 이가 있으면 대항하지 말고 다른 쪽 뺨까지 돌려대라고 했는데, 왜 잘못도 없으면서 맞아야 하느냐는 것이었다. 그렇게 살면 자기만 바보가 되고 나쁜 애들이 더 나쁜 짓을 하는데 참는 사람이 어디 있냐고 하면서, 그래서 오늘은 더 참을 수가 없어 나쁜 애를 두들겨 패주었다는 얘기였다. 그게 무엇이 잘못이냐, 나도 사람 구실을 해야 할 것이 아니냐고 반문하는 것이었다.

아버지는 그래도 성경 말씀은 따라야 하니까 지금은 맞고 져주는 것 같아도 하느님께서는 너를 더 사랑해주신다고 설명했다. 목사님께 물어보았더니 목사님도 그렇게 해야 한다고 말씀하시더라고 타일러보았지만, 아들은 교회에 안 나가면 되지 않느냐고 항의하더라는 고충이었다.

교회 안에서는 있을 수 있는, 또 자주 벌어지는 일이기도 했다. 나도 어려서 그렇게 자랐으니까.

그 얘기를 들은 다른 장로들은, 나는 어떤 해석을 내리는지 궁금했던 모양이다. 잡담들은 끊고 내 답변을 듣기 원하는 자세들이었다. 교회 목사님과 같은 해답을 기대했을지도 모른다.

나는 이야기의 방향을 바꾸었다.

그 당시에 일주일에 한 번씩 TV에서 방영되는 '털보 가정'이라는 미국 드라마가 있었다. 미국에서는 인기 있는 드라마로 평가되고 있었다.

바로 전 주에 상영된 내용이 있었다.

털보 아저씨가 가사를 맡아 돌보고 있는 집에는 주인아저씨가 있고 소년들이 몇 명 함께 살고 있었다. 초등학교 상급반 정도의 어린

이들이다.

하루는 그 소년들이 모여 앉아 열심히 토론을 하고 있었다.

"우리 아저씨가 싸움 한 번도 못하고 맞았다니까."

"무슨 잘못을 저질렀을까?"

"아니야, 사람들 얘기로는 상대방 남자가 깡패여서 어차피 이길 수가 없으니까 대항하지 못했다는 거야."

"우리 아저씨가 그렇게 비겁할 수는 없는데…, 싸우든지 상대방이 두세 명이면 경찰에 신고해서라도 떳떳한 주장을 해야 하는 것 아니겠어?"

"난 우리 아저씨가 그렇게 나약하고 용기가 없다고는 믿고 싶지 않아! 옛날에는 운동선수이기도 했잖아…"

얼마 뒤에 주인아저씨가 귀가했다. 애들의 태도는 이전과 달랐다. 반기지도 않고 대화를 꺼내지도 않았다. 마음의 거리가 멀어진 것 같은 인상을 받았다. 그래서 주인은 털보 아저씨에게 무슨 일이 있었느냐고 물었다. 아저씨는 아이들이 주인아저씨가 폭행 비슷한 일을 당했다는 사실을 전해 듣고, 우리 아저씨가 그렇게 비겁한 줄은 몰랐다고 실망한 모양 같았다고 설명해주었다.

방에 들어가 잠시 생각에 잠겼던 주인아저씨는 웃옷을 벗고 점퍼 차림으로 내려오면서 애들에게 물었다.

"내가 길 건너 저쪽 집에 사는 사람을 만나러 가야겠는데, 너희들도 같이 갈 수 있을까?"

그 집 주인이 바로 아저씨를 때린 깡패 비슷한 사람이었기 때문이다. 모두 따라나섰다.

아저씨는 그 집 초인종을 눌렀다. 집에서 나온 사람은 한 번 맞았으면 됐지 또 왔느냐는 자세로 대들었다. 아저씨는 말없이 주먹을

휘둘러 그 사람을 때려 눕혔다. 그리고 잘못을 인정하든지 사과하라고 큰 소리로 외쳤다. 얻어맞은 사람은 자기가 잘못했다고 항복했다.

주인아저씨는 "그러면 우리 관계는 이것으로 끝내고 옛날같이 지내자. 아까는 술에 취해 있는 것 같아서 기회를 주고 싶어 그대로 돌아갔다"라고 얘기하면서 돌아섰다.

주인아저씨는 이전과 같이 아무 일도 없었다는 듯이 애들과 함께 집으로 돌아왔다.

애들이 물었다.

"아저씨는 잘못한 것이 없었지요?"

"우리는 아저씨를 잘못 생각하고 비겁하다고 생각을 했었어요."

"아저씨와 같이 사는 것이 부끄러워지는 것 같기도 했고요."

아이들은 솔직한 속마음을 말했다.

아저씨는 아이들에게 조용히 설명해주었다.

"너희들의 생각이 옳았어. 내가 그 남자와 다툰 것도 사실이고, 싸우지 않고 돌아선 것도 맞아. 그런데 그 사람은 술이 취해서 제정신이 아닌 것 같았고 가정적으로 어려움이 있다는 얘기도 들었기 때문에 그때는 내가 피하는 것이 좋겠다고 생각했다. 후에 다시 설명할 기회가 있을 것 같았거든. 그런데 너희들이 나를 비겁한 남자로 볼 거라는 사실은 생각지 못했어. 나 때문에 너희들 마음에 상처를 주거나 비겁한 사람과 함께 산다는 인상을 주어서는 안 되겠다 싶었고, 그 사람은 벌을 받을 만한 잘못을 저지른 것도 사실이야. 너희들에게까지 나약하고 비겁한 모습을 보여준 것이 잘못이기 때문에 너희들과 함께 갔다 온 것뿐이야. 나는 이미 마음으로 그를 용서했고 좀 더 좋은 인생을 살았으면 하는 마음을 갖고 있었어."

내 얘기를 들은 장로들은 그렇게 말하는 내 저의가 무엇인지 알고 싶은 표정이었다.

나는 그들에게 이렇게 설명했다.

우리는 예수님과 성경 말씀을 교리적으로 해석하기 좋아하나 예수님은 교리가 아닌 진리로 받아들여주기를 원했다. 성경 말씀이 우리들의 인생관과 가치관이 되기를 바랐던 것이다. 성경 말씀을 문자 그대로 상황을 배려하지 않은 채 교리로 굳히지 말고, 인간의 문제로 받아들이고 그 깊은 뜻과 목적을 깨닫는다면 조금도 어려운 문제가 아니다.

신부나 목사들은 교회를 지키기 위해 모든 인간이 진리로 받아들이는 것을 교리화시킨 과오를 범해왔던 것이다. 사랑으로 폭력을 극복하라는 진리는 언제 어디서나 우리가 지키고 따라야 할 진리인 것이다.

이런 문제는 내가 봉직하고 있었던 대학에서도 있었다.

기독교 대학인 연세대학에는 두 교단이 주류를 이루고 있었다. 장로교와 감리교다.

내가 부임하고 오래되지 않았을 때의 일이다. 항상 있는 예배시간에는 여러 교단의 대표적인 목사님들이 설교를 맡는 것이 보통이었다.

한번은 감리교의 장석영 감독이 설교를 하면서 인간의 자유를 강조했다. 예수께서도 가롯 유다의 자유를 막을 수는 없었다는 설명도 했다. 그 당시에는 그 자유로움이 감리교의 대표적인 교리로 되어 있었다.

그리고 한 달쯤 지났을까. 이번에는 연세대학 졸업생이기도 한

김세진 목사가 모든 것은 하느님의 예정이라는 교리를 강조했다. 하느님의 예정을 바꾸거나 거부할 수는 없다는 설교였다.

서로 상반되는 설교를 들은 학생들과 심지어는 젊은 교수들 중에서도 자유와 예정 중 어느 편인가라고 묻는 이들이 생겼다. 철학을 강의하면서 신앙생활을 하는 나에게 물어오는 이들도 있었다.

나는 솔직히 대답했다. 나는 지금까지 한 번도 그 문제를 갖고 고민해본 일이 없었다. 내가 믿고 체험한 바로는 한 가지가 있을 뿐이다. 그것은 '은총의 선택'이다. 그 사실을 놓고 하느님께 큰 비중을 두었을 때는 예정으로 생각하게 된 것이고 그렇다고 인간적 가치의 핵심을 강조한 것이 자아의 선택과 결단에 무게를 둔 교리적 해석일 뿐이라고 말했다. 지금도 내 생각에는 변함이 없다.

그런데 왜 그것이 문제가 되고 있는가? 교단과 교리의 명분을 위한 해석에서 나온 신앙의 부분적 판단과 주장인 것이다. 교리가 없으면 교회가 존립하지 못하고 교회가 모여 교단을 형성하게 되면 다른 교단과의 구별을 위해 한 뿌리에서 자란 그리스도의 진리의 가르침을 아전인수적인 교리로 구분, 강조한 것이다. 큰 나무에는 여러 갈래의 가지들이 있어야 함을 잊었던 것이다.

그래서 교회에서는 청소년들에게 교리를 먼저 가르쳐서는 안 된다. 단순하게 예수님은 이렇게 사셨고 이런 가르침을 주셨다고 성경에 있는 그대로를 알려주면 된다. 그들이 성장하면 교리적 차별과 특성은 스스로 해석, 선택할 수 있도록 이끌어주면 되는 것이다.

나는 장로교에서 자랐다. 많은 학생들이, "하느님께서 내가 지옥에 가도록 예정하셨으면 내가 잘 믿으려고 애쓸 필요가 없지 않습니까. 천당으로 가도록 예정된 사람이 따로 있는데…"라고 질문하는 것을 들었다. 교리주의 때문에 오는 비극이다. 그래서 예수는 교리에 해당하는 구약의 율법과 계명을 뒤로하고 누구나 받아들일 수 있는 진리를 가르쳐준 것이다. 교리가 사람을 위해 있어야지 사람이 교리 때문에 부자유를 느끼며 정신적 무거운 짐을 강요당해서는 안 된다.

칼뱅은 장로교의 창설자로 보아 좋겠다. 그는 강한 교리 신봉자로 머물렀다. 그러나 마르틴 루터는 신앙은 양심의 자유라고 믿었다. 둘 중에서 나는 루터가 좀 더 인간적이었다고 생각한다.

인간다움을 저버린 사람은 예수의 진리를 평생의 인생관과 가치관으로 받아들이는 길을 멀리하기 쉽다. 교회는 그 자체가 목적이 아니다. 하늘나라를 위한 기독교인들의 공동체다. 교회가 출발이 되고 목적이 되면 만인이 받아들일 수 있는 진리를 교리화시켜 우리의 양심적 자유를 구속하는 과오를 범하게 된다.

성(性)에서 오는 사회악과 행복의 문제

인간 생존의 기본권의 하나는 성(性)이다. 식욕이나 지배욕 못지 않게 인간다운 삶을 위해서는 성적 의욕이 강인하게 작용하고 있다. 우리는 그 뿌리가 되는 것을 성욕이라고 본다. 종족을 보존, 유지하기 위한 원천이기도 하다.

성을 본능적인 욕망으로만 본다면 인간과 동물의 차이가 없다. 따라서 우리들 가운데 이성을 대할 때 성욕의 대상으로만 삼는다면 인간도 동물의 한계를 벗어나지 못한다.

그 성욕과 그에 따르는 자극이나 충동적 행동에 따른다면, 그 결과로 상대방과 사회에 고통과 피해를 주는 결과가 된다. 우리는 그 때문에 주어지는 과오를 범죄 또는 악의 행위로 간주한다. 최근 우리 사회에서 크게 문제가 되는 성적 행동에 따른 범죄 등이 그런 성격의 것이다. 성추행과 성폭행은 그 대표적인 실례다.

만일 동물적인 성욕이 애욕으로 승화될 수 있다면 그 결과가 다른 사람들에게 피해와 고통을 주지 않는 한 사회악이나 범죄의 결과는 되지 않는다. 그러나 그 애욕이 사회의 선한 질서나 윤리적 규범을 벗어나거나 해칠 때에는 사회적 규제를 받아야 한다. 아무리 사랑이 있는 성행위라고 해도 가족이나 이웃은 물론 사회에 피해와 어려움을 주는 것이라면 그에 따르는 사회질서와 가치관적 피해와 무관할 수는 없다.

최근 우리는 혼외정사라는 말을 자주 쓰며 또 그런 사태에 접하는 때가 있다. 어떤 때는 가벼이 견제받기도 하나 경우에 따라서는 가정 파괴의 결과를 초래하기도 한다. 그 사회의 관례와 시대적 풍조에서 다른 평가를 받을 수 있으나 선한 질서의 파괴는 사회악의 원인이 된다.

일부다처가 용인되는 종교사회나 전통사회에서는 그 제도가 사회악이 안 될 수도 있으나, 일부일처의 전통과 미덕을 존중히 여기는 사회에서는 일부다처는 사회적 제재를 받는다. 사랑이 있는 성이라고 해도 그 사랑이 사회질서나 윤리와 무관할 수가 없기 때문이다.

어떤 이들은 애욕과 애정을 구별해보기도 한다. 흔히 결혼 초기의 성관계를 애욕으로 표현할 수 있다면 결혼 후기의 성생활은 애정에 속한다고 볼 수도 있을 것이다. 서로를 대할 때 욕정의 대상으로 보지 않고 애정의 상대로 보는 것이 자연스러운 변화인 것 같다. 그것은 결혼생활의 길고 짧은 데 따르는 결과이기도 하나, 환경과 처지에 따라 변할 수도 있다. 예를 들어 부부가 오래 떨어져 있는 경우를 생각해보면 알 수 있다.

우스웠던 일이 기억에 떠오른다.

1961년 겨울에, 스위스에서 미국에 와 있는 한 가정을 방문한 일이 있었다. 차를 마시다가 내가 풀브라이트 재단의 초청으로 혼자 1년 동안 미국에 와 있다고 말했더니, 그 주부가 크게 반발하면서 그런 초청을 왜 받아들였느냐는 것이다. 1년 동안이나 부인과 떨어져 지내야 한다면 자기 같으면 미국행을 반대했을 것이라는 얘기였다. 남편도 공감하고 있었다. 나는 그 당시에는 그런 생각을 해보지 않았다. 미국 정부의 특혜였으니까 감사히 받아들였던 것이다. 그런데 그 부부는 1년 동안이나 떨어져 있다가 부부간의 문제라도 생기면 어떻게 하느냐는 걱정을 한 것 같다. 정이 두터워지면 문제가 없으나 애욕이 강한 경우에는 있을 수도 있는 문제 같기도 하다.

그래서 성적 욕망이 사랑이 있는 애욕으로 승화되어야 하듯이, 성생활은 애정을 동반할 때 한 차원 더 높아지는 것으로 보아 좋을 것 같다. 우리는 흔히 나이 많은 사람들로부터 "그놈의 정이 뭔지…"라는 말을 듣는다. 그 정은 많은 것을 포함하는 사랑의 대명사인 것이다. 지난 세월 동안에 있었던 추억은 애정의 결과들이기도 하다. 그래서 정은 성을 사랑으로까지 정화시킨 내용인 것이다.

대개의 경우 애정이 깊어지게 되면 어떤 형식을 밟든지 결혼의 과정을 택하는 것이 보통이다. 결혼은 성적 측면에서 본다면 충동이나 욕망보다는 서로를 이해하고 위해주는 사랑의 행위가 된다. 사랑의 행위와는 다른 정과 더불어 어느 정도의 의무감을 동반한다는 뜻이다. 서로의 인간적 신뢰와 인격적 경건성이 포함되기 때문이다.

우리는 그런 상태를 어떤 개념으로 표현하기는 어려우나 인간애의 경지라고 볼 수 있을 것 같다. 부부 중 한쪽이 장기적인 중병을 앓는 경우가 생긴다. 밖에서 볼 때는 어떻게 10여 년이나 되는 긴 세월을 한결같이 병수발을 들 수 있을까 하는 의문이 생기기도 한다. 그러나 막상 그런 처지가 되면 누구도 어렵지 않게 그 책임을 감당하는 것이 보통이다. 인간의 도리인 것이다. 사랑의 짐이기 때문이다.

그런 상황을 겪는 동안에는 성적 욕망이나 충동은 큰 문제가 되지 않는다. 인간애는 성과 정을 포함한 성숙된 사랑의 경지이기 때문이다. 그리고 이에 못지않게 더 큰 비중을 차지하는 인간애의 하나는 자녀들을 키워가는 동안에 느끼고 체험하는 희생적인 사랑이다. 가족 간의 사랑을 체험하는 사람들은 결혼 이전의 애욕이나 애정보다는 차원 높은 인간애의 체험을 통해 승화된 인격적 사랑과 희생의 정신을 실천하게 된다. 희생은 사랑의 극치라고 볼 수도 있다.

우리는 성의 문제를 사랑의 내용과 연결 지어 설명해보았다. 두 성의 연결관계는 사랑으로 맺어지는 것이 상례이기 때문이다.

그렇게 본다면 사랑과 삶의 양상과 내용이 다양하며 똑같은 인생이 존재할 수 없듯이 성에 대한 평가도 극히 상대적이면서 주관적인 것이다. 성문제와 성생활에 대한 어떤 절대적인 평가는 삶의 현실과 부합되지 않는다.

일부 종교에서는 성을 죄악시하는 경우도 없지 않았다. 성에 치우치는 것은 악이며 성을 멀리할수록 선이라는 판단은 현실적이지도 못하며 누구에게 강요될 수 있는 것도 아니다. 그와 반대로 성을 지나치게 미화시키며 성을 선하고 아름다운 방향으로만 높여가는 것도 현실과 어긋나는 주관적 해석이 된다. 성 그 자체는 선도 아니며 악도 아니다. 성적 생활이 무엇을 남겨주는가에 따라 윤리 또는 생활가치의 평가가 주어지는 것이다. 성에 있어서의 흑백논리는 통하지 않는다.

그러나 우리는 다음과 같은 몇 가지 현실적 문제는 취급해서 좋을 것 같다.

그 하나는 사랑을 배제한 성적 욕망을 채우기 위한 성행위나 성생활은 불행과 범죄의 가능성을 동반한다는 사실이다.

나는 많은 사람들을 대하면서 두 교수의 경우를 잊지 못하고 있다. 두 사람 다 교수생활을 하면서 성적 충동과 욕구를 채우기 위해 옛날 흔히 볼 수 있었던 사창가를 찾는다는 사실을 알게 되었다. 처음에는 몰랐으나 50대가 지나고 60대에 접어들면서는 사람이 그렇게 추잡하고 추악해 보일 수가 없었다. 파탄된 인품이었고 인격적인 신뢰도 찾아볼 길이 없었다. 그들을 아는 사람들은 타고난 성격과 남다른 욕정을 억제하지 못한 결과라고 말하기도 했다. 마치 성의 중독 상태 같은 인상을 풍기고 있었다. 누가 뭐라고 하든, 그들의 인생은 성적 본능 때문에 파국을 초래한 것으로 보아야 하겠다.

그런 성생활은 타인에게 고통과 피해를 주는 불행한 길을 택하게 한다. 사회적으로 규탄의 대상이 되기도 한다. 만일 그런 성적 충족과 쾌락을 위해 상대방에게 성적 추행과 폭행을 감행한다면 그것은 타인의 인생과 행복을 짓밟는 범죄가 아닐 수 없다. 우리가 사회적 범죄로 문제 삼는 이유가 거기에 있다. 최근 우리 사회에서도 아내에 대한 강간죄가 문제로 떠오르고 있다. 그런 행위 속에는 애정도 아내에 대한 인격적 예우도 없기 때문에 악행의 결과가 된다. 아내의 소중한 인격을 무시한 행동이기 때문이다.

그렇다고 성적 행위나 생활이 애정의 관계라면 모두 무제한으로 받아들여질 수가 있는 것인가.

옛날에는 그런 관습이 없었으나 최근에는 혼전 성행위나 독신자의 성행위는 문제 삼지 않는 경향이 커지고 있다. 미국 같은 사회에서도 혼외정사는 문제가 되나 혼전 성행위는 금기시하지 않는다. 독신자라고 해서 성적 자유를 제약당하기는 원치 않는 것이다. 그래서 결혼 전에는 자유로운 성행위가 용인될 수 있어도 결혼 후에는 혼외정사는 용납되지 않는다. 적어도 법적으로나 도덕적으로는 그렇다. 결혼은 가정적 의무라는 또 하나의 영역을 지켜야 하기 때문이다.

그렇다고 해서 성의 자유를 위해 결혼을 거부한다면 그 선택이 반드시 정당할 수 있을까? 선한 사회질서를 위한 의무를 포기하는 결과가 되지는 않겠는가. 우리는 남녀관계를 성의 관계보다 사랑의 관계이며 그 사랑의 관계는 인격의 관계라고 생각한다. 또 성의 가치는 자녀를 낳아 키우는 소중한 의무도 내재하고 있다. 따라서 사랑을 배제한 성생활을 즐기기 위해서 결혼을 포기한다면 그것은 인간의 정도(正道)를 따르는 것이 아니다. 세상 사람이 모두 그렇게 되어도 좋다는 생각은 누구도 하지 않는다. 선택할 수 있는 길일 수는 있다고 해도, 그 선택이 선하거나 사회적 규범을 높여주지는 못한다. 우리는 결혼은 필수조건이라고 보지 않아도 된다. 결혼은 소중한 하나의 선택이다. 그러나 성의 자유를 위한 결혼 반대는 인간다운 삶과 인격적 선택은 못 된다.

최근에는 동성애가 사회적 문제로 떠오르고 있다. 동성애를 죄악시하지는 않더라도 동성 간의 결혼은 용납될 수 없다는 견해가 아직 일반적이다. 그러나 법적으로도 동성애는 제재를 받지 않으며 서로 사랑하기 때문에 결혼을 하고 자녀들을 키우기 위해 입양을 한다면 무엇이 잘못이냐는 생각을 하는 이들이 점점 늘어나는 것 같다.

그런 가치판단을 하는 사람들과 그런 삶을 비교적 쉽게 용인하는 사회에 접해보면 그 밑에는 공통된 사고와 가치관이 깔려 있다. 다른 사람들에게 고통과 피해를 주는 일 없이 자신들의 사랑을 자유로이 선택하는 것까지 제재할 필요는 없으며, 자신들의 자유로운 사랑의 권리를 누리는데 다른 사람들의 비난과 반대를 받을 이유가 없지 않느냐는 사랑과 자유에 대한 넓은 공감과 수용의 태도인 것이다. 그들은 세금을 안 내는 것도 아니며 병역을 기피하지도 않는다. 자신들의 선택에 따라 자유로운 행복을 누리면 되는 것이 아니냐는 자세다. 그래서 동성애는 용인되고 있으며 동성 부부도 법적인 수용이 가능하다는 견해가 생기고 있다. 결혼은 하지 않아도 자녀들은 키울 수 있으며 동성 결혼 후에 자녀들을 키우는 것이 사회적으로 해로울 것이 없다는 생각이다.

물론 우리는 이웃과 사회에 해악을 끼치지 않는 자유로운 사랑의 행위에 절대적인 부정적 가치판단과 제약을 내릴 수는 없다. 그러나 더 선하고 고귀한 가치판단과 선택이 있음에도 불구하고 나와 소수의 우리가 좋다고 해서 그것이 사회의 전체적 질서까지 훼손하거나 거부할 수는 없다. 사회질서란 다른 것이 아니다. 모든 사람이 그렇게 하더라도 사회는 성장할 수 있으며 모두가 행복할 수 있는 가치와 질서는 보존, 육성되어야 한다.

동성애의 문제도 그렇다. 세상 모든 사람이 동성애를 하는 것이 옳으며 그것이 행복의 길이라고 믿는 것은 아니다. 그래서 동성애를 반대는 하지 않아도 선한 가치와 질서로는 받아들이지 않는다.

어떤 사람들은 그것을 보수적인 가치관이라고 말한다. 그러나 동성애나 동성 부부가 인간적 정도라고 보는 사람은 많지 않다. 그뿐만 아니라 법적으로 동성애자들에 대한 허용의 길이 열렸다고 해서 그것이 윤리나 인도주의적 사회질서라고 속단할 수는 없다.

그리고 또 하나의 사회적 요청이 있다. 의사는 모든 사람이 더 좋은 건강을 유지하기 바란다. 몸에 해롭더라도 끝까지 담배를 피우겠다면 할 수 없다. 그러나 금연이 건강에 좋으며 가족과 이웃을 위해 금연을 하는 것은 더 좋은 일이다. 동성애나 동성 가정에 대한 사회적 요청도 거기에 있다. 그러한 사랑의 권고를 구속과 보수적 사고에서 오는 억압이라고 평가할 필요는 없다. 사회생활에 절대적인 선은 없다. 그러나 더 많은 사람의 자유와 행복을 위한 가치와 질서를 가벼이 보는 태도는 선의의 판단과 주장은 되기 어렵다. 최대다수의 최대행복은 어디서나 또 언제나 인정되어야 한다.

최근 우리 사회에는 또 하나의 문제가 제기되고 있다. 평균수명이 급속도로 높아지면서 흔히 말하는 독거노인의 비중이 커진다. 이혼을 했거나 상배한 노인들이 점차로 많아지게 된 것이다.

옛날 같으면 그들은 자녀들의 부양을 받았고, 홀로된 노인들은 가족의 일원으로 여생을 보내는 데서 위안과 행복감을 느꼈다. 그러나 지금은 누구도 건강하고 경제적 여유만 있다면 자녀들의 도움을 받으려 하지 않는다. 자유로운 사생활과 행복을 추구하고 싶어 한다. 아무리 효심이 두터운 자녀라고 해도 '내 인생은 내 것'인 것을 어떻게 하는가.

그렇다면 그 노인들은 어디서 기쁨과 행복을 찾아야 하는가? 외로움과 고독을 모면하거나 극복하는 방법은 무엇인가? 사랑할 수 있는 짝을 찾아 만나는 일이다. 그 외로운 정에서 오는 욕구는 결혼 전의 외로움보다 더 강렬한 때가 있다. 젊었을 때는 결혼을 할 것이라는 기대가 있었다. 그러나 늙었을 때는 그런 가능성이 사라져간다. 사람이 고독을 느낀다는 것은 사랑의 상대가 없을 때의 외로움이다.

물론 건강상태가 심각해졌다든지, 재정적 독립이 불가능할 때는 스스로 단념하거나 포기하는 길밖에 없다. 그러나 건강과 경제력이 있는 노년들은 사랑의 기대와 꿈을 버려서는 안 된다. 그것이 행복의 길인 것을 어떻게 하는가.

이전에도, 어머니의 경우는 다르나, 아버지가 홀로 남게 되면 재혼을 권고하는 것이 효의 방법이라는 생각은 일반적이었다. 그것이 자녀들과 아버지 모두를 위한 지혜로운 선택이었다. 그런데 아직도 문제는 남아 있다. 재산을 가진 노인이 재혼을 하려면 그것을 권하는 자녀들이 없다. 유산을 빼앗긴다는 통념 때문이다. 모든 자녀들은 부모의 유산은 자기 것이라는 소유욕을 넘어서지 못한다.

나는 때때로 그래도 되는가 하는 생각을 갖는 경우가 있다. 사회적으로 존경받는 부모가 자녀들에게 줄 것을 다 주고 독립해서 살다가 유산을 사회에 환원하거나 보람 있는 자선기관이나 교육기관에 기증하는 일이 있다. 그 뜻을 모든 사람은 존경스러이 감사한다. 그런데 그 자녀들은 그 때문에 부모를 멀리하거나 원망한다. 그러니 재산이 있는 부모가 재혼하는 것을 원하는 자녀는 아주 적다고 보아야 하겠다.

서구사회는 우리보다 개성이 강하며 자신의 자유와 행복을 스스로 추구하는 의지와 전통이 뿌리 깊었기 때문에 홀로된 노인들이 결혼의 절차를 밟기보다는 동거생활을 선택하고 있다. 두 사람이 동거생활을 사회적으로 밝힌다. 재정문제도 각자 소유하거나 동거생활에 필요한 규정을 만든다. 그래서 자녀들의 동의도 쉽게 얻을 수 있고 결혼생활과 차이 없는 사랑의 짐을 나누어진다. 사회지도자들은 그러한 토대 위에서 사회적 공헌과 기여도 할 수 있다. 행복의 권리와 의무를 함께 수행하는 방법인 것이다.

나는 주변에서 가족들이나 전통적인 인습 때문에 행복의 기회를 놓치는 독거노인이 적어졌으면 좋겠다고 생각한다. 그것이 부모에 대한 보답이기도 하고, 열린사회가 모든 사람의 사랑과 행복을 증대시켜주는 바른길이라고 생각한다.

물론 그런 선택은 의무적인 것도 아니며 사회적 비판의 대상도 아니다. 서로의 자유와 행복을 위해주는 길이다.

사랑하는 사람들의 자유와 행복을 돕는 방법이기도 하다.

공자님의 마음은 어떠했을지

부처님에 관한 글을 읽거나 그의 교훈을 받아들이게 되면, 모든 욕심을 버리고 인간적인 의욕도 해탈의 길을 밟아야겠다는 생각을 하게 된다.

예수님에 관한 복음을 읽으면, 역사의 무대에 등단해 주어진 책임을 감당해야 한다는 무거운 책임감을 깨닫게 된다.

이와는 다르게 공자님의 『논어』를 음미하면, 선하고 아름다운 인간관계가 어떤 것인지 묻게 된다. 유학에는 종교적 도전을 뜻하는 초인간이나 탈인성적 요청이 없어 편하다. 우리나라의 유생들은 여러 가지 종교적 의식과 비슷한 행사들을 만들었다. 그러나 역사가 바뀌고 사회구조가 변한다고 해도, 우리에게 주어진 과제는 선하고 아름다운 인간관계를 통해 우리 모두가 행복한 인생을 높여가는 것이라는 데는 이의가 없다. 도덕적이고 어짐(仁)이 있는 삶과 직장과 사회를 만들어갈 의무와 권리를 다짐하게 된다.

우리가 사회생활을 하는 데 가장 큰 비중을 차지하는 생활단위는 직장과 정치공동체로 되어 있다. 한국과 같이 작은 나라에서는 더욱 그러하다.

성공의 보람도 직장과 사회에서 이루어지며 행복의 조건도 그 안에서 좌우되기 때문이다. 나 같은 사람은 많은 사람이 함께 일하는 직장의 책임을 맡아본 일도 없고, 관심은 있으나 정치사회에 몸담아본 경험도 없다. 그러나 긴 세월을 살아보는 동안에 상식이면서 몇 가지 원칙적인 사실을 발견하는 경우가 있다.

지도자가 되는 윗사람들은 세 부류에 속하는 사람들은 함께하지 않거나 가까이하지 않는 것이 중요하다.

그 하나는 아첨하는 사람이다. 아첨하는 사람은 자신에게 불리해졌을 때는 배반하고 다른 사람에게 나를 헐뜯는 일도 할 수 있는 성향이 있다.

두 번째는 동료를 비방하는 사람이다. 같이 일하는 동료를 비방하는 이는 인화를 깨트리며 함께 협력하는 자질을 상실한 사람이다. 그들은 대개의 경우 윗사람에게 가서 동료의 약점이나 무능을 알려주면서 자신의 이익을 꾀하는 사람들이다.

또 한 가지 직장과 사회에서 어려움을 주는 사람은 편 가르기를 일삼는 사람이다. A라는 사람이 승진했다고 하자. 상사를 찾아가 "저야 언제나 부장님 편이지요"라고 쉽게 말하는 이들이 있다. 정치사회에서는 줄서기를 잘해야 한다는 얘기가 자연스럽게 전해지고 있다.

나는 교육계에 있으면서도 이와 비슷한 사례들을 때때로 발견하였다. 그런 사태를 만드는 사람은 솔직히 말해서 지도자가 될 수 없고, 그런 일을 저지르는 사람은 직장이나 사회를 위해 도움이 되지 못한다. 윗사람은 그런 사람을 가까이하지 않아야 하며 아랫사람들은 그런 유혹에 빠져도 안 된다.

그래서 윗사람에게 쓴소리를 하는 부하가 있어야 한다고 말한다. 그러나 쓴소리를 할 필요도 없다. "직장과 나라를 위해 제 생각은 이렇습니다." "지금 전개되고 있는 일의 결과는 직장과 나라와 국민을 위해 우리가 바라지 않는 결과가 될 것 같아 부족한 저의 제안은 이런 것이 어떨까 싶어 드리는 말입니다." 이런 식의 건설적 발언이 필요한 것이다.

위 직책을 맡은 사람은 아랫사람보다는 더 높은 위치에서 판단하고 선택할 수 있다는 사실을 고려하지 않고, 윗사람이 자기 의견만 주장하는 것도 지혜로운 태도가 아니다.

우리는 사회생활을 하는 동안에 이런 일이 왜 중요한지를 놓치는 때가 많다.

이승만 대통령 주변 사람들을 살펴보면 가까이하지 않아야 할 사람들이 너무 많았다. 이 박사가 하야하면서 허정 씨에게 "왜 내가 이렇게 될 때까지 나를 도와주지 않았는가"라고 나무랐던 모양이다. 그때 허정 씨는 "각하 주변에서 만나는 것 자체를 막았습니다"라고 대답했다고 전해질 정도다.

내가 잘 아는 사회지도자의 한 분은 누가 보든지 개인적 역량과 유능성은 비교가 안 될 정도로 탁월한 분이었다. 그러나 그는 그 역량을 발휘할 수가 없었다. 아첨하는 사람, 동료를 비방하는 사람, 편 가르기를 일삼는 이들을 멀리하지 못했기 때문이다. 그러니까 인격을 갖추고 사리의 객관적 판단을 존중하는 사람들은 멀리서 바라볼 뿐 협력하는 성의를 발휘할 수가 없었던 것이다. 나는 그분의 비서들을 잘 알고 있다. 그 비서들은 동료들 사이에서도 존경받는 사람이 없었다.

최근에는 박근혜 대통령을 비롯한 지도자들이 함께 일할 동료들을 찾지 못해 고민하고 있다. 총리나 장관 후보자들까지 국회 청문회에서 곤욕을 치르곤 한다. 후진사회의 복합적인 여건들이 잠재해 있다. 좀 더 세월이 지나면 해결될 수 있기를 바라고 싶다. 그러나 한 가지는 확실한 인선 방도가 있다. A라는 사람이 믿고 일을 맡길 만한 인재인가? 우선 A와 같이 일해본 사람들에게 물어보아야 한다. 그의 친구들과 동료들은 A의 인격과 능력을 누구보다도 잘 알도록 되어 있다.

나는 교육계에서 살았다. 미국의 교수들은 자기 제자들을 추천할 때 그 제자의 장단점을 숨기지 않고 다 알려준다. 만일 자기 제자라고 해서 장점만 알려주고 단점을 숨겨두었다가 추천받은 직장에서 그 단점이 드러나게 되면 추천한 교수가 그 다음부터는 신뢰를 잃고 추천 자격을 상실하게 되는 것이다. 학문적으로는 유능하고 발전할 가능성이 있으나, 인화 문제에 있어서는 협력관계가 부족하다는 식의 추천을 한다.

이야기가 궤도에서 벗어난 것 같다.

물론 이런 문제들이 하루 이틀에 해결되는 것은 아니다. 또 합리성을 존중히 여기는 미국과 같은 사회의 인간관계를, 그대로 온정주의 전통을 계승해온 우리 직장과 사회에 적용할 수 있는 것도 아니다. 합리주의 사회가 지향하는 것은 유능한 사람이 성공하며 사회에 기여할 수 있다는 발전적 성향이다. 그에 비하면 우리는 다 같이 합심해서 일을 즐기며 일과 더불어 행복하게 사는 직장이 더 귀하다고 보는 잠재적 의식구조가 깔려 있다. 공자를 비롯한 우리 역사는 정치도 덕치(德治)를 높이 숭상해왔다.

공자님의 어짊이나 사랑은 인(仁)으로 대표된다. 누가 무엇이라고 말해도 인 또는 사랑의 심정은 배제당하지 않아야 할 것 같다. 사랑이 있는 곳에는 행복이 남도록 되어 있기 때문이다. 그것이 종교와 윤리, 도덕의 씨앗이 될 때 행복의 나무로 자랄 수 있을 것이다.

아주 작고 하찮은 이야기 하나를 소개하기로 하자.

내가 고등학교에 있을 때였다.

교장선생이 교감으로 있는 나를 찾았다. A라는 교사가 있었는데, 실력도 달리고 학부모의 요청도 있어 이번 학기를 끝내면서 학교를 떠나도록 하자는 얘기였다. 짐작이 가는 면도 있기는 했으나, 그렇게 쉽게 또 갑자기 해직시킨다는 것이 나에게는 좀 부담스러웠다. 교사들 간의 친목 분위기도 있고 학교에 대해 너무 냉정하다는 인상을 주는 것도 좋아 보이지 않았다.

나는 이렇게 청을 했다.

"말씀하시는 뜻은 잘 알겠고 저도 공감이 갑니다. 그러나 또 다른 면도 있을 것 같으니까, 한 학기만 더 여유를 갖고 저에게 맡겨주시겠습니까."

경험이 나보다 풍부한 교장은 마지못해 동의했다.

"김 선생이 없는 실력을 끌어올릴 수도 없을 테고, 학부모들 얘기는 더 많이 들었을 것으로 아는데…"

사실 A선생은 교장이 친지로부터 부탁을 받고 직접 받아들인 교사였다. 교장이 결정했으니 나에게 책임이 있는 것도 아니었다. 그러나 그동안 정도 들었고 모두가 합심해서 일하고 있는데 하루아침에 내모는 것 같은 처사는 부담스러웠던 것이 내 심정이었다. A선생은 어쨌든 내 친구 중의 한 사람이기도 했으니까.

며칠 후에 나는 A선생을 찾아 숨김없이 교장과의 대화 내용을 설명했다. 그리고 한 학기 동안 선생도 최선을 다하고 가까운 선생들에게도 도움을 요청해두었으니까 학기 말에 가서 교장을 만나기 전에 우리가 먼저 협의해보기로 하자는 약속의 권고를 했다.

한 학기가 지났다.

내가 A선생에게 그 문제를 어떻게 했으면 좋겠느냐고 물을 수밖에 없었다.

A선생은 한 일주일만 여유를 주었으면 좋겠다는 것이었다. 나는 일주일 이상도 좋으니까 깊이 생각해주면 좋겠다고 양해를 구했다.

일주일쯤 지났을 때였다. A선생이 부인과 같이 우리 집을 찾아왔다.

"여러 가지로 생각해보았는데 제가 지방학교보다는 서울의 명문학교에 오고 싶은 욕심을 부렸던 것 같습니다. 교장 말씀대로 우수한 학생들을 가르치기에는 제 실력이 부족하다는 생각을 전부터 하고 있었습니다. 교장 말씀을 따르겠습니다. 그러나 저는 또 제 가정 걱정을 안 할 수가 없습니다. 교감선생께서 교장선생께 말씀해주셔서 제가 다시 지방학교로 갈 수 있도록 길을 열어주시면 더 좋은 교사가 되도록 노력하겠습니다. 염치없지만 제 아내는 같은 마음이어서 이렇게 찾아뵙기로 했습니다."

나는 그렇게 하기로 작정하고 A선생과 같이 교장을 만나 교장의 도움을 받기로 했다.

그렇게 해서 A선생은 우리 학교를 떠났다. 나도 얼마 후에 대학으로 일터를 옮겼다.

나는 A선생에 관한 과거를 잊고 지냈다. 할 일을 했을 뿐이다. 그런데 A선생은 학교를 떠난 뒤에도 나에게 그렇게 고맙게 마치 은인이나 된 듯이 감사하는 정을 잊지 않고 있었다.

서울에 오면 전화로 인사도 하고 차 한잔이라도 나누기를 원했다. 큰딸 결혼 때는 내가 주례를 서주기도 했다. A선생 아들이 내가 근무하는 대학에서 의과대학 레지던트로 있을 때는 아버지의 부탁이라면서 저녁을 대접해주기도 했다.

지금은 다 지난 옛날얘기가 되었다.

나는 우리가 직장생활이나 사회생활을 할 때 가져야 할 자세로서 공자님이 원했던 것이 그런 우정의 마음이 아니었을까 하는 생각을 해본다.

연애로부터 인간애까지

　대학에 다닐 때였다.

　영문학자인 R교수가 새로 교단에 선 일이 있었다. 일본 중부 지역의 신부로 있었는데 자원해서 우리 대학의 교수로 부임했다는 소식이었다. 40대 중반쯤의 예술가다운 면모도 갖추고 있었다.

　철학과 선배의 얘기에 따르면 H시에 있을 때 명망이 높은 교수였는데, 그곳의 이름 있는 가문의 자제들을 유럽 대학으로 진학시키기 위한 예비교육 비슷한 지도를 겸하고 있었던 모양이다.

　R교수를 따르고 흠모하는 한 여성 제자가 있었고 그녀와의 개인적 사제관계가 깊어지면서 이성간의 애정문제로까지 진전되지 않을까 싶어, 자진해서 직장을 우리 대학으로 옮겼다는 소문이었다. 지금도 간혹 편지 교환이 있는 것으로 전해 들었다는 선배의 얘기였다. 그 선배는 후에 신부가 되어 외국 선교로 나가 있었다.

　나는 그때 성직자의 책임을 위해 인간적인 요청들을 스스로 떠난

분이라는 생각을 해보았다.

그러다가 대학에서 내가 중세철학 개설을 강의하면서, 서양 중세기를 떠들썩하게 했던 유명한 연애사건을 떠올려보았다.

서양사상사에서 최초로 신이 지배했고 신의 뜻에 따라 교회가 사회를 이끌어왔던 중세기를 암흑시대라고 단정했던 페트라르카의 생각이 났다. 그는 인간성을 상실했던 기독교 사회를 암흑시대라고 인정했으나 자기 자신은 독실한 기독교 신자였던 것이다.

중세 이야기를 '확실치 않은 점도 있으나' 더듬어보면 다음과 같다.

아벨라르라는 성직자인 학자가 있었다. 일찍이 철학과 신학을 합친 학계에 대단한 학자로 등단했다. 선천적으로 논리적 논쟁을 즐기며 탁월한 학구열을 갖춘 학자였다. 파리로 진출해 학교를 설립하기도 했고, 정부가 인정하는 노트르담 성당학교의 명성 높은 스승으로 군림하게 된다. 지금으로 말하면 교회와 정부가 인정하는 대학인 셈이다. 그때 그는 36세의 장년이었다.

아벨라르 교수를 따르는 수많은 제자들 중에 엘로이제라는 여학생도 있었다. 라틴 문학과 신학을 공부하는 아직 어린 재원이었다. 부모에 관한 기록은 없으나 교회관계 중책을 맡은 세력가인 외삼촌의 가정에 머물고 있었다. 외삼촌은 친딸과 다름없는 애정으로 엘로이제를 대했고 남성 못지않은 학자로 키워 가문의 명성을 높이는 인물로 내놓고 싶은 꿈을 지니고 있었다.

외삼촌은 아벨라르에게 자기 집에 머물면서 엘로이제의 가정교사가 되어 다른 제자들보다 더 높은 가르침을 줄 수 없겠느냐고 청을 했다. 언제부터인가 서로 연정을 느끼고 있던 스승은 쾌히 승낙을 했다. 학생 엘로이제도 스승을 가까이서 독점하는 기쁨과 감사의 정감을 안고 있었다.

두 남녀의 사랑은 둑이 무너진 강물과 같이 쏟아져 흘렀다. 그때 아벨라르는 36세였고 엘로이제는 20세의 젊은 나이였다.

아벨라르의 기록에 따르면 두 남녀는 공부보다는 사랑에 빠진 행동에 몰입되어 있었다고 고백했다. 큰 집 별채와 같은 공부방이었기 때문에 조심할 것도 숨길 것도 없었다. 그는 회고록에서 성생활에 탐닉해 자신의 건강상태를 걱정할 정도였고 학문에 대한 열정보다는 애정에 빠져 있는 상태였다고 했다.

그러나 쾌락의 기간은 길지 못했다. 약 18개월 동안의 숨은 사제관계는 엘로이제의 임신으로 한 단계를 끝내야 했다. 아벨라르는 임신한 엘로이제를 자기 가족들이 사는 고향으로 은신시켜 아들을 낳을 때까지 머물게 했다. 후에는 그 사실을 숨길 수가 없어 파리에서 비밀리에 결혼을 했다.

엘로이제는 외가에서 추방되었다. 가문을 더럽혔다고 해서 증오의 대상이 되었다. 외삼촌이 받은 배신의 상처가 너무나 컸던 것이다. 그와 마찬가지로 아벨라르에 대한 원한과 분노는 극에 달할 수밖에 없었다. 사랑하는 조카딸의 일생을 망친 죄악적 행위에 복수의 칼을 갈고 있을 정도였다.

드디어 예상할 수 없었던 사건이 벌어졌다. 엘로이제의 외삼촌이 주동이 되어 사주를 받은 일당이 아벨라르가 머무는 방에 침입해 그의 남근을 제거하는 수술을 감행한 것이다. 외삼촌은 교계에서 그러고도 처벌을 받지 않는 지위에 속해 있었다. 그 당시에는 아벨라르에 대한 불신과 분노는 교회에 대한 모독이 될 수도 있었다.

아벨라르는 할 수 없이 수도사가 되어 수도원으로 안식처를 찾기로 했다. 엘로이제는 아들을 가족들에게 맡기고 수녀원으로 들어가 세상과의 인연을 끊었다. 수도사와 수녀가 되어 남녀 간의 애정관계는 물론 세속적인 삶과는 완전히 단절하고 수도의 일생을 서약, 실천하는 결단의 선택이었다.

아벨라르는 후에 수도원장이 되고 엘로이제는 수녀원의 책임자가 되어 수도생활에 헌신하게 된다. 그렇게 성직자로서 수도에 전념하면서 20여 년의 세월을 보냈다.

아벨라르는 다시 옛날의 학문적 명성을 회복하면서 제자들의 존경을 받게 된다. 그 세상적인 사건도 보탬이 되었을지 모른다. 여러 제자들로부터 인생에 관한 가르침을 요청받기도 하고 요사이 우리가 즐겨 쓰는 멘토가 되기도 했다.

아벨라르는 후배와 제자들에게 도움이 되기 위해 자신의 파란 많았던 과거의 사건들을 숨김없이 기록해 편지 형식으로 써 보냈다. 그 자서전이라고도 볼 수 있는 이야기는 여러 곳으로 번져나갔다. 성직자들이 탐독하는 필사본이 된 것이다.

그런 사실이 수녀원에 갇혀 지내던 엘로이제에게도 알려지게 된다. 엘로이제는, 사랑하는 사람을 수도원으로 보내고 수녀원에서 외로이 지내고 있는 자기에게는 위로의 편지조차 보내지 않으면서 다른 제자들에게는 상담을 아끼지 않는, 전 스승이면서 잠시 동안이라도 남편이었던 옛 사랑에게 항의와 불만의 편지를 보냈다. 얼마나 그립고 사모했으며 수녀이기에 참아오지 않았던가.

그 일이 계기가 되어 두 사랑하는 수도사와 수녀는 다시 애정 어린 편지를 주고받았다. 10년 가까이 교환한 편지들이 수도원과 수녀원 서고에 숨겨진 채 보관되어 있었다.

아벨라르는 1142년 63세의 나이로 세상을 떠났다. 21년이 지난

1163년에는 엘로이제도 수녀원에서 아벨라르를 추모하다가 죽음을 맞는다.

상당히 오랜 세월이 지난 후에 필사본으로 남겨져 있던 두 사람에 관한 글들이 발견되고 밝혀지면서 그때의 사랑의 이야기가 공개되어 오늘에 이르게 된 것이다.

그것이 중세기의 사건이었고 성직자들의 비밀스러운 내용이어서 지금도 많은 사람들의 관심을 모으고 있다. 어떻게 보면 인간적인 너무나 인간적인 사건과 그 의미였는가 싶기도 하다.

인간은 인간이다. 그 이상도 아니고 그 이하도 아니다. 신도 아니지만 동물일 수도 없다.

그 인간은 두 가지 본성적 기능을 갖고 있다. 신체와 더불어 있는 본능적 욕망과 정신과 함께하는 이성적 기능이다. 그런데 종교적 신앙은 그 인간성을 벗어나라고 가르친다. 유한하고 시간적인 삶을 무한과 영원한 것과 연관 지으라고 호소한다. 그것은 인간 스스로가 신체의 종말과 자연화(自然化)를 인정하기 때문이며 이성적 가치 추구의 한계를 자각함에 따른 것이다. 죽음은 인간의 종말이며 인간적 가치는 무한한 암흑 앞의 한 점의 불티같이 사라짐을 알고 있다.

그래도 인간은 인간이다. 인간다움을 버려서도 안 되며 또 초월할 수도 없다. 아벨라르와 엘로이제는 그 인간다움의 본성인 육체적인 애욕에 빠져 스스로 정신적으로는 망각하는 짧은 세월을 보냈다. 두 사람은 그 사실을 숨김없이 고백하고 있다. 우리도 여건이 채워지면 그런 체험을 하게 된다.

그러나 그것이 인간다움의 전부는 아니다. 애욕이 애정으로 높아지며 애정이 인격적 사랑으로 승화된다. 가정을 가지며 사회에 대한 인간적 의무를 느낄 때는 애욕이 한 기간의 삶의 한 부분이었음을 스스로 인정하게 된다. 그래서 학문에 헌신하기도 하며 공동체에 동참하는 인간적 가치와 행복을 누리게 된다. 삶의 내용이 풍부해지며 인생의 의미를 넓혀가게 된다.

그런데 문제는 종교적 신앙을 어떻게 받아들이는가에 있다. 모든 사람은 믿고 싶은 의지와 기대를 안고 있다. 그런데 어떤 종교든지 신앙은 인간적인 것을 거부하거나 초월해야 한다는 요청을 한다. 세속적인 가치가 아닌 어떤 성스러운 가치를 인간적 삶에 받아들여야 한다고 권고한다. 그래서 불교에서는 출가의 길이 있고 기독교에서는 신부나 수도사가 생겼다. 소위 성직자의 위상이 공인받고 있다.

그러나 인간은 인간이다. 성직을 맡았다고 해서 내가 성인이나 성자가 되는 것도 아니다. 세상에서 가장 보기 흉한 것은 거룩한 체하는 모습이다. 또 그렇게 되기 위해서 온갖 인간적 본능과 사회적 가치를 죄악시하거나 추하게 보는 것도 잘못이다. 성욕은 인간다움의 하나다. 만일 성적 욕망이 완전히 사라져 자녀 출생이 없어진다면 인간이 끝나기 때문에 신을 믿을 사람 자체가 존재하지 않을 것이다. 중세기의 교회는 지나치게 그 소중한 인간의 본성과 인간다움을 경시하거나 배제하는 과오를 범했던 것이다.

성(性)은 인간다움의 기본조건이기 때문에 그 자체로는 선도 악도 아니다. 문제는 그 성적 본능과 성행위 및 성생활을 추하지 않고 아름답게 보며, 성의 노예가 되지 않고 성의 가치를 높여가는 데 있다. 성을 악으로 보는 것도 잘못이며 성이 인생의 전부인 듯이 대하는 것도 옳지 않다. 그 기능과 책무를 감당하는 것이 이성이며, 이성이 조정, 지배하는 것이 인격적 삶이다. 성을 아름답고 행복을 증대시켜주는 한 부분적 요소로 받아들여 좋을 것이다.

그렇기 때문에 종교적 신앙은 지나친 금욕주의에 빠져서도 안 되며 또 그것을 신앙의 조건으로 요청하는 것도 바람직스럽지 못하다. 우리는 대처승이나 결혼을 하지 않은 스님을 구별할 필요는 느끼지 않는다. 스님다운 스님, 인간 중의 인간다운 스님을 존경한다. 기독교에서는 신부들은 결혼을 하지 않는다. 그러나 개신교 목사들은 결혼을 택한다. 대부분의 개신교 신도들은 가정생활의 경험이 없는 성직자보다는 가정의 기쁨과 고통을 겪으면서 사는 성직자를 선호하기도 한다. 성직자 전체에 있어서도 성생활과 결혼은 하나의 선택조건이지 필수조건은 아니다. 그러나 문제는 성직자의 본분과 의무를 어떻게 감당하는가에 달려 있다. 신의 섭리와 소명을 받아들인 성직자는 자연스레 독신의 길을 택하게 된다. 사랑의 모든 대상이 한 아내나 가정을 초월해 있기 때문이다.

아벨라르와 엘로이제는 성과 가정의 파국을 맞으면서 수도사와 수녀의 길을 택함으로써 해결과 면죄의 출구를 찾은 것 같다. 그러나 참 신앙은 수도사나 수녀가 된다고 해결되는 것은 아니다. 어느 시대를 살든지 어떤 사회에 머물러도 좋다. 인간다운 인간으로 신앙인이 되어야 한다. 인간성과 인간적 공동체를 떠난 신앙은 있을 수 없다. 문제는 신의 부르심을 어떻게 받아들이는가에 있다.

기독교의 경우를 생각해본다.

기독교인이 된다는 것은 예수의 가르침을 나의 가치관과 인생관으로 받아들여 그 뜻을 따라 사는 것이다. 그분의 교훈 이상의 가치 있는 가르침이 없고 더 영구한 희망의 약속이 없기 때문이다. 신학이 중요한 것이 아니다. 그 뜻대로 사는 인간적 삶 자체가 중요한 것이다.

그러나 예수의 교훈을 인간적인 것만의 한계 안에 묻어두면 안 된다. 예수의 가르침은 그것이 진리가 된다는 것이다. 예수의 삶과 인격을 나의 삶과 인격에 받아들이는 것이다. 논리나 이론이 아니다. 삶 자체와 인격의 변화와 거듭 태어남이 뒤따라야 한다. 교회에서 그리스도와 함께 죽고 그와 함께 부활한다는 뜻이 그것이다.

예수는 그 삶과 인격이 다시 태어남은 성령의 역할이라고 약속했다. 그것이 기독교 신앙의 핵심이다. 그것은 지식만도 아니며 인생관이나 가치관 자체로 끝나지 않는다. 기독교는 그것을 영적인 은총의 체험이라고 암시해준다. 이 은총의 체험은 인간다움만의 체험이 아니다. 인간다움 속에 인간을 초월한 신적인 은총을 받아들이는 체험이다. 예수는 그것을 하느님의 사랑이라고 가르쳤다.

우리가 인간다움의 가장 고귀한 자세를 성실함으로 보지만, 그 성실이 더 높은 실재를 염원할 때는 경건함으로 바뀐다. 그 경건이 더 높은 구원에의 갈망을 느낄 때는 기도로 옮아간다. 기도를 할 수 있다는 것은 인간다움의 한계를 넘어서는 탈출구가 되는 것이다. 그 기도의 결과는 또 하나의 더 높은 영적 은총의 체험이 된다.

그 체험의 내용은 다 다르다. 그러나 공통성이 있다. 영적 체험에서 얻은 하느님의 사랑을 더 많은 사람에게 나누어 줌이다. 가장 고귀한 인간애인 것이다. 하느님은 인간의 도움을 필요로 하는 분은 아니다. 하느님은 완전한 분이기 때문이다. 그래서 하느님이 완전한 것같이 너희도 완전한 인간이 되라는 명제가 이루어지는 것이다.

김형석(金亨錫)

1920년 평안남도 대동에서 태어났다. 일본 조치(上智)대학교 철학과를 졸업하
고 미국 시카고대학교, 하버드대학교 연구교수와 연세대학교 철학과 교수를
역임하였다. 현재 연세대학교 명예교수이며 집필과 강연 활동을 하고 있다.
주요 저서로『현대인의 철학』,『우리는 어떻게 살아야 하는가』,『인생의 의미
를 찾기 위하여』,『오늘을 사는 지혜』,『영원과 사랑의 대화』,『고독이라는
병』,『종교의 철학적 이해』,『자기답게 살아라』,『인생이여 행복하라』,『예수:
성경 행간에 숨어 있던 그를 만나다』등이 있다.

나는 아직도 누군가를 사랑하고 싶다

1판 1쇄 인쇄   2015년 10월 1일
1판 1쇄 발행   2015년 10월 5일

지은이   김 형 석
발행인   전 춘 호
발행처   철학과현실사

등록번호   제1-583호
등록일자   1987년 12월 15일

서울특별시 종로구 동숭동 1-45
전화번호 579-5908
팩시밀리 572-2830

ISBN 978-89-7775-786-8   03800
값 12,000원